小説 関急旅行社・カスタマー室
-ぼくと室長の苦情解決奮闘記-

北川雅章
Kitagawa Masaaki

風詠社

目次

この小説に登場する主要な電鉄・駅

（ ）内は架空の電鉄と架空の駅

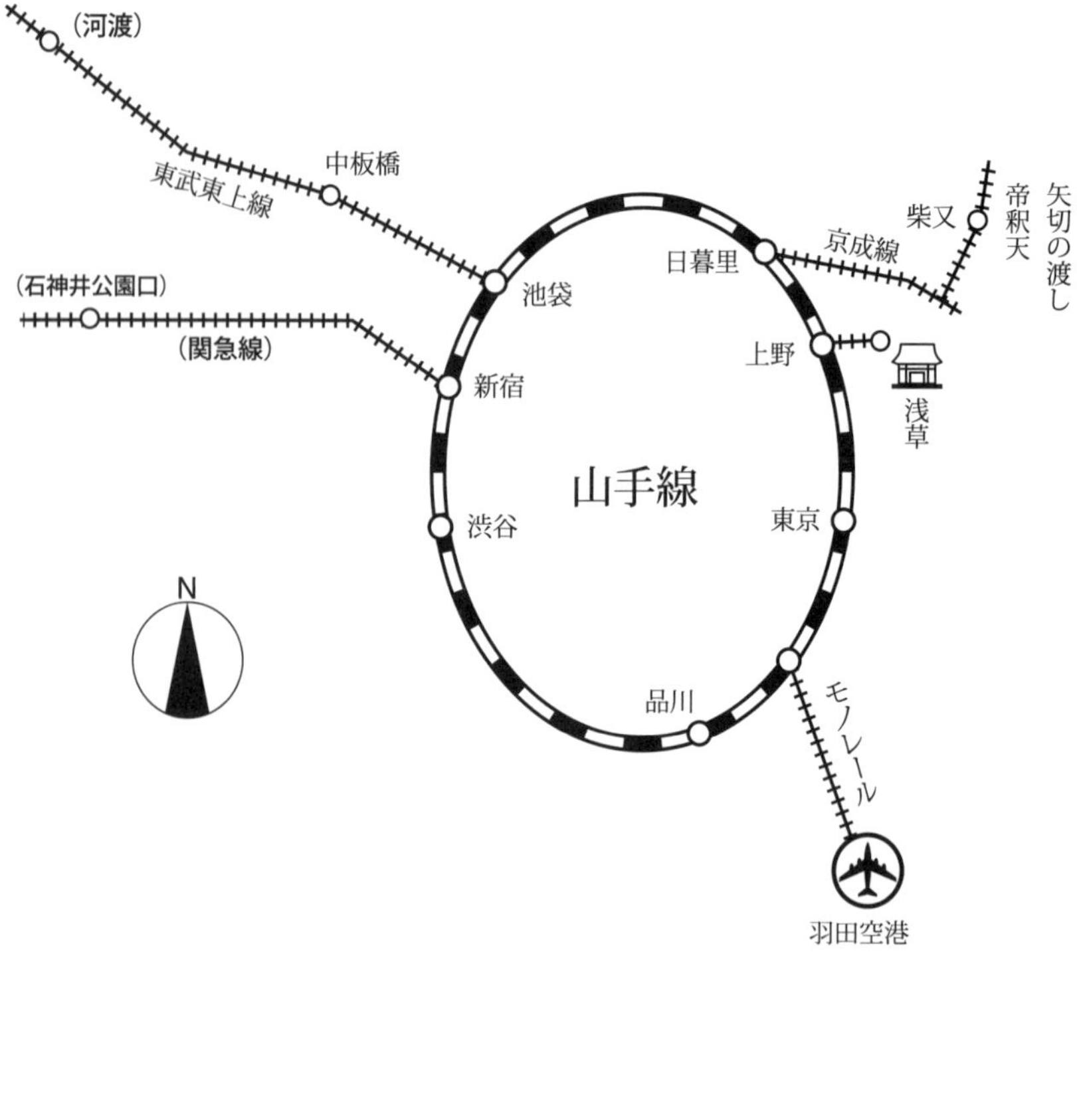

序章　ぼくの左遷と歓迎の宴

三月三十一日。平日。

もしもさぁ、もしもだよ、もしもぼくが、池袋支店の接客係をクビになって、新宿の本社ビルに新設されるカスタマー室ってとこへ転勤にならなかったら、この話も、生まれなかったと思うんだ。

転勤前日の夜、ぼくは、四人のおじさん社員たちに引率されて、すこし後ろを歩きながら、和風の料理店へやってきたんだ。でもさ、主賓はぼくじゃなかったんだ。明日から発足するカスタマー室の初代室長となって、大阪から来るという男の人だと聞いていた。

「いらっしゃいませぇ」

紺色の着物の女性が、心得顔で出迎えた。

応じて、引率の男性が手を上げた。

「こんばんは。また、お世話になるよ」

この男性——大森課長って人——が、顔をなごめて言うと、

「先に、おひとりさまがおみえですわよ」

笑顔がそう報告した。

「おや、ひとりって女性かい？」

課長の首が、右にかたむいている。

「いいえ、男性ですわ。恰幅のいいでっぷりタイプの男性です」

「こりゃ、しまった。きっと、大阪の住吉さんだろう。こっちが出遅れちまったんだ」

大森課長は、手を額にやった。

「はい。住吉さんとおっしゃってました」

「主賓なんだよ、今夜の。大阪から赴任して、われわれの上司になる人なんだ」

「道理で、初めて見るお顔でした。それで、お部屋にご案内しましたら、床の間の正面のお席に、どっかと、おすわりでした」

「うん、それでいいんだ、ありがとう」

「で、もうおひとかたの女性は？」

「おっつけ来るさ。いま、本社の化粧室に籠もって、顔をいじくってる最中だろう」

男連中が、ニヤニヤ同調した。でも、ぼくだけは、そんな心境じゃなかったさ。

「それで、女性のお名前は？」

「マリアちゃん。本名は、阿部まりえ」

「では、おみえになったらお通しします」

「うん。ところでさぁ、先着のコレ、怒っているかい？　おれたちが出迎えなかったことをさ」

大森課長は、親指を上に立てた。

でもぼくたちは、遅刻したわけじゃない。

「いいえ。道が不案内だから、早く来たまでだと、おっしゃっていましたわ」

「そうかい。それで安心した」

仲居さんの先導で、ぼくらは、廊下を奥に進んだ。突きあたりが小上がりの間らしい。靴が一足、脱ぎ捨ててあった。

仲居さんは、「失礼いたします」と、障子戸の内へ大声を入れると、そっと戸を開いた。

床の間を背に、赤ら顔で太っちょの中年男性が座布団にあぐらをかいている。ぎろり、と目玉がこっちを見た。

大森課長は、靴をそろえるのももどかしく、畳へ駆けあがったさ。

「すんません、遅くなりました」

主賓は白い歯を見せて手を横に振った。

この肥満した人が、明日からぼくらのボスになるらしかった。

彼を殿様に据え、六人の部下が三人ずつ分かれて対面し、居流れる配膳だった。まるで時代劇の家来衆みたいにさ。

大森課長は、主賓に近い右列の先頭に陣取った。当然のような顔でさ。じゃあ、ぼくはどこにすわればいいの。だって、ぼくもれっきとした転入者なんだもの。

ところがだよ、大森課長はつっ立っているぼくを下から見上げて、言い放ったんだ。

「越生《おごせ》、おまえは、あっちだぜ」

入口付近の末席を、彼のあごが差した。

ぼくたちが席に落ち着くと、主賓は腕時計をチラと見た。もう一方の末席――ぼくの前――があいていたもんでね。

「阿部くんとか言ったね」主賓が口を開いた。「いっしょに来なかったんか？」

関西なまりが、すこしあった。

「すみません。おっつけ来ます」

大森課長が、畳に両手をついた。主賓は黙ってうなずいている。

沈黙がしばらく続くと、天井にコトンコトン。ゆるやかな音が聞こえた。そう、上が高架鉄道なんだ。新宿の地下ターミナル駅を発車した長い連結の電車が、すぐ地上に出ると、高架になり、関東の西郊外へスピードを上げるんだ。関東急行電鉄っていうんだけど、ぼくたちは、その関急電鉄の子会社の、関急旅行社の社員なのよ。いま、のれんをくぐったこの料亭も、鉄道の系列でさ、おじさん社員にはおなじみってわけさ。鉄道は百貨店やスーパー、不動産業なんかも経営している。でも、そんなことはこれからの話にあんまし関係ないけどね。

でさ、先にも言ったけど、ぼくも、この席には主賓と同じ新顔なんだよな。つまり準主賓ってわけだ。でも、そんなのは完全に無視されていた。一座は、阿部まりえさんの到着を待ち、雑談なんかをやらかしていたんだ。しかしぼくは、蚊帳《かや》のそとだった。だって、ぼくのほかは、おやじ――ぼくの父はもう死んじゃってるけど――ほどの年まわりだし、話なんか合わなかったもんでね。おまけに、ぼくの前は、阿部まりえさんのためにあいている。ぼくは憮然と耳だけをすましていた。

　ふとした拍子に、話題がとぎれる。大森課長も腕時計を見た。そして、眉間に皺を見せてつぶやいた。

「阿部ちゃん、遅いじゃん。なにしてんのかしらん」

　誰かが、加えた。

「マリアくんさぁ、出もどりだし、お化粧が念入りなんだよ」

「だけど、いじくったって、あまり変わりばえしないのにさ」と、もうひとりがまぜっかえす。

　けれど、大森課長は渋い顔のまま、

「口を慎みなさいよ。いくらご本人が自虐ネタで、出もどりって言ってるからって、他人が言うと、セクハラになっちゃうから」

　でも、目尻には、うすら笑いがあったさ。

　阿部まりえさん。愛称マリアさん。彼女は、ぼくが本社ビルへ異動のあいさつに行ったとき、

「あなたも、マリアと呼んでいいのよ」

と、にっこり笑って言ってくれたんだ。

　彼女は入社の当初、支店の店頭係で活躍したんだけど、旅行自体が好きなので、専任添乗員を集めるうちの子会社へ移籍したそうだ。でも、十年も続けると、疲れっちまい、今度は身分を契約社員の事務職に変えて、古巣の関急旅行社に舞いもどってきたんだって。

「だから、わたし、出もどりなのよ」

彼女はそう言って、笑い、ぼくの緊張をほぐしてくれたんだ。いいお姉さんだと思う。その彼女も、この四月からぼくたちのカスタマー室の一員に加わることになった。

さて、ついでに、ぼくのことも言っておかなくちゃなんない。ぼくさぁ、はじめにも言ったけど、この春の異動で池袋支店をおっぽり出されちまって、大阪からの室長とセットのかたちで、新設カスタマー室ってのに配属になったんだ。

住吉室長の東京転勤は抜擢《ばってき》らしい。でも、ぼくの異動は、誰が見たって左遷なんだ。専門学校卒で入社して、ぼくは池袋支店で店頭係をやってたんだけど、わずか一年で、店から出されちまったんだ。なにも深刻なポカをやったわけじゃない。些細な問題でお客とトラブったただけなのさ。そんな些末な事件で、ぼくは接客不向きの烙印を押されちまい、池袋支店を追ん出されてしまったわけさ。

転勤内示のとき、支店長の多胡って野郎――気障で卑劣な青い顔のガリガリ野郎――は、まなじりをやたら細くしやがり、小声で、

「なあ越生くん、君には、経験をもっと深めてもらいたくてさ。行き先は君の将来をよく考えて決めたつもりだ。心機一転という言葉もある。どうか、新しい職場に行っても努力してくれたまえ。期待しているよ」

などと、親切らしく言ったんだ。だけど行先を聞いて、眼のまえが真っ暗になった。

支店長は、「君の将来をよおく」なんて口にしたけど、真意は、ぼくの将来なもんか。多胡自身の将来の出世を見据えて、障害を除去したんだ。仕事はまるきり無能なくせに、自分の身の安

全はちゃんと守る悪知恵だけは働くやつなんだ。口と腹が、まるきり真逆の二重人格の標本みたいな、クソ野郎なんだ。支店長の卑劣ぶりはさ、彼の下で仕事をした社員なら誰だって、何度も不愉快な思いを味わってんだ。たとえばだな、店のシャッターが下りた夕刻にさ、社員がデスクで、事務処理なんかをやってたと思いなよ。必死でパソコンとにらめっくらしてさ。その最中に、背後に、ふと人の気配がする。はっと思って振り返る。すると、支店長が息を殺してつっ立ってやがんのよ。じっと観察してたんだ。まったくもって陰湿卑劣な趣味じゃないかね。もっとも近ごろは、女子社員に対しては慎重になってるみたいだ。セクハラと騒がれちゃ、出世にかかわるからね。こんな陰険な男でも、社長や重役たちが支店視察に来た時なんかは、米搗《こめつ》きバッタみたいにさ、頭をぺこぺこしまくっているんだ。まったくもって、二重人格の変態野郎なのよ。

　まあその件はさておき、ぼくがお客を不機嫌にした事件ってのは、こうなんだ。

　一度目は、去年の秋だ。ぼくは支店のカウンターにいた。そこへ、まぬけづらの客が来て、家族旅行を注文したんだ。パックじゃなく旅館や交通機関を個別に手配して組んであげる特別注文の旅行。

　すぐにぼくは完成させ、確認の書面をお客に渡した。ところがさ、後日にまた来店して、人員の変更を告げられた。それはいいさ。だがその後日、また来て、再度の別の変更を告げた。それにもぼくは誠実に対応した。ところがまた顔を現わして、「日時を変えてくれ」と。しかも、旅館も全部を変更しろと。すまないね、の一言もなくてだよ。

「ころころ変わるんですね」とつい、ぼくは舌打ちまでしちゃったの。とたんに、男の顔は真っ赤に。しまったと一瞬思ったけど、あとの祭りさ。

「文句あんのかよ。こっちにも都合が生じたんだ。必要な費用はちゃんと払うよ！」

店内に怒声が響きわたると、横で別の客に接していた先輩社員の顔が、蒼白になった。

やばいと、ぼくはとっさに思ったさ。すると、バックオフィスで聞き耳をたてていたチーフの男が、あわてて飛んできたんだ。

ぼくの釈明など聞くもんか。鼻もちならない客の言い分を、鵜呑みにしてさ、平あやまりにあやまったんだ。

「そうら見ろ」客はせせら笑う。

あとはチーフが接客して、一件は落着。男の家族は無事に旅行には行ってくれた。だけど、二度と顔を見せなくなった。

そして年の明けた一月の末、ぼくはまた別のトラブルをやらかしちまったんだ。その時もチーフが割って入って、問題は大事に至らず終わったさ。でも、彼の堪忍袋の緒はとうとう切れて、支店長へご注進に及んだんだ。

店頭に越生を置いとくのは無理です。店の評判を落とします。たぶんそう告げたんだ。

チーフはぼくにも牙を剥いて言い放った。

「労働組合がなけりゃ、おまえなんか、会社を、一発でコレだぜ」

首を、手で切る真似までしやがった。

転勤内示は二月末に出た。そして三月の末になり、ぼくはどうしたかと言うと、ぼく専用の文房具や新人研修でもらった教科書やら、デスクに隠し持ってた漫画本なんかを段ボール箱に荷づくりして、送料元払いの宅急便で、新設カスタマー室の置かれる新宿の本社ビルへ送り、身ひとつで移って行ったんだ。支店を出て行くとき、くやし涙があふれて頰を伝わったさ。誇張でもなんでもなくってさ。だってそうじゃない。新入社員の時って普通なら、最初の二、三年は同じ部署に居続けるもんだ。その慣習が破られた。まじな話、大ショックだったのよ。そのうえ、行先を告げられた時は、呆然となった。だってさ、カスタマー室って、お客の会社へのクレーム対応を専門にやるって聞かされたから。もともとそんな部署は、総務部にあったらしいけれど、この春に、社長直属の部門として独立することになったそうだ。でも、明けても暮れても苦情まみれの毎日。だれだって配属を敬遠するとの噂だ。数年つとめるうち、ノイローゼになり、自殺した社員もいるらしい。酸いも甘いも噛みわけた、古参社員にしてやっと耐えられると聞けば、お先真っ暗だったさ。悄然となってうちに帰った夜、ぼくは、一度は退職届を書いてみたんだ。書いているうちよみがえったのは、同居する母ちゃん——いや、おふくろ——の声だったんだ。

見習い社員を終えて、正社員になった去年の七月、おふくろは、こう言ったんだ。

「岳志、会社員ってのは、毎日が忍耐だ。おまえ、普段から支店長さんのことを、よく思ってないようだけど、他人の人格を心配するより自分の人格を心配するんだ。成人式も終えたじゃないか。そろそろ大人になんないといけない。早く短気をなくすことだよ」

もしもぼくが、辞表を出したら、おふくろは気を失うかもしれない。というのも、おやじは、ぼくが中学生の時に病気で死んじゃったんだ。ひとりっ子だったぼくをおふくろは、唯一の財産だった自宅を、大衆食堂に改造し、細腕一本で深夜まで働いて、ぼくを観光専門学校まで行かせてくれたんだ。大学に進学しなかったのは早く、おふくろを楽にしてあげたかったからだ。母子家庭の家計は、もう、ぎりぎりいっぱいだったもんでね。

そんな昔のあれこれが、胸に込み上げてきてさ。書きそこなったのをさいわいに、ぼくは退職届の一枚を、二つに破いて、ポイっと屑かごへ投げ捨てちゃった。

「岳志さぁ、転勤は本社へだって？　そいじゃ、破格の栄転じゃないか。さっそくお赤飯を炊かなくっちゃね」

なんにもわかっちゃいないのが、せめてものなぐさめだった——。

廊下を走る、仲居さんのスリッパの音が近づき、別人と思えるハイヒールの響きがあとを追ってきた。ぼくは、夢想からさめた。

「みなさまが、お待ちかねですよぉ」

ハイヒールの人へ、振り向く仲居さんの声だった。

「ご免なさーい、おそくなっちゃって」

声と同時に、障子戸がいきおいよく開いた。マリア姉さんだった。

「すいませーん、遅刻しちゃって」

靴を脱ぎ、足をお座敷へ入れながら、マリアさんは赤く塗った唇《くちびる》から、ぺろりと長い舌を出した。

た。

「いいから、早く席につけ」

大森課長が叱ると、マリアさんは小さくなって、ぼくの前の席に正座した。

三十歳半ばの彼女は、両肩へ黒髪を垂らし、黄色のジャケットを着て、下は白いミニスカートだった。膝小僧が四足の塗膳の下から見えている。彼女は素早くハンドバッグを股間の上に置いた。

「やっと七人全員がそろいました」

大森課長の声に、主賓はうなずいた。

「では始めます。本来なら、はじめに新室長から訓示をいただくところでありますが、それは、のちほどと、おっしゃっているので、まずは小生が、歓迎の辞を申し上げます」

マリアさんが、パチパチと盛大な拍手。

実は大森課長ってさ、きのうまでは総務部に所属の苦情処理班の第一人者だったんだ。そのチーム は本日かぎりで解消され、カスタマー室ってのが立ち上げられる。その室長に住吉って人が大阪からやってきた。大森さんにしちゃあ心おだやかでいられないはずだ。鳶《とんび》に油揚をさらわれたも同然だからね。

でもさ、そんな悔しさは顔に表わさず、大森さんは座布団を横にずらせて、すっくと立ち上がった。

「いやいや、すわったままでいい」

室長は、手で押さえた。大森さんは座布団に復帰した、しかし、あぐらはよして、正座へあらたまった。

「新室長、ご就任おめでとうございます。ですが、いまは、引越の整理やら本社各部署へのあいさつまわりやらで、ご多忙とお察しします。ごらんのとおり本席は、粗酒粗肴。まことに申しわけありません。ですが、お時間の許すかぎり、おくつろぎください。なお、今夜の会費は、室長にも頂戴しています。念のため申しそえます」

と、皆を見渡した。やんやの拍手がおこった。

でも、まだ終わらなかったんだ。背広の内ポケットから、メモを出した大森さんは、時には眼を落としながら、続けた。

「みなさんも、ご承知のごとく」

と、視線を一巡させた。

「室長のご着任は、社長による抜擢でありました。室長は大阪で、船場支店長であられた昨秋に、社長主催の社内懸賞論文に応募なさり、みごと一等賞を得られました。その論文は全文が社内報に載りましたから、みなさんもお読みになったことでしょう」

大森課長はここで、室長の顔にも眼をやった。そして、

「お客の苦情の処理は従来、ややもするとその声を鵜呑みにし、会社がひたすら謝罪する穏便主義がありました。ある意味それは正道ですが、昨今は、ためにする非常識な苦情もふえています。対応する社員は日々、神経をすりへらし、挙げ句、中途退社する人まで出る始末。そんな現状に一石を投じられたのが住吉支店長でありました。論文の主張は、苦情の解決には、お客に誠実に

対処しつつも、法令と旅行約款に厳密たること。苦情の解決は早期に、発生現場で解決すべきこと。そしてその結果の逐一を、カスタマー室に報告すべきこと。苦情発生を恥と思い、隠蔽してはならない。隠して発覚すれば、社長から懲戒を食らう。なぜなら、お客の意見は、接客サービスの向上と、旅行商品の改善の糧となるからです。カスタマー室では報告事例の逐一を、一か月ごとに冊子にまとめ、社長の検印を経て増刷し、全支店長と非営業部門の管理職全員に配布する。これら一連の仕組みづくりを住吉支店長、いや、新室長は論文で提案されたのでした」

大森課長は、ふうっと息を継いで続けた。

「さて、カスタマー室は、二課制になります。スタッフも従来より三名ふえました」

第一課長になる大森さんは、額に汗をにじませている。

室長は眼を閉じていたが、そっと開いて言った。「よく簡潔にまとめてくれました」

メモをたたんで一礼すると、大森課長はポケットに入れた。

「では、いよいよ新室長のご訓示を」

大森課長の手が、床の間へ向いた。

背もたれから室長は身を起こした。でも立ち上がらない。あぐらをかいたままだ。

「ご馳走を前に、説教は野暮と思う」

みんなが、顔を見合わせている。

「ただ、明日から実行してもらいたい四つの行動指針を述べて、あいさつとしたい」

座が、やや崩れた。

「ちょっと待ってや」

おどけて、彼は手を背もたれの後ろへ伸ばした。輪ゴムで巻いたポスターのようなのが出た。ゴムをはずし、開いたのを両手で頭上に掲げた。毛筆の太い文字で、字数はごくわずかしかない。右から読み上げた。

四つのテスト
一つ、真実かどうか
二つ、みんなに公平か
三つ、好意と信頼を深めるか
四つ、みんなのためになるかどうか

「以上です。終わり」

なんのことだかわからない。だれもが、馬鹿みたいに口を開いたままだった。

「解説しよう」彼は文言を指で押さえた。

「第一項は、発生現場でこじれてカスタマー室へゆだねられたクレームが、真実かどうか、しっかり吟味すること」

指は、第二項へ移った。

「その苦情がうちの社、宿泊施設、運輸機関、食事処など、多方面からみて、公平なものかどうか、検証すべきこと」

大森課長は、周囲の顔を見て反応を探っているみたいだった。

室長は続けた。

「第三は、苦情の解決が、お客さんに評価され、以前に増して信頼関係を深くするものであること。そして第四に、その解決が、うちの社と取引のあるすべての関係者にとって有益でなければならない。どうか毎日の業務遂行に際し、この四箇条をみずからの頭脳にテストしてもらいたい」

ポスターは巻きもどされた。

古賀さん――第二課長に就任――が挙手をした。三年まえに九州から上京した彼は、総務部からの参入とぼくは聞いている。

「室長、テストとは、妙な言葉ですが？」

「常に自分をテストしろという意味や」

笑顔で答え、室長は丸めた訓示を頭上に高く上げた。

「これを、額縁におさめて、職場の壁にかかげ、朝礼と終礼時にみんなで唱和したい」

訓示は五分で終わったさ。これがもし、池袋の多胡支店長なら、絶対に三十分はしゃべり散らすよな。まじで。しつっこいたらありゃしないんだ。それを思うと、住吉室長はちっとばかしは格好がよかったと思う。

「あとは、大森くんに一任する」

室長は、背もたれへドンと身を投げた。

「パンパン」

大森課長の両手が鳴った。盆に乗って、ビール壜やらお酒の徳利やらが運ばれる。乾杯の音頭は、古賀第二課長に指名された。

「こげな晴れの席に、ご指名をばいただき、光栄ですたい。では、新しい職場の前途と、ご列席のみなさまのご健勝とご多幸を祈念しまして、乾杯」

笑顔が広がった。でも、ぼくはひとりぼっちだったさ。とてもじゃないが、陽気な気分なんかになれなかった。マリアさんがそそいでくれたビールを少し飲んだきりだった。手もちぶさたに、とりあえずはお膳の料理を口取の伊達巻からはじめて、あちこちに箸を入れながら、口をもぐもぐいわせていたんだ。

ところでさ、中年男たちは、料理なんかに目じゃなくてさ、各自のビール壜を下げて室長の席へ寄り、お酌をおっぱじめたんだ。ご機嫌をとり結ぼうって魂胆なんだろう。

室長はそのつど、

「おっとっと、もうこれくらいで」

と、手で、グラスをふさいでいる。

「ご遠慮なぞなさらず、もう一杯」

「いや、君こそ、もっといけるやろう」

ボトルを奪い、相手のグラスにそそぐ。

「えへへ、室長にはかないませんや」

ボトルはまた、奪い返される。

飽きもせず、いつまでも繰り返された。

池袋支店でも同じだったけど、ぼくは、おじさんたちの卑屈な胡麻すりは、反吐が出るほどきらいなんだ。安全第一の鉄道系の会社だし、むかしからこんなことを繰り返して、天下太平の世を謳歌しているんだ。

でも、マリアさんの態度は立派だったな。おべんちゃらなんかどこ吹く風。かたっぱしからお箸を、お皿と赤い口に往復させていたんだ。口を、もごもごさせながらさぁ。

その眼が、ぼくにほほえんだ。

「越生くんさあ」赤い口が言った。

「献杯の応酬って、まるで時代劇みたい。あんなの、やりたい連中にやらせておけばいいの。無視しちゃっていいのよ」

ぼく、うれしくなって、彼女のグラスに一杯をついであげた。むろん一回きりだけど。

ところで、さっきから気になってたんだけど、室長の背後の床の間に、花瓶があって、その横に、縦長の四角な紙箱が並んでいたんだな。白い紙に包まれた紙箱は、短冊みたいなのを正面に貼って垂れている。墨汁で書いた文字も見えた。くずし字のようだ。残念なことに、教養のないぼくには、からっきし読めやしなかった。

箸を休めたぼくは、掛け軸でも観賞するふりをして、膝をすすめて近寄ってみた。

「ん、どうした？」

眼が、室長と合った。挙動不審に気づいたみたいだった。

「ああ、これかね」

室長は笑い、彼の手が後ろへ回り、紙箱は彼の膳の上を越えて前の畳の上に置かれた。

箱の中身は、ウイスキーみたいだった。

「ご免ご免、すっかり忘れていた」

大声だったし、一座は沈黙した。

「これは昼ごろ、池袋支店長が、部下を寄越してこの店へ差し入れてくれたらしい。仲居さんが飾っておいてくれた」

箱は、大森課長の席へ寄せられた。課長は持ち上げて文字を読んだ。

《住吉誠一さんへ　池袋支店　多胡次郎》

大森課長は続けた。「多胡支店長って、たしか……」と、室長を見て、

「室長と入社は、同期でしたね」

「うん。だけど、交流はない。同期会の幹事が名簿を配って、配属先を毎年知らせてくれて、知っているだけなんや」

まじかよ。驚いたな。やけに手回しのいい支店長じゃんか。今夜のことを、どこで知ったのだろう。多胡のことだ、友情なんかでなく、効果をちゃんと考えての計略に決まってるさ。あるいは、追放したぼくを、同期の室長に押しつけた罪悪感からの、罪ほろぼしのつもりかもしれない。

「越生くん、ちょっと」

室長が、手招きした。

「すまないが、仲居さんとこへ行って、グラスを七個、もらっておいで」

「水と氷もな」と、大森課長が加えた。

ぼくはスリッパになって、仲居さんの控え室へ行った。

「はい、すぐお届けします」

もどると、座はいっそう乱れていた。

いやはや、グラスが来たら、またぞろ乾杯が復活するんだろう。だけど、ぼくは、自己保身のために厄介払いしやがった多胡の野郎のお恵みなど、一滴だって、飲むもんか。

もし無理強いされたら、少しは口に含むけれど、すきをみて、トイレへ駆け込み、白い便器のド真ん中へ、ゲゲゲーッと、全部吐き出してやっから。

第一章　疲労こんぱいの飛騨高山ツアー

一

四月十六日。月曜日。

ぼくの会社は、電鉄本社の新宿ビルに間借りをしている。カスタマー室は十五階にあった。晴れた日は富士山が西の空に見える。この日の朝は、九時過ぎの太陽の光を真正面に受けて、頂上には残雪がかがやいていた。

月曜は、先週に発生した客のクレームなんかが、各支店からメールや電話で入るから、とりわけ忙しくなる。

ぼくたちのデスクは、二つの島からなる。監督者は二人の課長で、室長はその後方に陣取っている。ぼくはやっぱし末席だったさ。

十時半が過ぎ、一段落した——と思った時だった。

「ルル、ルルル、ルル、ルルル」

卓上電話が鳴ったんだ。ぼくが出た。

「おや、越生かい。おれだよ、おれ。そっち、すこしは慣れたかい?」

声を電話で聞くのは初めてだった。でも、誰だかすぐ知れたさ。しかしさぁ、

「どちらさまです？」

わざとしらばっくれてやったんだ。

「わかんないの、おれ、おれだよ、池袋の多胡だ。室長いる？　いるなら、早くかわってよ」

ぼくは送話器に手をあて、室長を見た。机の書類に判子を押している最中だった。合図すると、送受器を取って肩にはさんだ。

「おお、多胡か……どうした、えろうあわてて……なに、いまからここへ来るって。まあ、かまわんが、来るなら早く来い」

ガチャリと切ると、来客のあることをぼくらに告げ、判子を続けた。

三十分が過ぎたころ、廊下にけたたましい靴音がした。ドアが乱暴に開き、支店長が飛び込んできたんだ。

みんながパソコンの手を止めた。支店長は息をぜいぜいいわせている。粒となった汗が、頬から流れていた。

彼は自称グッチの眼鏡をはずし、顔をエルメスのハンカチでぬぐい、つっ立っていた。

「えろう早かったな。ジェット機にでも乗ってきたか？」

室長の声が笑っている。

「馬鹿言え、特急電車だよ。山手線の特急を奮発して来たんだ」

ぼくと向きあうマリアさんは口に手をあてて笑いをこらえている。だってさ、特急なんて、山

手線にないんだもの。

「つっ立ってないで、そこへかけろ」

室長は、自席横の応接セットを示した。

多胡に続いて、ソファーに対座した室長は、同期生に顔を寄せた。

「で、用件って？」

多胡は、眼鏡をかけなおしたが、ハンカチは放さず、みんなに聞こえるように言った。

「急いで来たから、息苦しいんだ。お茶でもいただけないかしら」

「ここは営業支店やないぞ」

室長は、にべもなく言い放った。

「当方に客をもてなす予算なぞない」

「薄情なやつだなあ」

「欲しけりゃ、廊下へ出て、社員食堂の自販機で買っておいで」

「けんもほろろだね。もういいよ」

笑いを我慢していたマリアさんは、立ち上がってソファーへ進み、先夜のウイスキーのお礼を述べ、アコーディオンカーテンの向こうへ消えた。炊事場があるんだ。

「危急の用なんやろう。早く話せ」

室長は指先で、テーブルをコツコツと叩いた。

「実はさ、池袋支店でうちの社主催のツアーを申し込み、飛騨高山へ行ってくれた客がついさっき、電話で文句を言ってきたのよ」

「ツアーは、もう終わったんやな?」

「うん。女性の声だったけど、もうめちゃくちゃに怒っていて……それで……」

「順を追って話せ」

「ツアー一行は、昨夜にＪＲで新宿駅に帰る予定だった。なのに、一夜明けたけさの早朝に、ようやく帰ってきたんだ」

「まる一日遅れたんやな?」

「厳密には五時間くらいだけどさぁ」

マリアさんが現われて、盆から二個の茶碗をテーブルに置いた。

「ありがとう、すまないね」

多胡は手刀を切って飲んだ。彼女は自席へもどってきた。でも、仕事を再開するでなく、ソファーの二人を黙って見ている。

「なんで一日も遅れたんや」

「それは追い追い話すさ。高山一泊のツアーは四十二人で、うち、池袋の客は七人。七人はひとつのグループで、その代表者の女性が電話をしてきたんだ」

「女性って、若い人?」

「顧客データによると、年齢は四十七人。いや、誤った、四十七だ」

室長は突然、胸をクックと笑わせた。

「なに、四十七士やと。まるで忠臣蔵の世界やな。『やい、おそかったぞ大石内蔵助《おおいしくらのすけ》。到着するのが、おそかったわ、やい♪』」

大阪の人形浄瑠璃みたいな妙な節をつけて、室長はうなっている。

「ふざけんな。おれは真剣なんだぜ」

多胡は、唇を尖らせている。

「で、七人って、女性ばっかしか？」

「女が四人、男が三人。全員が給食提供会社の正社員だ。調理を担当するらしい」

「給食って？」

「ほら、大企業のビルへ、什器を持ち込み、社員の昼食なんかを請け負う業者だよ」

「わかった。続けろ」

二人のソファーは、ぼくから少し離れている。パソコンの手を休めたぼくも、聞耳をたてていた。ほかの五人も同じみたいだった。

多胡は、背広の内ポケットに手を入れた。手帳が出た。ページを開いた。

「ツアーの目玉は、高山祭だった。春の例大祭は毎年の四月十四日と十五日に実施されるが、ラッキーなことに今年は、ぴったし土曜と日曜にかさなった」

多胡は、手帳に見入ったまま、

「おととい の土曜の朝に、一行は新宿駅をJR特急で発ち、中央本線を走り、松本駅に下車。駅前で貸切観光バスに乗りかえて、高山市に直行し、中心街の旅館に到着し、昼食後に参加者は三々五々、歩いて祭り見物へ。夕方再び宿に集合して、全員で夕食。終わると、自由に夜の祭りを見に行く。二日目。朝食後に、またぞろ今度は午前の祭りを見る。お昼は自由食だ。夕方近くまで高山に滞在する。これで一行は朝、昼、夜の祭事をすべて見ることができて、買物も楽しめる。もしもJRを使わずに、新宿からバスのみで行っての一泊じゃ、二日間に及ぶ多彩な祭事は一部分しか楽しめないってわけだ」

「なるほど、祭りづくしの企画なんやな。それで？」

「二日目は夕暮れに、貸切バスで往路を逆に松本へもどる。そして夜の八時発のJR特急に乗り継いで、夜ふけに新宿に帰着し、駅で解散する。その予定だったの」

　多胡は手帳を閉じて、室長の顔を見た。

「そのはずだったのに、一夜の明けた、けさ、つまり早朝一番に帰ってきたのよ」

「列車の遅延か？」

「ちがうさ。遅れたのはバスのほうさ」

「バスのせい？　どういうことや」

「貸切バスが特急への乗り継ぎに失敗しちゃったんだよ」

　うそぉー、まさか！　聞耳六人の十二の目が、ソファーへ集中したさ。

「特急って、あずさ号か？」

「大阪の君が、よく知ってるね」

「昔の歌謡曲で有名やろ。で、乗り継ぎ失敗の原因は、バスが事故でも起こした？」

「ううん。道路の異常渋滞さ。春の高山祭ってのは毎年、四月の十四、十五日だけど、今年は幸運にも土日だった。なので高山は未曾有の人出だ。周辺の道路もクルマで大混雑さ。松本への道は、祭りが終盤になると、とくにひどくなる。なのに、クルマが通れる、まともな道路は一本きりだ」

「たしか、中間地点の高原に、安房峠という難所があったな？」

「現在は、トンネルが貫いているさ。そして松本へは、このトンネルを抜けるしかない」

「越生くん」室長が呼んだ。「急いで岐阜と長野の分県地図を持ってきてくれ。それと、ＪＲの大時刻表も」

パソコンを閉じ、壁のキャビネットへ走ると、ぼくは二冊の地図を抜き、大時刻表をそえてソファーへ走った。

室長は、尻を横にずらせると言った。

「君も、ここにかけて聞いてやれ」

ぼくの仕事は冊子の編集なんだけど、室長の秘書も兼ねているんだ。

多胡は地図を開いた。指が動いて一点を押さえている。そして胸のポケットから自称モンブランを抜くと、勝手にそこをマルで囲んだ。

地図は反転して、こちらへ向けられる。

「安房峠はそこさ。長いトンネルを抜けると、道路は下りになって松本をめざす。問題は、そこで起きた。スピードダウンだ」

地図に見入って、室長は言った。

「トンネルへ入る直前に、平湯温泉があるな。温泉から帰るクルマも合流してくるな」

「うん。だが、平湯温泉は奥飛騨温泉郷のひとつにすぎない。巨大温泉郷から帰る組と高山祭組がかさなって車輌は倍増する。土日だし、台数は例年の実績を超えていた」

「列車に乗り遅れた理由は、それか？」

「うん。接続予定のあずさ号は、東京への最終特急だったのよ」

「で、どうした。バスをそのまま中央自動車道に走らせて、東京へ向かわせたのか？」

「いいや」

多胡は、首を振った。

「松本駅には、九時過ぎに着いている。そのままバスをぶっ飛ばしても、渋滞は当然続くし、東京に帰れるのは真夜中になっちまう。山手線も地下鉄も、すべてがオネンネだ」

「なるほど、そらそうやろうな」

舌で唇を濡《ぬ》らせると、多胡は続けた。

「松本にバスが近づくころ、遅刻は確実になった。そこで添乗員は、この日の本当の最終列車、つまり十一時発の新宿駅行き急行に乗ることを客に告げ、了承を得た。これは季節運行の臨時列車だ。松本駅が始発なんだ」

「急行は、多くの駅に停まるよな」

「なので、終着の新宿は早朝になる」

「えっちらおっちら翌朝とは恐れ入る」

室長は、鼻で笑った。

「笑いごっちゃない。まじめに聞いてくれ。急行は、大半が自由席だけど、団体客は駅に交渉すれば改札時刻を優先してくれる。事情が事情だし、無理な要求じゃないさ」

「その臨時急行の存在は、万が一にそなえて、旅行計画に入っていたのか？」

「事前に客に公表はしないけどね」

「お客にはとんだ災難やったな。しかし、復路の渋滞を見込んで、それなりの所要時間を組み入れながら、それをさらに上回って遅刻したのなら、代替の急行利用はやむをえない処置やったと思うよ。なぜかと言うと」

室長は、背もたれへ、ドンと身を委ねた。

「なんでかというと、列車で帰るという当初の計画は実現されたからや。客には気の毒かけたが、添乗員の措置に誤りはない」

室長は、時刻表の急行列車のダイヤを見ながらそう言い、話を続けた。

「これによると急行は、新宿への途中に数駅に停車し、かつ、ゆっくり走る。だから新宿に着くころは夜明けや。都内は公共交通の全部が運行を開始している。月曜に仕事の客も始業に間にあう。所要時間の不安なバスで東京をめざすよりも、列車は疲労が少ないやろ。当社のとるべき処置は、《一日延着による旅程変更補償金》を、客に支払うことや。旅行契約締結時に客に渡している《旅行条件書》に、そのことは明示されている」

「そんなの、先刻承知だよ」

鼻のあたまを多胡は、ゴリゴリ掻いた。

室長は、おっかぶせた。

「加えて、特急料金と急行料金の差額を、返金するこっちゃ」

「だけどさぁ、池袋扱いの七人は、それきりじゃ承知しないんだ。バスの渋滞は納得したようだが『添乗員がお粗末だった』『気配り不足で不親切。よくもあんなのを同行させたもんだ』と、口を酸っぱくして……」

「苦情は、君が直接聞いたんやな?」

「電話をとったのは社員だが、いきなり『支店長を出しなさい』って。それで、しかたなく、わたしが出たんだ」

「支店長が受け答えしたのは、せめてものお手がらやったと思うよ」

「妙な評価はよしてくれ」

「それで先方は、何か慰謝料でも?」

「いや、何も――」

「ならば、添乗員を派遣した、うちの子会社に報告して、そこの責任者とあんた二人が詫びに行けばいいさ」

「ところがさあ、そういうわけにはいかないんだよ」

多胡は、頭をかかえている。

「なんで?」

「問題は、それほど単純じゃないのよ」

右足が、貧乏ゆすりをやらかしている。

「白状しちゃうとさぁ」

多胡は足を止め、声を小さくした。

「添乗員ってのはさ、うちの支店の女子社員だったのよ」

えっ、池袋の社員だって! なんでなの。室長だけでなく、聞耳組の誰もが、あぜんとなった。

派遣でなく、なんで支店の社員が、じきじきに?

「君も知るようにさあ」

多胡は、鼻の眼鏡を手でずり上げた。

「君も知るとおり、各支店が参加者を集めるツアーってのはさ、通常は派遣の専任添乗員が引率するよな。ところがだ、社長の号令がくだり、この春から、その募集型ツアーの添乗を、支店や本社で内勤の者も、順番にやりなさい、ってことになった。理由だが、会社は分業化を進めた結果、いまや、旅行に出たお客の心理や本音を、社員の多くがよく理解できなくなっている。これは、大手旅行会社の弱点である。お客と共に旅行しない社員に、お客によろこばれる企画なんて、できっこない。添乗こそ旅行業の原点。社員はすべからく添乗員たるべし、とね」

室長は、黙ってうなずいている。

多胡は、ひと呼吸をおいて続けた。

「社長のお説はごもっともだ。でも、支店は毎日ぎりぎりの要員で営業してるんだ。ひとりずつ順に出せ、と言われても、ひとりが抜けると人のやりくりが大変なのよ。君だって支店長をやってたから、わかるだろう」

「同情はする。それはそれとして、今回の高山ツアーには、どんな社員を乗せたの？」

「店頭はいま、春の繁忙期だ。なので、バックヤードで事務をやらせてる、若い女の子をやむなく行かせたんだ」

多胡の右足が、また貧乏ゆすりをはじめた。

「その社員の社歴は？」

「観光専門学校を出て、三年くらいかな」

（ええっ！）

ぼく、思わず声が出そうになったさ。それって、きっと渡辺桃香ちゃんだ。とてもかわいい子で、気立てもよくてさ。お客さんをぐいぐい引っ張ってく性格じゃないけど、たとえば、男ばっかしの団体なら、ただ乗ってるだけで男の客は、ニコニコしれえっとしちゃって、鼻の下なんかを伸ばすと思うけど。

支店長は、続けた。

「早朝に新宿駅でツアーを解散した女子社員は、客と別れると、ただちにわたしの家に電話して、寝床にいたわたしを起こしたんだ」

「事件の第一報やな？」

「うん。新宿駅へ急行したわたしは、喫茶店で彼女を休憩させ、モーニングを食べさせながら、一部始終を聞いた」

桃香ちゃん、疲労困憊《こんぱい》だったろうな。眼なんかに隈ができていたんじゃないか。

「彼女は憔悴していた。しかし、難局を乗り切れたのは、日頃からの支店長の指導さ」

「自画自賛はいい、先を急げ」

「パンとコーヒーで元気をとりもどさせ、その日は、もう自宅へ帰らせたさ」

「ということは、苦情発生のことは、彼女はまだ知らない？」

「うん、まだ知っちゃいない」

組んでいた足を室長は組み替え、言った。

「支店の諸君には当分、明かさんほうがええやろう。で、彼女、添乗経験は？」

支店長は即答できずに、額に手をあてて記憶をたぐり寄せていた。そして、

「池袋支店受注の修学旅行のサブ添乗員が最初かな。二度目は老人クラブの一泊バス旅行だろう。これらは、校長や幹事が指揮をとる。添乗員は前に出る必要はない。今度のようなバラバラの客を引率した経験はない」

「高山へは、本人が志願したのか？」

「本人の希望さ。学生時代に個人的に行ったことがあるとかで、土地鑑がある。列車とバスを利用するといっても単純な往復だ。集客状況を調べてみたら、中年女性が多い。これなら、若い女の子を単身で行かせても安全と判断したんだ」

「ならば、解決は簡単や。お客は添乗員の不親切に文句をつけている。だから社員の監督者であるあんたが、先方へ出向いて、グループ代表のおばさんに謝罪するこっちゃ」

「わかっているさ。わかっているからこそ、君に相談に来たんだよ。そこんところを忖度してもらえないかしら」

と、媚びる眼で、室長を見上げたんだ。

「忖度やと？　さっぱりわからんな」

小首を、室長はかしげている。

「君に、ひと肌脱いでもらいたいんだ」

「高尾山の公園はいま、桜は満開かも知れんが、肌着は脱げない。風邪をひく」

「ねえ、茶化さないでくれよ」

多胡は、いらつき始めた。

「君の力を、わたしに貸してほしいんだ」

胸ポケットのモンブランを抜いた多胡は、ガラステーブルをコツコツと叩いた。

「どうしろと言うんや？」

「ぶっちゃけ、ぼくといっしょに、客のところへ詫びに行ってもらえないかしら？」

室長は驚き、背筋を伸ばして言った。

「アホぬかせ。あんたの店の尻ぬぐいに、なんでわたしが……」

と、両手を左右に振った。

「ねえ、お願いだ。同期のよしみじゃないか。たのむよ、たのむ。このとおりだ」

多胡のやつ、犬みたいに両手をそろえてテーブルに置いた。声も哀れっぽくしてさ。

いつだったか、多胡はぼくに、「おれは三代続いての生粋の江戸っ子だ。そんじょそこらの田舎出の者とはわけがちがう」なんて、えばりくさったけど、いまのざまはなんだ。ほとほとあきれかえるよ、まったく。

あげく、多胡は、まるで神やホトケをおがむみたいに、室長の顔へ、両手を合わせる真似までやりやがった。

だが、室長は苦笑して、

「あいにくやが今日は昼から会議がある」

と、やんわり逃げたさ。

すると多胡の顔に、急に光がさした。

「今日じゃないんだ。明日だよ。午後四時のアポだ。池袋駅から歩いて十五分だよ」

このとき突然、大森課長が席を立って、不快な顔で寄ってきた。

「支店長、そりゃ筋ちがいでしょう」

課長は立ったまま多胡を見下ろしている。

「多胡さん、支店と客のトラブルじゃないですか。解決はすべて、支店の責任でやってください。そして解決後に、こちらへレポートを送ってください」

大森課長の仕事は、我が社の直営支店にからむ苦情の解決を、法律的に指導することだった。

多胡のやつ、すわった姿勢から、大森課長を見上げて言い放った。

「わかっているさ。わかっちゃいるが、恥をしのんで、同期の室長に助けを求めに来たんだ。君には関係ない」

室長は、唇の端を笑わせていたが、

「同期のよしみというなら、しかたない。協力してやってもいい」

そして、背もたれから起きなおった。

「そんな魂胆なら、あんたが差し入れてくれたあの安物の洋酒、飲むんやなかった」

「安物じゃないよ、高級品だ。誤解しないでくれ、あれは純粋の友情からだったんだ」

顔を赤くして、多胡は息巻いた。

「いまさら吐き出すわけにもいかんしな」

室長はそう言い、立ちん坊の大森さんへ、

「まだわたしは、東京のお客に接したことがない。勉強のつもりで会うのも悪くない」

「いいんですか、室長」

大森課長は、憮然とした表情で去った。

多胡のやつ、さっそく訪問先の情報を室長に吹き込みはじめたんだ。

「約束が四時と決まったのは、給食屋は昼の前後が忙しいからさ。なあに、君は名刺の一枚でも出して、ドンとかまえててくれりゃいいよ。苦情係のおん大将のわざわざのお出ましだ。相手は、それだけで納得するさ」

多胡は、残りのお茶をひと息に飲んだ。

室長は言った。

「で、その給食会社、名はなんと言う?」

「社名かい?」

多胡のやつ、手帳をまた繰り、開いたところを室長に見せた。

「なるほど、××社か。業界の大手やな」

「おや、知ってるのかい?」

「いや、なんでもない」

手帳は、引っ込んだ。

「明日は越生も連れて行こう。三人も顔を出せば、先方も誠意を感じてくれるやろう」

「ありがとね」

ぼくにも多胡は頭を下げた。そして魂胆がかなうと、もう用はないとばかりに急ぎ足に出て行った。ドアもちゃんと閉めないでさ。

二

一夜があけて、ぼくたち三人は池袋駅構内の〈いけふくろう〉像の前に集結した。待ち合わせの場で有名なんでね。三時二十分のことだった。実は多胡支店長は、池袋支店で待ちたいと主張したんだけれど、住吉室長は強く反対したんだ。

「おまえな、添乗した女子社員の気持も考えてやれ。カスタマー室の人間が二人も顔を見せたら彼女、どんな思いをする」

ということで、ふくろう像には支店長が先に出迎えて手を振っていたんだ。

「室長さぁ」多胡は言った。

「ご忠告どおり、行き先はボードに書かずに出てきた。もっとも次長にだけは耳打ちしといたがね」

午前中は雨だったけど、昼には雲間に薄日がのぞくほどになっていた。支店長は百貨店のショッピング袋を手に下げていた。

「それって、手土産か?」

「うん、最中さ。かたちがふくろうなの。池袋の名物なんだ。相手は女性だろ、甘いものがいいさ。出費なんてしれたものよ」

機をみるに敏というか、情勢判断にすばしっこい野郎だ。

支店長が先頭を歩き、明治通りを信号で東へ渡って歩道に出た。歩道は東へとさらに伸びている。駅ビルが遠ざかっていく。

街路樹を漏れた陽差しが、足元をゆらせている。室長だけが追いつき、多胡と肩を並べた。ぼくひとりが後ろを追う。いつものでんで、多胡のネクタイはウンコ色だった。ひらひらなびかせている。ワイシャツのカフスに宝石が光っていた。どうせ香港で買ったニセ物なんだろうけど。

室長は、眼を左右に向けて言った。

「池袋ちゅうのは、やっぱり垢ぬけせん街やな。昔とちっとも変わっとらんな」

「昔って?」多胡は口をとがらせた。なにしろ自分の営業エリアを侮辱されたも同然だったから。

「大学は池袋駅西のR大学に通っていた。上京して、ぼろアパートに住んでたんや」

「そうなの。Rボーイなの」

多胡は同期のよしみというわりには、室長についての情報に乏しかった。

「何年たっても池袋は池袋。見てみい」

室長は歩道ににじむ黒い斑点を指差した。モザイク路のすき間に、煙草の吸い殻が点々と詰まっていたんだ。黒ずんでさ。踏みにじられたガムの食べカスもすさまじかった。

「ほら、まだあるぞ」

室長は、並木の植樹桝にも手をやった。ペットボトルが無残にも散乱している。

「でもさあ」支店長は不満気に言った。

「耳の痛いことだけど、猥雑なのは駅の西側だけだろう?」

「垢ぬけせん点では、西も東も、おんなじこっちゃ」

おもしろくない気分は、実はぼくも同じなんだよな。なにしろぼくは埼玉県出身で、池袋ってのは、埼玉人が東京へ通勤して最初に着くターミナル駅なんだ。駅周辺は埼玉の匂いが充満しているわけよ。だもんで、「池袋は東京じゃない」なんて、揶揄《やゆ》する、きっすいの東京都民もいるもんでね。

しばらく黙って歩いていたら、ふいに振り向いた多胡が、ぼくに言った。

「おまえ、これ、持ちな」

手土産を突きつけたんだ。いきなりだよ。むかっときたさ。そうじゃないか、支店長はもうぼくの上司でもなんでもない。悪縁はぷっつり切れたんだ。もう彼の命令の及ばないところにぼくはいる。明白な越権行為なんだ。だからぼくは、唇を曲げて、反応しないで黙っていた。

「おい、聞こえていないのか！」

多胡は、手土産を左右にゆすった。ほんとうに鼻もちならない野郎だ。

気づいて室長も振り向いた。苦笑いして、

「越生、持ってやれ」

ようやく、正規の職務命令が出た。

ビジネスかばんひとつになった多胡は、肩を並べる室長に言った。

「でもさ、当時とちがって、池袋はいまはビルがとても多くなっているだろう？」

「まあな。しかしやっぱりアジアの発展途上国の都市の雰囲気に似ているな」

前方に一本、見上げるばかりの高層ビルがせまってきた。ダントツの高さなんだ。

支店長は、胸を張って言った。

「あのサンシャインビルにさ、でっかい水族館が入っていてさ、若い男女のデートスポットになっているんだ」

「まさに、掃き溜めの鶴やな」

むっとした顔で、そっぽを向いて、多胡は口をとざしてしまった。

ぼくらはそのビルの手前で左折した。室長は大股で歩くから、背の低い多胡は、小股でちょこちょこ歩数をかせいでいる。

「いよいよ見えてきたよ」

と、支店長が言った。

指差すところに群を抜いてそびえるもうひとつのビルが他を見おろしている。

近くなると、入口は、透明ガラスの回転ドアだった。ぴっかぴかの新建築のようだ。

多胡はまた、ぼくに振り返った。

「越生、言っとくが、客に対して、発言は禁止だぜ。もし口をきく場面があっても、反論はするな。原則的におまえは見学だけだ。わかったな」

彼はいまだに、ぼくの前科を根に持っているみたいだった。

三

最初に多胡が回転ドアをくぐりぬけた。

ロビーは広かった。奥に受付がある。赤い制服の女性がにっこり笑って言った。

「お約束はおありですか？」

多胡が名刺を出す。女性は卓上のパソコンを操作した。

「うけたまわっております。高層階専用のエレベーターで、三十階に降りてください」

エレベーターは途中にだれも乗ってこず、一気に着いた。出た廊下は、うまそうな匂いがした。

「携帯電話をオフにしろよ」

室長が、二人に告げた。

廊下の南側が食堂の入口みたいだ。蝋《ろう》細工のカレーライスや鯖《さば》定食なんかの見本が、透明ガラスの内におさまっている。

だけど、店内はまっ暗だった。頑丈なガラス製自動ドアの入口の定位置を足で踏んだけれど、作動しなかった。室長が言った。

「営業は、終わっとるみたいやな」

ドアに隙間がある。多胡は手を差し入れて、こじ開けようとした。すると内部の一角に小さな蛍光灯がともり、ドアは開いた。

「ご免なさ〜い」

女性の声が奥から走ってきたんだ。白い割烹着姿のおばさんみたいだった。

「ようみえたわね。もう四時前なんや。うっかりしとったわ。バタバタあと始末やなんかしてたもんで。ほんとうにご免なさい」

ぼくらは、無言で頭を下げた。おばさんも白い帽子を脱いだ。

「もう営業は終了なんやけど、終了がわかるように照明を落としてるんよ。足元に気をつけてこっちへどうぞ」

店内の暗がりのなかを、彼女に従った。床は全面がリノリュームかなんからしく、歩くたびに、コツコツと靴が鳴った。

料理の受取口や食器返却棚がある。客用の椅子とテーブルはざっと見て四百人分ほどだ。

行きつくところにドアが見えた。おばさんは開けて先に入り、パチンと照明をつけた。

「どうぞ、なかへ」

小さな会議室みたいだった。〈手洗励行〉のポスターが二枚、壁面に貼ってある。

「従業員の休憩室兼用なの。せまいけど、ご辛抱ください」

おばさんの顔がやっとわかった。ぽっちゃりしたところはぼくのおふくろに似ている。きつい印象はなかったね。

長いテーブルを二本くっつけ、一体としたのへ対面することになった。

彼女はぼくらに、奥の方のパイプ椅子にかけろと指示したけれど、固辞してドア付近を選んだ。

多胡が、おそるおそる名刺を出した。

「あなたが支店長さんなのね。電話では言い過ぎました。ご免なさいね」

続いて室長も一枚を渡した。ぼくのは〈室長席付〉って役職なんだ。でも、インチキなんだよ。そんな役職が社内にあるもんか。室長が勝手に街の印刷屋で刷らせたもので、人事部には内緒なんだけど、それを渡した。

「社員同士で、交換しちゃいかんよ」

クギを、室長は刺している。でもさぁ、もしうっかり社内で交換してごらんなよ。相手は見下げた眼で、ゲラゲラ笑っちゃうから。

おばさんのは角が丸くて小さめだった。タイトルは、〈管理栄養士〉とあった。

「古川幸子と申します」

あらためて見たけど、彼女は上品な顔立ちをしている。

多胡は、立ち上がって言った。

「道路渋滞のせいとはいえ、予定の特急に乗り継げず、まことに申しわけありませんでした。このとおりです」

頭を深々と下げた。おばさんは、すこし笑いながら、

「先に恐縮されたら、わたし、文句のひとつも言えなくなるじゃない」

多胡はぼくらの中央にすわった。おばさんと鼻を突き合わせる損な位置だ。

彼女は、ぼくらを見渡して言った。

「せっかくみえたんやから、お飲物をお出ししますわ。何がいいですか？」

ぶるぶるっと、多胡は首を振った。

「遠慮はいらんのよ。ここ食堂なんやし、お好みのを出せますのよ」

とっても親切な人みたいだ。なにしろぼくは、鬼みたいな形相の女性を想像していたものだから。

支店長が、代表して答えた。

「古川さまと同じものでけっこうです」

ほんとうを言うとさ、おばさんは「あなたは?」って、ぼくたちひとり一人に好みを訊いてくれたんだ。ぼくが「じゃあ紅茶」って答えたらテーブルの下で、多胡の足がぼくを蹴りやがったんだ。いけ好かない野郎だ。

「じゃ、全員コーヒーにしましょう」

おばさんは、背後の小卓に乗っかっている内線電話みたいなのを使って、

「ええ、コーヒーよ、コーヒーを四つ。よろしくね」

多胡は、くりかえし恐縮している。

待つ間もなくドアにノックがあった。おばさんのと同じ割烹着の女性が現われた。盆に銀色のポットと、白いカップが乗っていた。

「ご苦労さま。あとはわたしがします。あなたはもう、退勤していいわ」

おばさんが言うと、女性はぼくらとおばさんに一礼して、ドアから去った。

ドアが閉じるのを見て、室長は、

「いまの女性も、高山へはごいっしょでしたか?」

「そうよ」おばさんはうなずいた。

彼女はポットから四個のカップにそそぎ、テーブルに並べ、先に口をつけて、少し飲んでから言った。

「さめないうちに、どうぞ」

ぼくらも手を伸ばした。半分を飲んだカップが四つ、テーブルで湯気を上げている。

「こんどの旅行はね」と、おばさんが言った。「わたしが幹事だったんよ。ちょうど土日やったし、食堂も休みなもんでね」

　室長が大きくうなずくと、おばさんはその顔へ続けて言った。

「実際、幹事なんて面倒なものなんよ」

「よくわかります」室長は応じた。

「それを承知で引き受けたんやけど、なんでだか、わかります?」

　いたずらっぽい眼が、こんどはぼくら三人に、行ったり来たりしている。

　多胡は首をかしげ、神妙な顔で黙っている。

「んーん、そうですね……もしかして」

　と、室長が、顎をなでて言った。

「間違っていたら謝ります。古川さまは、もしかして、飛騨方面のご出身では?」

　室長は一貫して標準語で話していた。

「まあ、ご名答よ。ようわかったわね」

　おばさんは、喜色満面になった。

「岐阜県は飛騨の出身なんよ。どうしてわかったの?」

「失礼を申しますが……」

　室長は、二本の指を彼女に示した。

「ひとつは、お話しぶりです。つまり飛騨地方の方言を随所にお使いです。第二に、古川さまの苗字もヒントになりました」

「わたしの名前?」

「はい。JR高山駅から日本海方面、すなわち北へ少し行くと、古川という土地がありまして、駅名も飛騨古川……」

「たいした眼力やわね。わたし、飛騨で高校を終えて東京に出て、専門学校を卒業して就職したのがこの会社なのよ。でも、いやだわ、お国なまりがまだ残っているなんて」

しかしさぁ、両眼には、光がやどっていた。

「わたしはですね」

と、室長は、膝を前に乗り出した。

「この旅行社に就職しまして駆けだしのころ、高山へ添乗員で行ったことがあります。もう二十年も昔のことですが」

「みなさんのお仕事って、楽しそうでうらやましいわ」

「まあ少しはね。で、なにせ当時は新米で高山は初めてです。緊張の連続でした。しかし町の一角に伝統的な建造物群が残り、不粋な電線は地下に埋められ、みごとな景観でした。心がいやされました。さすが小京都と称賛される風格ある町と感心したものです」

おばさんの顔は、なごんでいる。

「その時のあなたのお客さん、どんな人たち?」

「総合病院の看護師さんたちでした。職場旅行を支店が受注したのです。二台の貸切観光バスに分乗して、高山へ来たわけです」

「あら、女性ばっかしなの。あなた、二十歳すこしのころでしょう。さぞ女の子たちにもてたんじゃない？」

「まあね」

室長は、目尻を下げている。

「しかし、監視役に男性医師が数人参加され、にらみをきかしておいででした」

おばさんの口が、ほころんでいる。

「それで高山ですが」室長は顔をなごめて続けた。「つくり酒屋が何軒もありまして、試飲させてくれましたが、風味はどれもが特徴を持ち、うまかったです。旅館で出た飛騨牛の朴葉焼にも舌つづみを打ちました」

満足そうに、彼女はうなずいている。

「なかでも、驚きの一番はですな」

室長は調子づいてきた。謝罪に来たのを、すっかり忘れているみたいだった。

「ご当地の方言でしたね。尾張のじゃなくて、関西風でもない。あえて言うと、イントネーションは京都の響きに似ています。どことなく上品なんです」

「うーん」彼女は首をひねっている。

「そうかしらねえ。使ってるわたしらは、そんなん意識しとらんけど」

「たとえばです。みえる。知らへん。遅れてまう。はよ起きや。あかん。単語は大阪弁に似ていますが、抑揚は京都風でした」

おばさんは、白い歯を見せて笑った。

「言われてみれば、そうやわね。何々してまう。これは、いまのわたしも使います」

「これまで、日本各地に添乗しましたが、現在も特有の言い回しが残っています。耳にして、ああ旅に来たな、という気分が高揚します。東京だってそうです。教科書みたいに話す人はめったにいません。教科書の言葉は札幌か沖縄の那覇くらいなものでしょう」

「そうね。東京では、ぶったたくとか、おっこちるとか、何々じゃんとか、ずいぶん奇妙な言葉が多いですわね」

「やべぇとか、やってみっかとか。頻繁に通勤電車で耳にします」

おばさんの眼がさらに細くなった。

「聞いていて段々わかってきたけど、住吉さん、あなたは東京の人じゃないわね」

「わかりましたか」

室長の顔が、赤くなった。

「関西の出身でしょう。このビルで働く人たちの多くは、お昼に食堂に来られるけど、関西出身の人も少なくないですわ。あなたの標準語も、ひびきは彼らと同じやわ」

おばさんは、息を継いだ。

「隠そうとしても、わたし、あなたが大阪の人ってのは、とおに承知なのよ」

室長は首をすくめた。古川さんはそれを見逃さなかった。

「ふふふ。でも、それはもういいの」

と、笑いにつつんでしまった。そして、「わたしはね」と椅子を前に進めたんだ。

「今度の高山行きは同僚たちに、自慢のお祭りを見せてあげたかったからなんよ。日並びがぴったし土日やったもんで」

やっぱし食堂は、土日しか休めないんだ。

「でね、最初は、岐阜の親戚に電話で宿の確保を依頼したの。でも、あかなんだ。どこも満員だと。しかしわたしはあきらめたくない。池袋駅周辺の旅行会社をいろいろ訪ねたんよ。パンフレットもぎょうさん集めたわ。退勤後、自宅で検討した。お安い企画はバスで出発のツアーやった。けど、高山滞在は短い。祭りに付随の行事っていっぱいあるんよ。屋台の曳き揃え。からくりの奉納。昼と夜の屋台の御巡行。単純な一泊バスツアーでは、ごく一部分しか観賞できないわ」

おばさんは、残りのコーヒーを飲み干して続けた。

「とくに夜祭りの御巡行は圧巻よ。百個もの灯をともした屋台が、町内を回るの。だから宿は市内の中心でなきゃだめ。それらを勘案して現地でゆっくりできる、列車を使うお宅のツアーに決めたの。でも幹事の責任上、わたしは宿泊代とJR費用、路線バスの運賃などを個別に計算してみたわ。すると関急さんの旅行代金とほぼ同じやった。これなら同僚らも納得してくれる。だって費用はめいめいの負担だもの。そんな苦労もあったんよ」

ぼくたちは顔をそろえて、黙ってうなずくしかなかったさ。

「関急さんのおかげで、いちばん大事な目的は達成できました」

支店長は、眼だけを笑わせた。

「でもよ」彼女は豹変した。「帰路のことはいろいろ言いたいことがあるの。客のひとりとして提言もあるわ。お聞きになって、損はないから、少々つきあってください」

唇《くちびる》を舐《な》めると、彼女は続けた。

「お祭りは満喫できたわ。なのに、帰り道はもう大変。バスは異常渋滞。もしも特急に乗れず日曜に新宿に帰れなかったら、月曜の食堂はちゃんと開店できないわ。だって開店は午前十一時でも、朝早くから大量の野菜を切り、お肉に下味をつけ、小麦粉を練るなど、もうてんやわんやなんやから」

多胡はさかんに揉み手をしている。身を縮めてもいる。おばさんの顔は紅潮した。

「お聞きしますが、支店長さん、お宅はツアーを計画のとき、バスの渋滞を想定しなかったのかしら?」

多胡は、上半身不随に陥っていた。眼だけをぱちくりさせていたさ。

助けたのは、室長だった。

「例年の高山祭では」彼は言った。「松本へ帰るバスは平常時の五割増の時間で旅程を組みます。しかし今回は土日でした。ですから例年のに一時間を加えて、なお念のためもう一時間を加算しました。これは、列車に乗るまえの食事時間を想定したからです」

「じゃあ、今回は不運やったってわけ?」

古川さんがさえぎった。彼女の眉根に皺の波ができていた。

室長は、上目づかいに彼女を見た。

「残念だったのは、松本への下り道に、先行するマイカーが、交通事故を起こしておりまして、処理のため大渋滞したことです」

「だから不運だったとおっしゃりたいんでしょう、ちがうの？」

語気が強くなってさ、多胡のやつ、視線をそらしてうつむき、グウの音も出なかった。

彼女は、呼吸をやや落ちつかせると、

「事故はしかたないわ。でもわたしが我慢できなかったのは、徐行運転のとき、添乗員もドライバーも、原因が多客時の自然渋滞と信じ込み、平然としていたその態度よ。国道が混むなら、道路を別なのに変更するなど、臨機応変にできなかったの？」

室長は両手を膝の上に組み、ゆっくり答えた。

「大型バスの通行可能な道路は、あれ一本きりでした。まことに残念に思います」

「不可抗力やった、我慢しろってこと？　ねえ、支店長さん」

おばさんの眼向きが、一点に集中した。

「あなた、さっきから、黙ってばかりいらっしゃるけど、どうなんよ？」

「いいえ、そんなわけでは……」

多胡の野郎、声がうわずっている。模造モンブランも、にせロレックスも、いんちきエルメスも、すっかり権威を失っている。

おばさんはターゲットを多胡に変えた。

「走らないバス。満員の車内。お客は、みんな気が気でなかったわ。次の列車のことで、あたまがいっぱいだったんよ」

「はあ」多胡は平身低頭するばかりだ。

室長が挙手をし、受けた。

「ごもっともです」

彼女は、その顔へおっかぶせた。

「バスはガイドさんを乗せていなかったわね。お宅の方針だったの？　もし乗務してたら携帯電話なんかで道路情報センターにでも訊けば、原因を知ることはできたと思う。なのに、添乗員さんも運転手さんも平然と黙ったままよ。事故とわかったのは、ようやく対向するバスと無線でドライバーが交信したからよ。遅きに失したと思う。もういちど聞きますけど、ガイドさんはなぜ乗っていなかったんです。お宅が経費を節約したから？」

室長は、多胡と顔を見合わせた。

「その件に関しても、わたしが申します」

室長は、背広のまえをそろえた。

「バス利用は、片道が三、四時間です。しかも同じ道の往復です。ほぼ山道で、観光案内の場面もありません。ガイドを省略して経費をカットすることで、旅行代金を低く抑えました。ご理解ください」

これは真実だよ。ツアーの価格ってのは各社の競争なんだ。千円でも安くしたいんだ。

やっと自分の責任を自覚した多胡は、声はちいちゃかったが、おばさん最大の忿懣《ふんまん》の問題に踏み込んでいった。

「それと……ですね」

「きのうお聞かせいただいた、添乗員の件ですが、渋滞の真相を的確に説明できなかった失態は、わたくしの教育が不充分だったからです。痛切に反省しております」

たまには多胡も気の利いたせりふが吐けるもんだ。でなけりゃ、管理職は失格じゃん。

「ほんとうに申しわけありません」

多胡は、握っている例のハンカチで顔の汗をぬぐってみせた。

「あの添乗員さん、まだ若かったけど、若くてもプロなんやし、もう少し気配りが欲しかったと思いますよ」

ぼくの考えでは、桃香ちゃんって子は、事務は黙々とこなせっけど、他人とうまく調子を合わせたり、積極的にリードするタイプじゃないんだ。でも、かわいい子でさ、一般的に健康な男なら好むタイプではある。

「わたしたちのバスは事故処理の現場を横に見て、ようやく速度を回復したわ。でも遅刻は決定的。松本の町に入ると添乗員さんはマイクを握って今後の方針を説明したの。案は二つあり、ひとつは、バスをこのまま新宿まで走らせる。ただし交替運転手が必要だ。中央自動車道も異常渋滞は続くだろう。何時に東京に着くかわからない。真夜中かもしれない。それよか、あと二時間待てば、新宿行き臨時急行が松本駅から出発する。これは自由席が大半だけれど、駅と交渉すれば改札を優先してホームに早く並ばせてくれる。列車は松本駅が起点なので、全員がすわれる。新宿には未明に着く。ＪＲも私鉄も全部が運行を開始している。一日延着というのは心苦しいが、どうかこの選択に同意していただきたいと、まあ、そんなお話でした」

すごいじゃん、桃香ちゃん。立派だよ。ぼくがその場に居あわせてたら、それほど理路整然と言えたか自信はない。不安で気が狂いそうなお客に、堂々と演説をぶった桃香ちゃんは、もっと称賛されていいんじゃないか。

「やっとバスは、松本駅に到着したわ」

栄養士さんは遠くを見るように言った。

「それでみなさん、荷物やお土産を手に改札口に集結したの。添乗員さんは言ったわ。『駅員さんといまから打ち合わせをします。実は乗り継ぎを失敗したツアーはもう一団体あります、その添乗員、Ｔ社の添乗員ですが、その人と乗車する車輛の配分につき協議の時間も必要です。この場で少々お待ちください』。彼女は十分ほどで戻ってきたわ。『団体の改札は十時四十分です。それまで解散します。駅周辺へお食事に行かれてください』。でもわたし、みんなが離れようとしたとき、あることを思い出し、彼女に言ったのよ。旅行の荷物を下げて街をうろつくなんて大変だわ。もしあなたが駅構内で一時的に預かってくれたら、お客は助かるわ、と。でも、わたしの提案に彼女は、『すべて自己管理をおねがいします。構内にはコインロッカーもありますから』。わたし、カチンときた。疲れが、どっとあふれたわ。もしオーケーしてくれたらわたし、彼女にパンでも買ってきて、トイレの時間くらい交替してあげてもいいとまで考えていたもんだから」

「ほかの団体は、いかがでした？」

多胡は、おそるおそる訊いた。

「わたしたちと同じよ。さっさと散って行ったみたい。どの添乗員も、お客に対する思いやりがなかったのね。コインロッカーは全員が使えるほど多くなかったわ。ねえ、支店長さん、どう思います？」

多胡は、顔が上げられないでいる。

室長が代わった。

「他社と歩調を合わせる理屈なぞありません。当方が独自に判断するべきでした。教育の足りなさを痛切に感じます」

「なぜわたしがあのとき、そんな提案をしたか、あなた、おわかり？」

「うーん」室長は両腕を組んだ。しばらく考えたが、腕を解いた。

「想像ですが、以前に経験なさった何かをお思い出しになった？」

「そう、もう昔のことよ。わたし、新婚旅行はヨーロッパだったんよ。やはり旅行会社のツアーやったけど、最終日に、一行は楽しかった思い出を胸にロンドンのホテルをチェックアウトして、専用バスで空港へ向かったんよ。なんて名やったかしら、あの空港。若いあなた、おわかりかしら？」

あれれっ、ぼく、どぎまぎしちまったさ。なにしろ支店長に沈黙を強要されていたし、三人の会話を、ぼんやり聞き流していたもんでね。あわてて、記憶をさぐってみた。でも十秒たっても浮かんでこなかったんだ。

(知らないのね?)

おばさんの眼が、うすら笑いをしている。多胡の足が、テーブルの下で、またぼくのすねを蹴りやがった。そのうえ、

「ヒースロー空港でしょう」

と、ぼくの顔をつぶしやがったんだ。

「ええ、ええ、ヒースロー空港やわ」

おばさんの口は多胡へ、そして両眼は、あわれむようにぼくを見ている。

「一行は空港で降りたけど、まだ搭乗手続きには早かったの。航空会社が一行のスーツケースを引きとるのは五十分後とのこと。それがわかると、男性添乗員は、『四十分間を解散します。手荷物はご自身でお持ちねがいますが、トランク類はこの場に二列に並べてお残しください。わたしが見張っています』。みんなが並べると、彼は、自分の手荷物から一本の長いロープを出し、それをスーツケースの把手のすきまに次々と通し入れて、全部を数珠つなぎにしていったわ。終わると、ロープの両端をしっかり結んだの。『このとおりです。どうぞ買物でもお茶にでも、お好きにおでかけください』。空港は置引や窃盗が多いわね。強引にナイフなんかを使ってロープを切ろうとしたら、添乗員さんは大声で叫ぶし、警備員が飛んでくるわ。ちょっとした親切だったけど、お客はその気遣いがうれしいのよ」

古川さんは一気にしゃべって、満足そうにふうっと息を吐いた。

「遅まきながら、社員教育の参考にさせていただきます」

手帳に、室長はメモをした。

「小さな配慮って大事なんよ。たとえばこの食堂ね。お昼になると超満員。どの階の誰なのか全然わからないけれど、食券を受け、料理を渡すとき、声をかけてあげるの。『あなた肥満ぎみよ。朝ご飯抜いてない？　お野菜をちゃんと食べなきゃね』と。ほんの一声でいいの。このおばちゃん、ぼくのことを心配してんだと、よろこんでくれるわ。お金と料理を交換するだけの仕事じゃないのよ」

ひと息に言い、彼女は唇を舐めた。眼の前には、コーヒーカップがからになっていた。

「のどがかわいたわね。あなたがたも、もう一杯いかが?」

ぼくらは辞退したけれど、古川さんは小卓の電話器に再び手を伸ばした。

相手は、さっきの若い女性と別人なのか、ていねいな話しぶりだった。

そのとき――

受話器が置かれた時だった。ドアがノックされ、男の人が入ってきたんだ。オールバックの黒髪。ビジネスかばんを下げている。年まわりは、室長や多胡よか少し上だろう。恰幅のある紳士だった。

「間にあったな」

彼は肩で息をしていた。古川さんが紹介した。

「統括マネージャーの大塚です。豊島区と練馬区と北区の担当課長なの」

名刺交換が終わると、紳士は古川さんの横にかけ、胸の鼓動を休めて、言った。

「朝から課長連中を集めて研修会があり、某所で缶詰になっていました。予定時刻に終わっておれば、四時に帰れたんですが……」

それから、横の古川さんを見て、

「でさ、話はどこまで進んだの？」

「洗いざらいぶちまけちゃいました」

彼女は、白い歯を見せて笑っている。

「もう、わだかまりはありませんわ」

「そうかい、そりゃよかった」

古川さんは、ぼくらに言った。

「この課長も、高山へはいっしょだったのよ。社員旅行なもんでね」

室長と多胡は、そろって頭をテーブルにこすりつけた。出おくれちゃったぼくもだ。

「まあまあ、お気遣いなく」

紳士の手が、顔を上げろと言っている。

「研修会ではですな……」

紳士は、おだやかに言った。

「講師役の弁護士が演壇に上り、昨今やかましく言われるコンプライアンス、つまり、わたしども業界の取締法令に関して解説をしました。が、正直、退屈でした。ついでにおたずねしますが、お宅らにも管理職の研修会ってのがありますか?」

「もちろん、あります」

室長の眼も、すでになごんでいる。

「取締法の旅行業法というのがあり、時々改正されます。また、旅館業などの法律も我々には大切です。それらの改正のたびに講習を受け、部下に徹底しないといけません」

「お互いに気苦労ですな」

ニヤリ、と紳士は笑った。そして、

「それはさておき、さっきの研修会が終わったとき、わたしは廊下に出ましたが、講師も会場を出て帰ろうとするのを引き止めまして、立ち話でしたが、今度の高山ツアーのトラブルの決着を、どうしたものか、質問いたしました」

多胡と室長の表情から、明るさが消えた。

「するとですな」

紳士は、くっくと肩で笑った。

「するとですよ、先生がおっしゃるに、自分は旅行業に関する法律にくわしくはないが、状況を聞いたかぎり、慰謝料や損害賠償を求めるのは無理だろう、変更された列車料金の差額返金と、参加条件書に記載の変更補償金が出れば、それっきりでしょうね。彼らに特段の失態はないようだし、よしんば法廷で争っても弁護士費用にもならないでしょう。裁判の判例だって、ほとんど見ません。つまり、骨折り損に終わるだけでしょうねと、まあ、そっけない返答でした」

そして、おばさんの顔へ、

「君どうだい、わざわざ三人も来られたんだし、君も胸のつかえは下りたと思う。お三人の誠意は旅行に参加したみんなにも報告できる。このへんで、もう終わりにしては？」

多胡は、得意の米搗きバッタを発揮して二度も三度も、ぺこぺこ頭を下げた。

「そうね、もう許してあげましょうか」

しかしその眼は、同時に何かを急に思い出したように強く室長を捉えていたんだ。

「ところで、室長さん」

「？」

「住吉さん、あなた、うちの社の大阪統括部長を知っていらっしゃるそうやわね。大阪の中崎部長とは、どんなご関係なのかしら？」

なんのことかという眼を、多胡は室長に向けている。

室長は、やや沈黙のあと言った。

「白状します。さきほども触れましたが、わたしは若いころ、法人営業担当として大阪で団体客獲得に奔走していました。その時期に、中崎部長さんには格別なご愛顧をいただき、一年に一度の社員旅行をご契約いただいていました」

「そうだね」マネージャーはうなずいた。

「大阪は各支部の職場が、合同でバスを借り切って実施しているようだ」

「はい。企画から契約までを仕切っておられたのが中崎部長さんでした。その後わたしは営業係を離れて、後輩社員に引き継ぎましたが、年賀状は欠かしませんでした。そんな折り、奇遇にもこのたび、こちらさまへお詫びにうかがうことになり、御社の社名に驚き、中崎さまのお顔を思い出し、本日お会いする女性はどんなおかたなのか、まえもって知れるなら、参考になると考え、ぶしつけながら、中崎さんに電話したのです。勝手なふるまいで、申しわけありません」

ふ〜んという顔を、古川さんはした。

「な〜んや、そうやったの。わたしは中崎部長って知らない人なんやけど、きょうの二時ころ部長から突然の電話があって、『関急旅行社の住吉ってのが、そちらへ行くそうだが何分よろしくたのむ』って言ってきたの。わたし、すごく腹がたったたわ。そんな手を使う住吉って卑劣な男だと。でも『誤解しないでくれ。彼は、君の職種とポストを質問しただけだ。年齢や出身地や経歴などは尋ねなかったよ。訪問の趣旨をわたしは訊いたが、彼は話さなかった』そんなやりとりだったの」

「差し出たことで、すみません」

「あなたってずいぶん用意周到なのね」

おばさんの苦笑いは、紳士にも感染している。マネージャーは言った。

「昔の人も〈敵を知り己れを知らば百戦危うからず〉と言っているさ」

と、肩を大きく笑わせ、室長に言った。

「明日の食堂の朝礼にはわたしも出ます。古川くんには残り五人に、今日のことを報告してもらいます」

ドアがノックされた。古川おばさんより年かさの女性が入ってきた。新しいコーヒーカップが五個、テーブルに並んだ。

「ご苦労さま」紳士が彼女をねぎらった。

彼に一礼した彼女は、古川さんへもにこやかに向きなおった。

「主任さん、厨房の火の元のチェックは終わりました」

「ありがとう。戸締まりはわたしがするわ。カップの始末もね。もう帰ってもらってけっこうよ」

年長の女性は、ぼくらにも一礼して去った。

香ばしい匂いが漂ってきた。

「さあどうぞ。でも、飲み終わってもまだ帰らせませんわよ。しばらくお付き合いくださいね」

ぼくらも、カップに手を伸ばした。

古川さんが、マネージャーを見た。

「ねえ課長、写真はどうでした?」

「おっと忘れていた。駅前の写真館で受け取ってきたさ」

紳士は、かばんから取り出した簡易アルバムみたいなのを、古川さんに渡した。

手に持って、彼女はページを順に繰ったが、一枚を抜くと、多胡に差し出した。

「それを、添乗してくれた若い彼女にお渡ししてちょうだい」

両手に受けた支店長は、

「や、観光バスが背景ですな。古川さまとツーショットだ。ほら、君も見せてもらえ」

多胡はぼくにも渡してくれた。桃香ちゃんとおばさんが並んで、バスの前に立っている。

「初日に松本駅に着いた時よ。迎えていた観光バスの運転手さんに、シャッターをおねがいしたの」

古川さんは続けた。

「遠い後ろに見えるのが、北アルプスの蝶ケ岳だと思うわ。高さは二千六百メートルを超えるんじゃないかしら」

ごたいそうに、多胡は再び押しいただき、

「きっと彼女、喜びます。ほんとうにありがとうございます」

紳士にも多胡は礼を言い、自慢の偽造ルイ・ヴィトンのかばんにうやうやしく仕舞った。

見届けると、古川さんは言った。

「旅行中にその子に話したけど、機会をみてここへ、お昼でも食べに来てもらうといいわ。わたし、もうすっきりしたもんで、愚痴ったりしないから」

多胡は、すっかり目尻をなごめている。

「池袋支店では、昼食は十一時組と二時組に分けて、交替でとります」

「じゃあ二時がいいわ。空席ができてゆっくりできます。わたしもお相手できます」

「同僚の女性と、ペアで寄越してもいいでしょうか？」

「もちろんよ。だけど招待じゃないわよ。食券は、ちゃんと買ってもらいますから」

「そりゃあ当然です」

別れぎわに、手土産は自然な形で受け取ってもらえた。

「おやつの時間にみんなでいただきます」

ぼくらが、いよいよ椅子から立とうとしたとき、古川おばさんは続けて言った。

「くどいようだけど、添乗員の子、きっと来てもらってくださいね。絶対に叱ったりしないから」

四

回転ドアから外へ出た。西の空は夕陽が落ちかけて、周辺のビルというビルが灯りを煌々とつけていた。並木の街路には仕事帰りのサラリーマンたちが、池袋駅をめざして黙々と歩いている。ぼくたち三人も、支店長を真ん中に駅へ向かった。

真ん中の多胡が、横の室長に言った。

「いやあ、無事に終わったな。あれっしきの説教ですんで、ほっとしたよ。君の計略がうまくいったんだ」

「計略やと!」室長は、不快な顔をした。

「最初にさ、君が昔話をしておばさんを煙にまいたから、彼女の気分がほぐれたのさ」

「馬鹿な、そんなつもりはなかった。下衆の勘繰りや」

「今夜は枕を高くして眠れるさ。どうだい、そのへんで、すこし休んでいかないか。お茶でも飲もうよ」

「かまわんが、ちょっと待ってくれ」

室長は、歩道脇に寄って、携帯電話を耳にあてた。用件は短く終わり、もどると、

「カスタマー室かい？」

「うん。何もないそうや」

喫茶店は、男女の客でにぎわっていた。

注文を受け、ウエイトレスが去った。

「あの女性な」と、室長が言った。

「古川女史かい？」多胡は陽気だった。

「とてもええ人やった。桃香くんといったな、彼女には、近いうちに食堂へ行かせろよ」

「うん、きっと行かせる。写真のお礼を直接言うべきと思う。お詫びもな」

「おおげさな謝罪はいらない。礼を述べて、ご馳走さまでしたと会釈して帰ればいい」

「三、四人くらいを行かせようか？」

「多いほうがいい。お客さんとの交流は大切や。次回にも池袋支店をどうぞよろしくって、売り込むチャンスなんや。ただし、メシ代は、あんたが、もってやれよ。社員食堂なんて安いもんやないか」

「うん、しかたないね」

「今日のことは、桃香くんにはさりげなく伝えるだけにしておけよ」

「きつく言うと、いまの時代の子は、すぐに会社をやめちゃう。匙《さじ》加減がむずかしい」

「彼女には、誉める点もあったと思う。松本駅との交渉はきちんとやれた。評価と反省が半々かな。諄々と話してやればいいよ。それとな……」

室長は、にんまり笑った。

「カスタマー室への顛末報告を怠るなよ。隠蔽は、社長の処分が待っとるからな」

「おどかすなよ」

ケーキと紅茶が来た。多胡はフォークを使って口をもぐもぐさせながら、

「で、本件は冊子にどんなふうに?」

「掲載はするさ。そやけど、客との意志疎通不充分の一例と、簡単にしておこう」

「恩に着るよ」

「ところで、おまえさん、うちの阿部まりえくんを知っているな?」

「きのう緑茶をサービスしてくれた、親切な女性だろう?」

「うん。阿部くんは元来、専門の添乗員をつとめていたが、いま、骨休めで事務職をしている。しかし昔取った杵柄で、添乗のノウハウは一流や。どうや、時期をみて、桃香くんと、どこかで食事でもさせてやっては。客あしらいの極意を伝授してもらえるから」

「前向きに考えておこう」

「では、これで解散や。越生、もう職場に帰らんでいい。直接帰宅してよろしい」

ぼく、心が浮き立ったな。池袋駅から東武鉄道に乗れば、一直線なんだから。

室長は立ち上がり、伝票を握ろうとした。が、多胡の手が、先に奪ったんだ。

「急がなくったっていいじゃないか」

そして、腕の模造ロレックスを見て、

「どうだい、これから三人でスナックバーへでも繰り出さないか。ちょっとした、なじみの店でさ『あーら、タァーさん、お久しぶりね』って、ママが愛想いい女なんだよ。『あーら、このお連れさまは？』『オレの大事な客だ。名前は住吉さん』するってぇと『あーら、そいじゃスーさんね。スーさん、今後とも、ごひいきにね』って、手のひとつも握ってくれるさ。費用は、もちろん、オレがもつからさぁ」

「せっかくやが、辞退する」

即座に室長は返した。立ったままの姿勢から、さらに言い放ったんだ。

「先夜のウイスキーの二の舞いはまっぴらご免や。もう、難題を持ち込まんでくれ」

「いい機会なのに、残念だね」

豪勢なお誘いだけど、どうせ支店の経費で落とそうって魂胆なんだ。どこまでも人間のちいちゃい支店長なんだ。

室長は、さらに言った。

「ご好意を辞退したのは、これからある人と約束があってな。秘密の秘密、極秘でね」

「秘密って、なんなの？」

「ちょっと、やばい密会」

室長は、ニヤリと笑った。

「上京早々おだやかでないね。ひょっとして、コレかい？」

多胡は、小指を立てた。

「アホぬかせ。滝沢社長承認の夜の会合。しかし、君らには公表できない」

「そうかい。ならばこれで失敬しよう」

「あっ、そうそう、言い忘れていた」

室長は、踵を返した。

「桃香さんと阿部くん二人の会食やが、食事代は阿部くんが一時的に支払う。領収書は池袋へ郵送する。すぐ返金してやってくれ」

そう言って、自分とぼくの二人分のお茶代金を、テーブルに置いた。

「じゃあな」

と、手を振って室長は、店から消えた。

ぼくは、支店長と二人で店を出たが、急に淋しさを感じ、腕時計を見て、「準急に乗るので、お先に失礼します」と言って、多胡をふりきって駅方向へ走った。

街は、すっかり暗くなっている。池袋駅デパートのネオンがきらきら光っている。人の流れはさらに数を増し、駅に向かっていた。ぼくは、室長のあとを追おうとしたんだ。

ほんとうに、むしょうに淋しかった。こんな思いは、初めてだったんだ。
でも、室長の姿は群衆の中にまぎれて、発見できなかった。

第二章　不愉快だったカップル座席

一

五月下旬。平日。朝から雨。

この日、本降りになると困るから、ぼくは早くうちを出て出社した。十五階のカスタマー室は、まだ三人しか出勤していなかった。窓から下を見ると、雨のせいか車は多く、米つぶほどの人々が傘をさして歩いている。交差点には、団子になって信号待ちをしている人々が見えた。

始業の九時になった。でもさ、二人の姿が欠けていたんだ。室長が、リテーラー業界の研究会とかで、湯河原温泉へ出張していたのと、第二課長の古賀さんが年休とかで、壁のそれぞれの行動予定ボードがそう書いていた。

十一時過ぎになった。

マリア姉さん――デスクをぼくと突き合わせている――がチラッと壁の掛時計を見て、

「ねえ、越生くんさぁ」

ぼくの机に越境した彼女の指先が、コツコツ叩いている。

「少し早いけど、お昼にしない？」

彼女は、ぼくに軽くウインクした。

声はやさしいが、命令みたいなもんだ。

「この近くにさぁ、自家製のサンドイッチを食べさせるお店がオープンしてるのよ」

ウインクは、ぼくに内緒の話があるサインでもあるのだ。

室長代理の大森課長に断って部屋を出た。

沈黙のエレベーターが、一階に着く。

歩道に出た。雨はもうやんでいた。スクランブル交差点にサラリーマンたちが山になっている。信号が変わると、山は崩れ、歩き始めた。先頭をきって、マリアさんは大股で走った。フレアのスカートから太ももがちらちらした。あんまし見たくない風景だ。

サンドイッチ店は女性たちで満員だった。おしゃべりの声が飛びかい、化粧水の匂いがむんむんしている。トングで好きなのを陳列ケースから取り、皿に乗せてレジへ行く。

二人席を探したが、どれもが占領されていた。楕円形の長いテーブルへ相席となる。ここにも、女子が多く、やかましいったらありゃしない。マリアさん、眉根をゆがめて、

「こりゃだめね。もっと早く来るべきだったわ。さっさと食べて場所を変えましょう」

路地裏に隠れ家の喫茶店があるという。

「汚いけれど、いつもすいているのよ」

ウエイトレスは、きのう田舎から出てきたばっかしみたいな野暮ったい女の子だった。

「ホットコーヒー二つですね？」

彼女が消えると、マリアさんは、ハンドバッグから小さな手帳を出した。

「越生くんさぁ、古賀課長の最近の様子って、ちょっと変だと思わない？」

「ああ、そうですか」

ぼくは、先輩たちの仕事にまだ関心が持てないでいた。まして管理職の古賀さんとは距離があったからね。

「口かずが減り、顔色もさえないのよ。実を言うとね」

マリアさんは、ぼくに顔を近づけた。香水が強く匂う。くしゃみが出そうになった。

「実は、けさ、始業の少しまえに、古賀さんの奥さまから電話があって……」

たぶんぼくが、トイレに行っていた時だ。

「奥さまは、『急で申しわけありません。主人はきょう一日、お休みをいただきます』『ご病気ですか？』と訊くと『どうも気分がすぐれないと申しまして』と、奥さまも、困惑の様子だったの」

マリアさんの心配は、本物みたいだった。

「実はね、うちの社の代理店が、お客とトラブルを起こして、社外店担当課長の古賀さんがその紛争に巻き込まれ、ノイローゼになってるみたいなの。あなた、室長からなんにも聞いてないの？」

「ぼく、ぜんぜん知りません」

「口の堅い室長だから、事情は知っていても、解決するまで、越生くんなんかにお話しにならないのね」

マリアさん、鼻でクスッと笑った。

彼女の化粧水が拡散して、またぼくの鼻先をくすぐった。

「だったら教えてあげる。あなた、武州《ぶしゅう》観光社って知っているわね？」

武州観光社。それは、東武鉄道の西郊外にあり、うちの社のパックツアーを受託販売してくれている旅行会社なんだ。ぼくの通勤途中の埼玉県河渡市に、本店があるんだ。

「武州観光社が売ってくれたハワイツアーに、ある新婚のご夫婦が参加なさったの。そして、帰国した翌日に、ご主人は激怒の声で、武州にクレームの電話を……」

「ぼく、ほんとうに聞いていません」

「その新婚夫婦、通常の旅行代金に加えて、往復の機内座席が並び席になる、オプションプランの料金をもお支払いになったの」

それって〈カップル座席プラン〉っていうんだ。割増を払うと、並び席が保証される。

「ところがさぁ、成田からの往路が、並び席ではあったけれど、とてもひどい座席だったらしいの。『なんでこんなところに席割りをしたんだ』と、たいへんな剣幕だったらしいわ」

ぼく、ここで言っとくと、飛行機の座席ってさ、家族だろうが恋人同士だろうが、隣り合わせになるとは限らないんだ。航空会社は通常、運航当日の確定機材により、その日の座席を割る。列車の新幹線みたいに事前に席が決まるわけじゃないいんだ。だから、家族同士が別々の席になることもあり、それが飛行機の弱点でもある。しかしそれでは新婚のお客は絶対不満だろう。その声にこたえるため、旅行会社は、並び席を希望するお客から追加料金をもらい、航空会社が出発当日に割り当てた団体席群から、並び席を抜き取り、希望客に優先的に渡すんだ。でも、いまのマリアさんの話は、腑に落ちなかった。

「新婚なのになぜ、ハネムーン客限定のハネムーンパックを選ばなかったんです？」

新婚専用のは、やや高価だけれど、全員に並び座席が確保されているんだ。

「武州のカップルはね」彼女は言った。

「新婚なのに一般向きのを選び、そのうえでカップル座席のオプションを注文なさったの。なのでお二人の座席は、新婚組ばっかしが横一列に並ぶ、定番の座席群とは異なる場所に割り当てられたってわけ」

「なんでそんな面倒なことを？」

「わけはあとで話すわ。とりあえず先を聞いてちょうだい」

ようやく、ぼくにも興味がわいてきた。

「お二人にあてがわれた二席は、なるほど並び席ではあったけれど」

と、マリアさんはここで三本の指をぼくに示し、一本をひっこめた。

「三人並びのうちの二席だったの。飛行機は成田からホノルルへ出発したわ。奥さまは窓側に、旦那さんはその横に。残る通路側は知らない中年の男性だったの。でね、その男性は機内サービスの無料のアルコール飲料をしこたま飲んで、夜中じゅうガアガア高鼾《いびき》をかいてさ、口から臭い息を発散させていたそうよ。『そのせいで、楽しいはずの旅行をだいなしにされた。こんな席を配分した旅行会社は許せない。断固抗議する』と、まあ猛烈なおかんむり」

　ぼく、その怒りに一理はあると思った。

「通路側の男性も、うちのツアーのお客だったんですか?」

「ううん」マリアさんは首を振った。「自分で航空会社へ予約した個人のお客よ」

「だったらパーサーのところへ旦那さんが行き、事情を話して、二人の席を別の所へ変えてもらえばよかったのに」

「そのとおりね」マリアさんは言った。

「旦那さんは客室乗務員が待機している前方の席へそっと出向いて、要求したわ」

「…………」

「でも、ほかに並び席はなかったの。だって、旅行されたのが五月のゴールデンウィークよ。機内は完全に満席だわ」

「だったら客室乗務員は、迷惑鼾《いびき》の男に注意するべきじゃないですか?」

「一、二度は注意したらしい。でも相手はこわもての泥酔客よ。『お客さま、お酒は少しお控えください』。そのていどよ。居丈高には出られない。なにしろ上空一万メートルでしょう。酔ったいきおいで逆切れして、あばれられでもしたら、危険じゃない」

「そもそも、最初から新婚パックを選んでおけば、周囲に深酔いしてうるさい客なんかいなかったと思いますけど」

「そこなのよ。まさにそこなの!」

突然の大声に、レジのウエイトレスが振り返った。

「そこなの。なぜ新婚パックを勧めなかったのか。不審に思った古賀さんは、武州の店員さん——接客係の若い男性——に尋ねたわ。『お勧めはしました。しかし新郎さんは五十歳を過ぎ、新婦さんは四十に近い人でした。だから若い新婚客にまじる座席は恥ずかしいからとおっしゃり……』だって」

「その気持、わからないでもないです」

ぼくは、ちょっぴり笑って言ったんだ。

「というのもぼく、先日偶然見たんです。新宿のラブホテルの前でした。真っ昼間に、五十歳くらいの男性が先に玄関をくぐり、何秒かが過ぎて、あとを追うようにおばさんが入って行きました。若い二人なら手と手をつないで、ルンルン気分で入るんでしょうけれど」

「バカ言ってんじゃないわよ」

マリアさんは口を尖らした。でも、笑いは隠さなかった。

本題に復帰して、ぼくは言った。

「臭い息の男に遭遇した二人のお客さんは、運が悪かっただけです。武州観光社やうちの商品に責任なんかないですよ」

ぼくは、いっぱしの苦情処理マンに成長したつもりだった。

「最後まで聞いて！」

マリアさんは真顔にもどった。

「武州では、営業所長がお見舞いのつもりでお二人の家を訪問したわ。狭い河渡市で妙な評判が広がっては営業上不利だもの」

河渡は、市制をしくとはいえ、たしかに狭い町ではあるさ。

「顔を出せばおさまると思って所長さんは訪問したんだけど、思いもしなかった苦情が、さらに待っていたんだって」

「新たなクレーム？」

「カップル座席なんて詐欺だ、と」

詐欺が耳に届いたのか、ウエイトレスはこっちを見た。マリアさんは、声を落とした。

「ええ、詐欺だと」

「ぼく、意味わからないっす」

「旦那さんのおっしゃるに、自分らは両側に誰もいない二人きりの席と理解して申し込んだ。関急旅行社の募集パンフレットは、客を誤認させる誇大広告だ、詐欺だ、と」

思わずぼく、げらげら笑っちゃったさ。

「だって成田とホノルル間を飛ぶ、国際線の大型機のエコノミー座席に、二人きりの座席なんてないですよ。旦那さんが非常識なんです。いったい、どんな人なんです？」

「女子短大の教授よ」

「短大の先生！　まさか……」

「学校は、河渡市の郊外にあるの。先生も学校の近くにお住まいだそうよ」

その短大のことなら、おふくろから聞いたことがある。太平洋戦争以前は良妻賢母を養成する高等女学校で、そのころの女学生はみんな足が太くてさ、旧制中学の悪ガキたちは彼女らを見て、イモ女《ジョ》、イモ女《ジョ》とはやしたてたそうだ。なにせ河渡はさつま芋の名産地なんでね。おふくろは、こうも言った。戦後に短大に昇格すると、イモ臭くはなくなったけれど、いま、学校の授業がひけたころ河渡駅に行ってごらん、駅の構内は化粧水やら香水の匂いが充満して、鼻でもつままないと我慢できやしないから、って。

「越生くんさあ、中高年の女の人って、若い女性に対して、本能的に辛辣《しんらつ》なのよ」

マリアさん、自分も若い部類だと信じて疑わないものだから、本気で怒っている。

「でね、武州の所長は、詐欺と言われたからには放っておけず、うちの古賀課長に伝えたってわけ」

第二課は、代理店の問題を担当するんだ。ぼくは、池袋支店での経験を思い出して言った。

「武州の店員さんは旅行契約のとき、カップル座席の意味を、お客さんにきちんと説明しているはずです。他人と隔絶した二席なんて、ホノルル行きの大型機のエコノミー座席群にありっこないですもの」

マリアさんは、少し笑って言った。

「でも先生ご夫婦は、飛行機は今度が初体験だったらしいの」

「まさか。いまどき、そんな。信じられないっす」

まじでぼくは、西洋人みたいに肩をすくめてみせた。

「そんな人でも、お客さまはお客さまよ」

マリアさんは、剣突を食わせた。

「初心者と察した店員さんは、ていねいに説明してあげたと主張しているそうよ」

結局は「言った」「聞かない」の水かけ論なんだ。そうとしか思えない。

マリアさんは語をつないだ。

「古賀さんはね、先生の苦情を受け、我が社の見解を自分なりにまとめて、武州の所長と先日
――所長にとっては二度目よ――先生のお宅を訪問したの。相手は社会的地位の高い人でしょう、慎重に対処しないとね」

「で、どうなりました？」

「応接の間《ま》でなく書斎で出迎えた先生に、二人はお見舞いとお詫びを言ったわ。しかし詐欺との言い分には課長は、やんわり拒否」

「あたりまえです。詐欺の意図などまるきりないんだもの」

「先生をまえに、所長さんは店員の説明のいたらなさを認めて謝罪し、なんとか早々におさめようと必死だったみたいよ」

ぼくは、ちょっとむかっときた。

「つまり、ヒラ社員を悪者に仕立てて、終わらせようと画策したってこと？」

そうなら、池袋の多胡支店長の、ぼくへの仕打ちと同じじゃんか。でも、マリアさんはぼくの過去は知らない。

「画策?」マリアさんは笑った。

「おおげさね。所長は、先生の攻撃が関急に波及するのを避けたかったんでしょう。代理店なりに気を使ってんのよ。とにかく所長は、事態を早く終息させたかった。先生の見解に逐一相づちをうち、姿勢を低くしていたの。そしたら先生は、『今後は部下の教育をしっかりおやんなさい』って、急に態度を軟化させた。古賀課長、胸をなでおろしたわ」

マリアさんは、先ほどからいじっていたコップの水をうぐぐっとひと息に飲み、ニヤリと笑って、続けた。

「ところがさぁ、翌日になって状況は一変したの。またぞろ先生から、激烈な電話」

「…………」

「所長から先生訪問の顛末を聞き、お説教された当の店員さんが、退勤した夜に先生に勝手に電話して、『先生ですか。ぼく、さきほど所長にこっぴどく叱られましたけど、あの契約の日に、ぼくはカップル座席につきくわしく説明し、先生は納得されたはずです。だのに、だのに……』と、感情を爆発させたらしいの。そのうえ、『そもそも先生は、左右に誰もいない独立の二席と勘違いされたそうですが、勝手なひとり合点です。ジャンボ機のエコノミー座席にそんなのは存在しません。常識です。先生はあまりにも世間を知らなすぎます』と、やっちゃったの」

おどろいたな。剛毅な青年じゃん。ぼくなら支店長に叱られて内向するところを、彼は客へ実弾をぶちこんだんだもの。学者は世間知らずとはよく急所を突いたもんだ。先生にしちゃ、屈辱のきわみだっただろうね。ここまで叩きのめしたからには、武州の所長は今度こそ、穏便ではすまないんじゃないか。ぼくは興味津々で、マリアさんを見つめた。

「ところがさぁ、その後、先生から所長へは抗議はおろか、なんの反応もなかったの」

ぼく、拍子抜けがしちゃった。

「だけど、沈黙は数日後に破られたわ。電話で武州へ『所長を出せ』と。いそいで出ると、『例の店員がわたしを愚弄し、鼻息荒くやりこめたつもりだったが、しかし当方の探求の結果、若造の虚言は論破された。やつは不実の告知をしおったのだ。真実を教えてやる。きさま、もう一度、うちへ来い』と」

「そんな口汚い言葉を、先生が？」

「古賀さんからの受け売りだし、多少の誇張はあるわ。でね、狼狽した所長は、店員に問いただすのもそこそこに、またぞろ馳せ参じたってわけ」

焼けぼっくいに油とはこのことだろう。ぼくにはとてもじゃないが、真似できっこない。

しかし、マリアさんの青年への心理分析はちがっていた。

「彼はね、叱った所長に復讐したのよ。きっと陰で、ほくそえんでいると思う」

おもしろ半分に聞いてたぼくだけど、ふと疑問がわいた。マリアさんの言う、武州の事件と、古賀課長の悩みとは、どんな関係があるんだろう。

「そこなのよ」彼女は、鼻を指で掻いた。

「わたしにもわかんないの。武州の所長の三度目の訪問と、以後の展開について、古賀課長は口を閉ざしたままよ。代理店とお客との問題で終わっていないらしいのよ」

ウエイトレスが、靴音を鳴らしてやってきた。ぼくらのグラスにポットから水を追加してくれたが、きつい表情で去った。

マリアさんが腕時計を見た。

「あら、もう一時過ぎね。帰らなきゃ」

二

次の朝、ぼくが出勤すると、古賀課長はもうデスクでパソコンをいじっていた。いつも出社が最後になるマリアさんもそのうち顔を現わしたが、室長はまだだった。室長がドアを入ってきたのは始業の直前だった。

「やあ、お早よう」

顔の色が、少し赤らんでいる。マリアさんがそれを言うと、

「研修会は初日だけで、きのうはゴルフのコンペ。はい、これがおみやげ。阿部くん、三時になったらお茶にして、配ってあげて」

温泉旅館の紙袋だった。マリアさんは炊事場へ運んだ。室長が席につくと、古賀さんは椅子を引き、室長へ寄って行った。

「すこしお話がありますたい」

と、頭を下げた。

室長のデスクには、未決の書類が並んでいる。

「これをかたづけてからや。あと十分待ってくれ。終わったら、合図する」

古賀さんは席へ帰って行った。室長は書類を読みながら判子をつき、既決箱へ放りこんでいく。十分が過ぎた。

「よっしゃ、完了」

ひとり言を言った室長の眼が古賀さんに向いた。

「待たせたな。十六階に小会議室を予約してある。そこで聞こう」

両人は立ったが、古賀さんは手に大きなノートブックを握っていた。マリアさんは、それとなく二人をながめている。室長もファイルを持ち、ぼくを呼んだ。

「越生くん、君も来てくれ」

マリアさんは、ぼくにウインクした。

(きっと、きのうの件よ)

机の抽出からぼくは手帳を出し、廊下の踊り場へ走ってエレベーターを確保した。でも、室長は靴音を鳴らして階段を駆け上がって行った。古賀さんがあとを追った。

会議室では、長机二本をくっつけた。ぼくは、室長の指示で横にかけた。

室長が、ぼくに言った。

「越生、いまから何を協議するか、わかっているな？」

「阿部さんからきのう少し聞きました」

「うん、概略は知っとるんやな？」

マリアさんはもったいぶって話してくれたけど、ほんとうは室長の指図だったんだ。

「でも室長、古賀課長が年休で休養されるほどお疲れの理由は、阿部さんはわからないと言っていました」

「うむ。彼女は最新の動きを知らない。言っておくが越生、事件が完全に解決するまで、以後の話はこの三人の極秘とする。阿部くんにも漏らしちゃいかん。大森にもな」

古賀課長も、うなずいている。

「さっそくですが、報告ばしますばい」

古賀課長は大きなノートを机に広げた。

マリアさんによると、古賀さんはカスタマー室に配属されて室長を知るや、総務部時代は封印していたお国言葉が復活したそうだ。

「ばってん、きのうわたしは、年休といつわり、実は都内某所で武州観光社の所長と会っておっとったとです」

室長は、黙って聞いている。

「武州の所長によりますと、短大先生の怒りの原因は、主に二つあるごたるとです」

マリアさんの情報は正確だった。

「まず一つ目。武州の若い店員が電話で先生にあげな失礼を言い、さらに誤った知識をつきつけて愚弄したことですたい。店員は大型機に他と隔絶された二席というものはなく、先生は無知だと嘲笑しよりました。そこで先生は、なにクソ見ておれと、インターネットで検索なさったところ、こげな独立の二席を発見なさったとです」

古賀さんのノートからA四の一枚が出た。

「これを見てください」

ジャンボジェット機のエコノミーの座席表だった。飛行機の胴体は、後方に向かって弓なりに細くなる。その最後尾の左右に、通路をへだてた二席ずつがあったのだ。

「なるほど」室長は、顎をなでた。

「完全独立の二席やね。不実の告知は、消費者契約法に違反すると抗議されてもしかたないね」

室長は、それでも、苦笑している。

ぼく、冷汗が流れてきたんだ。ぶっちゃけると、きょうのいままで、そんな法律があるなんてぜんぜん知らなかったんだもの。

唇を、古賀課長は舌でなめた。そして、

「独立の二席はまれですが、機材によってはありよるんです」

「大先生、怒り心頭は当然やな」

苦笑いは、大きくなっている。

「こげな結果で、武州では、もう所長の詫びだけではすむまいと、判断しちょります」

「それで?」室長の瞳が、揺れた。

「今度は常務を行かせて、収拾をば、はかるほかないと……」

「どうぞご勝手に。当方は静観しておればいいさ。専務だろうが社長だろうが、こっちには関係ない」

背もたれへ、室長はそりかえった。だけど古賀さんの顔は憂鬱の陰が消えていなかった。

「二つ目というのが……」

「まだあるのか?」

図面をひっこめた古賀さんは、次に我が社のツアー客募集のパンフレットを出し、ページを繰って室長に向けた。

「ここですたい」

室長は身をかがめた。ぼくにも見ろと言ったが、そこには〈お客さまへのご注意とご案内〉の大見出しがあった。

「このうちの〈カップル座席〉という表現へのクレームです。抗議は、武州へでなく、うちの社に対してです。つまり詐欺だと」

「詐欺? 先生は本気で言ってるのか?」

古賀さんの額に汗がにじんでいる。

「先生はこの文言を撤回し、新聞に謝罪文を出し、同時に現在流通のパンフレットをすべて販売店から回収しろ、と」

「えろう強引やな」

室長は笑った。が、ふたたび顎をなでた。

「うーん、詐欺ねえ。しかし詐欺とは無茶やが、言い分に一理はあるかもな」

「そんな！」古賀さんは色をなした。「要求を受け入れるんですか？」

「いいや」室長はきっぱりと言った。

「ただ、主張に一抹の道理はある。飛行機が未経験の人に説明不足かもしれん。うちの社のパンフレットは、カップル座席を〈隣り同士のお席〉と簡単に説明している。しかし、先生のような初心者に誤認の可能性はあるかもしれん」

「そんなもんでしょうか」

古賀さんは、首をひねっている。

「たとえばやね」室長は両手を広げた。

「たとえば遊園地の観覧車。カップルだけの箱がある。スキーのリフトもカップルの二人制。我が社がカップル座席を売りにするなら、パンフレットに座席表の具体例を載せて誤解のないよう配慮するのが親切と思う」

室長は、息を継いだ。

「他社のパンフレットはどうなっているか、検討してみたい」

室長は、出勤途上に駅周辺で手に入れたという二、三冊を、ファイルから抜いた。

「M社は、カップル座席でなく〈並び席〉と書いている。無難な表現ではある。しかし誤認の余地はある。越生、なぜだか、わかるか？」

いきなりだったんで、ぼく、どぎまぎしちゃってさ、声を詰まらせていたんだ。

室長は笑って言った。

「これだと、通路をへだてた二席でも〈並び席〉になる。それでは客は承知せん」

しかしぼくは、池袋支店での接客経験を思い出して、反論したんだ。

「でも室長、販売の現場では、誤認のないよう説明を尽くしていますけど」

「口頭説明なぞ、客はちゃんと聞いていないことがある。よし聞いていても、翌日には忘れている。やはり文字と絵図の相乗効果で補強する必要があるんじゃないか」

ぼくは、むきになって言った。

「じゃあ商品企画部に、パンフレットの改訂を申し入れるんですか?」

「できればそうしたい。ただね」

室長は、古賀課長にも眼を向けた。

「幹部会議でわたしひとりが提案したって成功しない。企画部門は、そんな苦情はレアケースだ、パンフレットのページを多くして経費が増大するだけだと、反発するはず。実現は簡単やない。まずは各部門長に根回しをして、賛成派を固め、次期のパンフレット制作から実施する方向をめざすのが順当と思う」

室長は、握り合わせた手を机に置いた。そして古賀課長に言った。

「その短大やけど、外国語学科はあるの?」

「すみまっせん、そこまでは調べておりまっせん」

古賀さんは手で、額をぴしゃりと叩いた。

「ばってん、武州の所長から、こんなもんをもろうてきたとです」

古賀さんは、またノートを開いた。小さな冊子が出た。見開き型の学校案内だった。

古賀さんは眼を近づけた。

「はい、英米語専攻がありますたい」

「それなら、修学旅行があるやろう？」

「修学旅行？」

「学生を教師が引率して、欧米へ語学研修に行くことや。ひょっとしたら我が社が取り扱っているんじゃないか？」

「申しわけなかとです。そこまで調べてはおりまっせん」

「短大は東武鉄道の西の郊外にあるね。うちの池袋支店の営業エリアじゃないのか。どうなの、越生？」

「はい、そうです」即座にぼくは答えた。

「よし、多胡支店長に聞いてみよう」

室長は上着の内ポケットから携帯電話を出した。耳に当てると相手はすぐに出て、手短に話し合った。

そして、携帯をパタンと閉じた。

「海外研修は、やはり実施している。しかし取り扱いは長年M社で、見積りは我が社を含め数社から学校は取るが、M社以外はいつも不採用らしい。公立でない私立だから特殊な事情があるんじゃないかと、多胡も匙を投げていると言う。しかしな、しかし……それでは理屈に合わない」

室長は、何度も首をひねっている。

「やはり、理屈に合わんぞ」

そして、天井をじっと見つめている。

しばらく考えると、彼は口を開いた。

「先生はなぜ、M社でハネムーンに行かなかったのか。普通なら先生は、長年出入りのM社営業マンに、新婚旅行を依頼するのが自然と思う。なのになぜうちのツアーを? ハワイツアーは、どの社も内容は似ていて、価格もほぼ同じ。なのにどうしてM社でなく、我が社のを選んでくれたのか?」

古賀さんは答えた。

「新婚旅行を学内に秘密にしたかったんじゃないですか。婚期に遅れた二人だし、一種の照れですたい」

「国内旅行ならともかく、極秘で海外に出れば懲罰問題になる。内緒はありえない」

ぼくにもわかる理屈だった。室長は、くわしく説明した。

「わたしの経験では、先生はM社の営業マンを通じてハワイへ行くのが常識と思う。長年研修旅行をもらっているなら、M社は教職員の個人的な旅行には格別のサービスでもって恩返しをするはず。わたしだって、営業職の時はそうしてきた」

室長は、少しの値引きとか旅先の宿での飲み物の差し入れなんかを言っているようだ。

「おっしゃるとおりですたい」

古賀さんも、納得の声だった。

「どうもひっかかるな。なにか思わぬ事情があるんじゃないか」

「室長、そげな疑問はさておき——」

古賀さんは、さしせまった顔で言った。

「喫緊《きっきん》の問題があります。武州が所長を引っこめ常務が出るとなると、うちとしては、またぞろ課長のわたしの同行では……」

「どういう意味や？」室長の眉が動いた。

「先生は、武州の所長に、もっと上の人を寄越せと要求し、わたしに対しても、同じことを匂わせているんです。武州が常務を出すとなれば、うちとしても……」

室長は、顔を曇らせた。

「わたしが出て来いと？」

「そうですたい」古賀さん、少し笑ったね。

室長は、しばらく天井を見ていたが、

「武州の常務もその意向か？」

「常務も、先生もです」

古賀さんは笑いながらも、とんだとばっちりで申しわけないですと、深々と半身を折っている。

「行くのはいいが、準備が必要と思う」

室長は親指を上に立てた。上とは、一階上の十六階にいる企画部門の連中をいうのだ。

「事前に海外と国内のパック企画の責任者に会い、パンフレット改訂の必要を訴えておかなければならない。同時に、総務部長にも話し、味方につけておきたい。万事根回しもせず行動しては失敗の危険がある」

「わたしは、どうすればよかとです?」

「君は、訪問日をいつにするか、武州と詰めてくれ。わたしはこの二、三日は予定をあけておこう」

ミーティングを終えた三人は、そろって階段を歩いて十五階へ、下りた。

その夕方、室長は教育旅行部長にも喫茶店で非公式に会ったそうだ。先生の短大が、M社一本槍なのは、学園理事長の意向らしいこと、また、学校の経営が、理事長のワンマンで行なわれていること、などの情報を得てきたそうだ。

三

翌々日のことだった。昼食を終えたぼくと室長は、池袋駅から西郊外へ走る東武急行に乗った。車内は乗客は少なく、ゆうゆうとロングシートにすわれた。室長は武州の所長がけさ送ってきた、電子メールをプリントアウトした一枚にふたたび眼を凝らしている。

埼玉県河渡市へは、三十五分ほどで着く。

「室長、間もなく到着です」

電車は減速して、駅のホームが現われた。

改札を出ると、ネームプレートを首からひもで垂らした男性二人が寄ってきた。

年長の人が、揉み手をしている。

「関急さんの室長さんですね？」

室長がうなずくと、

「本日はまことに恐れ入ります」

武州観光社の常務と名乗った。頭髪は半分が白くなっている。恰幅がよかったさ。

常務と室長が名刺の交換が終わると、

「これが、手前どもの所長です」

彼も腰を低くして名刺を出したが、髪は黒く、額の上をオールバックにしている。

室長は、常務に握手を求めた。

三人は手を握り合ったけど、ぼくだけは無視されたままだ。いつものことだけどね。

常務が先に構内を出口に向かって歩きながら、室長に言った。

「まだ時間に余裕があります。立ち話もなんですから、その辺で少し休憩しましょう」

「懇意な喫茶店が駅前にあるんです」

所長が、そう加えた。

店へ先に入った所長は、レジのウエイトレスに言った。

「準備はいいかい？」

「はい、お二階へどうぞ」

所長と常務に従って螺旋《らせん》階段を登った。

ドアのまえで、所長は言った。

「普段は麻雀室ですが、密談に好都合なんですよ」

ぼくたちは、四角のテーブルを囲んだ。

「コーヒーでよろしいでしょうか？」

常務が、ぼくたち二人に訊ねた。

「おまかせします」室長はうなずいた。

ぼくは紅茶が欲しかったんだけど、いつものでんで、やっぱし無視されたんだ。

卓上電話で所長が注文した。終えると武州の二人はその場に立ち上がり、うやうやしく常務が言った。

「社員の不始末で、とんだご迷惑をおかけし、まことに申しわけありません」

最敬礼で頭を垂れている。あわてて室長は手で押さえ、彼らに着席をうながした。そして室長はテーブルに置いた名刺入れの上に、もらった二枚を並べながら言った。

「弊社商品にも問題があるようです。お互いさまです」

「そうおっしゃってくださると……」

武州の二人は顔を見合わせ、安堵した。

「さっそくですが」と、白髪の常務が口火を切った。

「無礼な言辞を吐いた男子店員を先生はですな、会社をクビにしろと、この所長に要求なさったそうです。しかし、うちの就業規則では、そこまでは踏みこめません」

室長は、ふふふと笑って返した。

「激昂が口をすべらせるのはクレーマーによくあることです。気になさることはないと思いますよ」

下を向いた所長も、微苦笑している。常務は続けた。

「次に、店員による虚偽の暴言、つまり先生への不実の告知問題ですが――」

「常務さん、消費者契約法が禁止する、不実の告知といっても、それにより御社が何か不当な利益を得たわけでなし。気になさることはないでしょう。先生に会って蒸し返されたら、わたしが対応いたします」

「大船に乗ったつもりでおまかせします」

白い歯を、常務は見せた。

次の懸案へ室長は移った。カップル座席問題だった。これは、武州にも関心があるようだった。

室長は言った。

「この愛称は、シンプルでわかりやすく、すでに世間に認知されております。したがって変更や廃止の考えは弊社にありません。ただですね……」

室長は、一枚の図面を二人のまえに広げた。先日ぼくと古賀さんに披露した私案だった。

「決定には、取締役会の承認が必要なので、当分は内密にねがいます」

武州の二人はうなずいた。

ウエイトレスが来て、コーヒータイムになったが、みんなが口をつけてカップを置くと、今度は武州の所長が二枚の用紙を手元に広げた。

「貴殿からご依頼の宿題につきまして、わたくしから報告いたします」

と、室長の眼を見た。

「調べた結果が、これです」

二枚を見て、室長は無言でうなずいた。

「第一報はさきほど、電車の中で拝見しました。ご足労をおかけしました」

「敷衍しますと、先生の人物ですが」

所長は、一枚目に眼を落として言った。

「河渡の某有力者に訊くとあの先生は、学内でたいした位置にはいないようです。学園は、江戸時代に河渡藩城主であった殿様の家来筋の子孫が、大正時代に女学校を創設しまして、戦後は短大になりました。理事長はその血筋の人物が世襲で継いでおります」

これは、室長が教育旅行部長などから得た情報と一致していた。

「先生は反理事長派の急先鋒だそうです。同僚教員からの人望に関してはよくわかりませんが、性格は狷介、内向的であり、何を考えているやら、よくわからないとの評判です。以上、どうも要領を得なくてすみません」

室長は、顔をなごめて応じた。

「短い時間によくお調べでした。わたしのほうはきのう、うちの部長連中に訊き、毎年の海外研修の入札に我が社が応じても、いつもM社の手に落ちるので、うちと同様に受注が実現しないB社ともども、首をかしげているところだと言います」

「M社に格別の魅力があるのか、それとも理事長と特殊な関係があるのか、いずれかなんでしょうな」

これは、常務の考えだった。室長は、首を垂れて肯定している。そして、

「まあそれはそれとして、きょうのところはこの三人は、先生だけを相手とすればいいわけで、まんいち決裂しても、さほどの痛痒はありません」

この三人、とおいでなすったね。ぼくなぞ完全に蚊帳のそとなんだ。

「思いますに」常務が言った。

「先生はいま、幾分か冷静になっているでしょう。わたしは社員の不始末にけりをつけ、あなたはカップル座席の問題をご説明になる。そういう手順にいたしませんか?」

「承知しました。淡々と進めましょう」

腕時計を、室長は見た。すると、

「まだ大丈夫です。先方へは、クルマで十五分ほどですから」

常務はそう言い、室長へ、

「少し腹ごしらえをしましょう」

と、言って所長に眼くばせした。

「君さぁ、下へ注文を入れてくれんか」

所長は再び卓上電話を手にした。しかし相手は話し中だったらしく、ドアから出て螺旋階段を半分おりて声をかけた。

ショートケーキが運ばれた。常務は時間つぶしに、最近の観光業界の景気動向を室長に尋ね、河渡市で近ごろ増えた、連続コンビニ強盗事件についてべらべらしゃべったさ。だけどぼくはあんまし関心がなかったんで、そんなことは全部省略するよ。

ケーキが皿だけになると、所長は言った。

「常務、ぼちぼちまいりましょうか」

そして彼は、室長とぼくに、

「クルマを駐車場に置いています。先に行って出してまいります」

ウエイトレスが残した伝票を握った所長は、先に階段を下りて行った。

三人そろって喫茶店を出た。

駅前の車寄せに、武州観光社のロゴマークを塗装した軽四輪車が待っていた。

「使い古しの営業車で恐縮です」

常務が、室長に頭を下げる。

「室長さんから奥へどうぞ」

常務があとに入り、後部座席のドアを閉じた。ぼくは運転席の所長の横に入る。

エンジンが二、三度、咳払いしたあと、急発進した。四人の身体が前後に揺れた。

「申しわけありません」

所長は、バックミラーに映る二人に頭を下げている。ロータリーを半周した車は直線道路に入った。少し進むと、黒っぽい古風な町屋ふうの建物の群れが軽四輪の両側を流れたが、十分もしないうちに、見渡す一面が蔬菜畑に変化していた。

「ここら辺は、昔はですな」

常務の声が、背後で言っている。

「戦前は全面がイモ畑でした。むろんわたしはまだ生まれていず、受け売りですが」

「なるほど」

左右に眼をやっている室長の顔が、ミラーに揺れている。クルマは速力を増した。

前方に、幾棟もの新興住宅が近くなった。

「大手不動産会社が大々的に開発したものです」と、常務が加えた。

減速して接近し、左へ曲がり、一本道に侵入した。同じ規格の庭付きの戸建てが、両側に並び、遠くまで続いている。

軽四輪は、表札を確認して停まった。

「ご苦労でした」常務が背後で言った。

「所長は営業所へいちど帰り、のちほど迎えに来させます」

これは室長への説明だ。

「常務、しかし実際に先生が在宅かどうか、念のためわたしが確認してから帰ります」

全員が車外に出た。

四

三段の石段を上がると玄関だった。所長がチャイムを押した。女性の声が出た。来意を告げるとドアは開き、女性の顔が出た。

「失礼します」所長は軽く頭を下げた。

女性は、笑ってお辞儀した。

「何度も来ていただいてご免なさい」

奥さまのようだった。所長とは、もう顔なじみになっているのだろう。

ピンクのエプロン姿だった。

「約束どおり上司を連れてまいりました」

「どうぞ、みなさん、おはいりください」

「いいえ、わたくしはここで失礼します」

室長と常務にも一礼した所長は、踵を返した。営業車は、エンジン全開で去った。

靴を脱いで上がると、横手に梯子段の登り口がある。古賀さんは、二階が先生の書斎だと教えていた。やっぱりそこで、先生は待つのだろうか。

階段を奥さまが先に登り、振り返りながら言った。

「ほんとうに主人ったらしつこくって、ご迷惑をおかけします」と、また笑った。

登りきったぼくらへ、彼女は告げた。

「宅は、この中におります」

彼女がドアをノックすると、しわぶきのような音が聞こえた。彼女はドアを開けた。

奥の窓ぎわにでっかい机があり、隣家の窓が見通せる。和装の着流しの男性がそれらを背景に回転椅子をこちらに向けている。片側の壁面は、膨大な量の書棚だ。万葉集とか源氏物語とかの日本古典文学の研究書や解説本なんかがぎっしり詰まっている。

「あなた、いらっしゃいましたわよ」

先生は、ぶ厚い眼鏡を光らせ立ち上がった。

このとき、ぼく、ぎょっとしたね。渦を巻いた近眼の眼鏡にじゃない。骨ばっかしの瘦躯《そうく》にでもない。先生の後ろの、背もたれが、まったくもって異様に高かったからだ。もうすこしで天井に届くんじゃないかと思ったほど高かった。

とっさに浮かんだのはさ、テレビで見た最高裁判所法廷の判事さんたちの椅子の長大な背もたれだった。明治時代に西洋からそっくり輸入したんだろうけど、どだい背の低い日本人に似合わないしろものだ。続いて思い出したのは中学時代の記憶だった。二年の秋に修学旅行で奈良に行ってさ、現地で観光バス四台に分乗したんだ。それはいいけど、見物はどこもかしこもお寺ばっかし。寺の名前？　そんなのどれひとつ覚えちゃいない。二日目は生徒らはすっかり疲れはてていた。引率の先生は仕事だし、じっと我慢してたみたいだけど。でさ、バスから降ろされたぼくたちは、担任の先導で、ぞろぞろ砂埃《すなぼこり》をあげて砂利道を歩き、見学最後の古ぼけてこわれかけた寺院の門をくぐったんだ。門内に待っていたのは作務衣というネズミ色の作業着みたいなのを身にまとった老人だった。寺の案内人と自己紹介したけれど、胸のあたりまで輪袈裟という飾りを首から下げ、半分坊さまみたいな感じの人だった。老人は本堂の内陣ってとこへぼくらを連れて行った。入ると、いきなりの真っ暗だ。一寸先も見えやしない。男子の悪童らが、ワッとおどかしたら「キャー」なんて、女生徒たちが叫んだね。でも、声をあげたのはぶりっ子の、イカレたあばずれ女子たちばっかしだったさ。

「静かにしろっ」体育の教師が、絶叫する。

眼が慣れたのはしばらくたってからだ。するとぼくらの前に、巨大な仏像が屹立しているのがわかった。「ご本尊さまです」。老人がマイクに言ったね。だけどさ、ほとんどの生徒は聞いてなぞいるもんか。仏像なんかもう腐るほど見てきたあとだったからさ。それでも成績優秀な一部の子らは、お義理にマイクの説明に耳をかたむけていたんだ。

巨大仏像は、のんきそうな馬鹿づらをしていた。ぼくらは、ぽかんと口をあけて、ケチなんかをつけながら、騒いでいたさ。

「静かにせんか！」先生がまた叫ぶ。

このとき、ぼくの眼に焼きついたのは、仏像の顔よりも、背後の長い平らな板だった。

「あれは、光背《こうはい》と申します。形状から、船形後背《ふながたこうはい》とも申します！」

教師に負けじと老人も悲壮な声を上げている。なにしろ九分九厘の生徒はガヤガヤ、ペチャクチャやらかしてたものだから。

「光背は後光とも申しまして、仏さまの光明を表現する装飾でございます」

でさ、いま、まさに、短大先生の椅子の背もたれは、最高裁判事さん連中や奈良の古寺で見た、背高《せたか》の光背に生き写しだったんだ。

「ハッ、ハクション」

仏像ならぬ生身の短大先生のくしゃみで、ぼくは正気に返った。すると先生は、長大な背もたれを残してこちらへやってきたんだ。

「失敬しました。まだ花粉症が残っていますんでね」

先生は、常務と室長を足元から頭の先までながめた。どちらへ声をかけたものか迷っているみたいだった。常務から歩み寄って順番にぼくたちは名刺を先生に渡した。役職名を見た先生は、常務が所長より上位で、室長が古賀さんより上であるのに満足したようだった。だけど先生は自分のをぼくたちにくれることはなかった。

「どうぞ、そこへおかけください」

先生は書棚と反対側の壁に寄せた、ちっぽけな応接ソファーを示した。

客用の簡易ソファーは、いやでももう一方の数千冊の蔵書を見ざるをえない仕組みになっている。テレビのインタビューに応じる学者先生なんかと共通の心境なんだろう。学者は常に自分の蔵書を見せつけたがるんだから。

ぼくたちに対座した先生は、着流しの袖のポケットをさぐった。煙草の小箱が出た。底を指ではじくと、言った。

「マールボロです。ハワイで買いました。あなたがたも、いかがです?」

常務と室長は、同時に答えた。

「とんと不調法でして……」

「じゃ、失礼させてもらいますよ」

先生は抜いた一本にライターで点火した。

吸うと、眼を細め、卓上の灰皿へそっと置いた。紫煙がゆらゆら昇っている。

姿勢を正した常務が、若い店員の暴言を詫びた。

「いやいや、わたしこそ年甲斐もなく醜態を演じました。時に、あの社員さんは名はなんと言いましたかな?」

「山本と申します」

「うん、山本くんね。彼はこの一件でどうなります?」

「懲罰のことでしょうか?」

「気になりますんでね」

「まだ決まってはおりません。近く役員会で検討しなきゃなりません」

「だったら常務さん、どうです、ここはひとつ、穏便にねがえませんかね」

ぼく、拍子抜けがしちまったさ。

「若い彼には、将来というものがあるでしょうしね」

「…………」

常務の顔も、あっけにとられている。

奥さまが、盆にお茶を乗せて入ってきた。

湯呑みがテーブルに並んだ。

「君はさ、ぼくが呼ぶまで階下で待っていてくれたまえ」

彼女は、にっこりうなずいて去った。

ドアが閉じるのを見て、先生は言った。

「時に常務さん、近ごろの若者は、口のききかたといい行動といい、実にすさまじいじゃありませんか」

灰皿の煙草は短くなってきた。先生は、もう一本を箱から抜きながら言った。

「そのような若者を世に送り出しているわれら教師にも、責任の一端はあります」

眼は、ぼくと室長にも向けられた。

「住吉さん、越生くん、どうです、河渡駅に降りられたとき、我が校の女子学生たちの様子をご覧になったでしょう」

ぼくは、記憶を呼び起こそうとした。

「どうです、彼女らは立派な黒髪を茶や黄色に染め、顔は厚化粧。全身が強烈な香水臭を発散している。教師として、まことに慚愧《ざんき》にたえません」

先生は、眼をしばたたかせ、煙草をすっぱすっぱと吸った。

「我が学園は創立時、堅実な家庭婦人を育成するべく発足したのでしたが……」

声が震えて、涙まで流しちゃってる。

「ですが、こんな愚痴を学生に言えば言うほど、わたしはそっぽを向かれてしまう」

先生は、煙と涙にむせかえっていた。

「とは申せ、校則を厳しくすれば学生は集まらない。集まらなければ学校の経営は困難になります」

紫煙がゆるやかに棚引いて、天井の蛍光灯に広がっている。

五

女子学生への攻撃はまだ続いたさ。でも時代錯誤じゃん。いいかげんに聞くしかなかった。

常務と室長は、やむなく相槌なんかを打ちながら辛抱しているみたいだった。両人の顔を見たら、それくらいはわかるさ。

空気を読んだ先生は、いよいよ夫婦が成田空港を飛びたってからの事件に移行した。

「機内食がすむと、苦難の連続でした」

煙草を揉み消した先生は、天井を見上げ記憶をたぐって語りはじめた。しかしこっちはもう頭に叩きこんでいる筋書きだ。ここに再録したっておもしろくないだろうから、繰り返すのはやめておこう。

一連の苦難を語り終え、先生が煙草をもう一本抜き取ると、一瞬をとらえて常務はテーブル上のライターを奪って点火してあげた。

そこで、姿勢をただした室長は、先生に言った。

「ご指摘いただいたカップル座席の表記の問題ですが、パンフレットに説明をもっとくわしく書き、絵図をも掲載することを検討中です。一年以内に実施の考えです」

「どんなふうにです？」

先生は、眼鏡のふちに手をやった。

「まだ確定ではありませんが」

室長は、内ポケットからメモを出した。

「読み上げます。〈カップル座席とはエコノミークラス席において通常三人以上ある座席のうち連続する二席をいいます。ただし通路をはさむ場合を除きます〉以上です。ですがこれは、まだ小生の私案でして、できれば先生のご批評を頂戴したく思います」

「どれどれ」

先生は、室長の手から図面と文章の一枚を手にした。唇をぶつぶついわせて黙読すると、しだいに顔が明るくなった。

「わたしの苦情は、御社のお役に立ちそうなんですね」と、満足そうに言い、ソファーに身をゆだねると言った。

「では、家内をそろそろ呼びますかな」

先生は立ってドアへ行き、階下に向かい、

「おーい、もういいぞ」

やがて、スリッパの音が上がってきた。盆に紅茶のカップとケーキが乗っている。紅茶は、ぼくの大好物なんだ。奥さまはそれらをテーブルに並べたんだけど、

「あら、いやだ。ひどい臭いだわ」

と、ドアを開けたままにした。煙草の名残が、室内に長く残っていたんでね。奥さまは、立ったままの姿勢からぼくらに会釈した。

「旅行では、たいへんお世話になりました。たくさんのいい思い出ができましたわ」

そして、クスッと笑った。

立ち上がった室長は、奥さまと同じ目線になって頭を下げた。

「おそれいります」

「ふふふふ」彼女は笑い続け、

「行きがけはとんだハプニングでした。でも、ホノルルに着き、出迎えた関急の駐在員さんに一言申し上げたところ、心から同情してくださり、その後、航空会社へ奔走して帰路は上品な女性のお客さまを隣席に配置してくださいましたわ。おかげで、快適に過ごせました」

先生は、夫人を見上げて言った。

「立ち話はよくない。すわりなさい」

ソファーを立った先生は、窓際の勉強机の椅子から座布団を下げてきて、ソファー横の床の上に敷いた。先生のソファーは、一人用だったんでね。

「いよいよ本題に移ろう。君は座布団にかけなさい。ここにいっしょにいて、わたしの話の証人になってもらいたいからね」

「わかっています。だからお紅茶は、五人分を用意しましたわ」奥さまは正座した。

彼女が居ずまいを正すと、先生は言った。

「これまであれこれ理屈をこね、あなたがた上級幹部を呼びつけ、まことに申しわけありません。深い事情があってのことです。ご容赦ください」

いきなり先生、深々とお辞儀したんだ。キツネにつままれたとはこのことだろう。なのに室長は微笑さえ浮かべて、泰然としている。

灰皿に煙草を捨てると、先生は室長に言った。

「実を申しますと、当学園の首脳陣は、御社とわたしが、ハネムーンをめぐり係争中と信じきっております。しかしこれは、わたしども夫婦二人が考えた計略でした」

奥さまも、にっこりうなずいている。

「どうか以後の話は、しかるべき時が来るまで、内密に願いたい。お約束くださるなら、真相を打ちあけます」

真剣な眼は、室長と常務にだけでなく、ぼくにも強く向かってきたんだ。

「どうだね、若いきみ、秘密を守れるよね？」

室長は、どぎまぎしているぼくの膝を叩いたさ。

「越生、守れるよな。もし破ったら」

室長は、空手チョップでぼくの首を切る真似までしてみせたのよ。

先生の顔が、ほころんだ。

「よろしい。信じましょう」

先生は、紅茶をひと口飲むと続けた。

「学園の改革断行に、貴殿らにもご協力ねがいたいのです」

室長もひと口含んで、テーブルに置いた。

「協力といっても、御社に負担を求めるわけじゃない。むしろメリットになる話です」

(ほらみろ、やっぱり、わけありだろう)

ぼくの膝を室長は二、三度、叩いた。

「ありのままを申します」

下を向いて、先生は小声で言った。

「現在の理事長は、就任後、十年になります。実業界からの転身でしたが、彼もやはり学園創立者に縁のある一族です。着任の当初は教職員一同は、彼の経営手腕に期待を寄せておりました。と申すのも昨今は、東京に近い埼玉の高校生はとかく東京の大学に進みたがるので、この逆風を民間出身の新理事長は打開してくれるだろうと思ったのです。ところが、就任三年が過ぎたころから、経理上の疑惑が浮上しました。そうだね、きみ」

先生は、奥さまの肩に手を置いた。

「わたくし、証拠を握っていますわ」

彼女がそう言うと、先生は、

「家内は最近まで――わたしと結婚するまで――長く学園の経理係をつとめておりました。しかし、あるとき、税務署に提出する財務書類がどうもおかしい、奇妙だと思ったのです。君、具体的に言ってごらん」

先生はまた、彼女の肩にそっと触れた。

「わたくし、ある機会に、学校と教科書販売会社との間に、不純な金銭の流れがあるのに気付きました」

「わたしの口からくわしく申しましょう」

先生は前へ、膝を進めた。

「学生用の教科書。これは特定の取次店が定価で学生に販売します。もし当校に学生生協があれば、値引きも可能です。しかし理事長にその考えはなく、定価で売るのです。キックバックという甘い汁があるからです。この金銭は理事長ひとりの財布に入ります。次に派遣会社の問題。当校は女子学生ばかりなので、学校の正門と裏門に複数の警備員を常駐させ、また、洗面所の清掃や校庭の美化にも人が必要です。これらは経費節減のため直接雇用はせず派遣会社に依頼しております。方針は正しいのですが、特定の業者を使い続けており、見直しはなく、不当な金が理事長に還流されているようです。キックバックが帳簿に記載されておらんのです」

大きく奥さまもうなずいている。先生の声は、熱を帯びてきた。

「まだあります。教職員の使うパソコンや付属器材。この納入業者にも変化はなく、他社が値引を言ってきても理事長とその一派は一顧だにしません。もっと高価なのは学生の使う語学演習の機材です。学生ひとりに一台をあてるから購入金額は莫大です。これにも競争入札がありません。まだある。学生の食堂です。運営業者に見直しがない」

先生は、残りの紅茶をぐいと飲んだ。

「書籍。警備。清掃。機材と器具。食堂。いずれも他業者の参入を認めず、理事長とその一派が専決しております」

ぼくさあ、まじで心臓がドキドキしてきたのよ。学校にそんなインチキがあっていいのかよ。悪習慣にどっぷり浸かった業者から、不正に流れたお金をさ、理事長らが、ちゃっかりポケットに入れてやがんだ。隠匿したお金は、きっと、奥さんに内緒だろう。絶好のチャンスさ。理事長らは若い女の子がわんさかいる、秘密クラブなんかに行ってさ、両側に美人をはべらせて、わざと酔ったふりをして、女の子のお尻やおっぱいをいじったりしてさ、やりたい放題に楽しんでいるにちがいない。もしぼくが、その場に踏みこんで、あられもない彼らの醜態を撮影して、学校に乗りこみ、教室の黒板に、写真を一枚一枚、貼りつけてやったら、女子学生たち、卒倒するかもしれない。いやいや、拍手喝采かもな。写真は彼女らのスマホに転写されて即座にＳＮＳの波に乗り、拡散しちまうだろう。

「不当に還流した金は、さらにですな」

先生は、ぼくたちを見回した。

「理事長らのゴルフ代やら私的旅行などに消費されます。一般教員はうすうす気づいていながら告発しない。そうだね、きみ」

「まちがいありませんわ」

力強く、奥さまは答えた。

「なかでも教育の見地から許せんのは」

こぶしを、先生は握りしめている。

「河渡周辺の学習塾経営者らを料亭に誘い入れ、贅沢な料理をふるまい、その席で土産まで渡します。常務さん、ねらいは、おわかりですかな？」

常務は、はて？　という顔をした。

「わたしは教育界の内情はどうも……」

「塾生女子らに、当学園を過剰宣伝させるためです。うん、実になげかわしい」

先生のため息は深かった。

「男性経営者らには、テレビやブランド物のかばんを与え、女性にはネックレスやイヤリングを持って帰らせるのです」

奥さまは、おっかぶせたんだ。

「ずるいのは、そんな品物を必要以上に購入し、わざと余らせて、理事長さん一派らが自分たちのポケットに入れることです」

「まさか、そんな。ほんとうですか？」

おそるおそる訊いたのは、常務だった。

「ご自分たちの欲しいものを、優先的に買っておくケースもあるんです」と、奥さま。

憤慨に堪えない顔で、彼女は続けた。

「理事長さん、さすがにこれではまずいとお考えになったか、最近では百貨店から学外への歳暮名目で買ったものを、全教職員に配ってカムフラージュするようになりました」

「わたしは即刻、送り返しましたがね」

ぴしゃりと、先生は言って、

「理事長一派になびかないわたしには、ことさら高価な品物を送ってくるんだ」

と、吐き捨てた。

「彼らを野放しにしていては、学園に将来はありません」

ごくんと先生は、唾を飲んだ。

「ですから、このたび、心ある教職員が決起して、新体制を築く計画を密かに進めております。きっと不正義は崩壊します」

先生は、室長に眼を向けて、続けた。

「あなたはお話しぶりから、関西がご出身のようだが、数年まえ、大阪でも類似の問題が某高等学校で発覚しましたね？」

「たしか、生駒山山麓の××学園でした。学校長らが学習塾経営者を饗応したり、物品を与えたりで国税と警察が摘発しました」

「そうでしたな。あの事件は、一流新聞や週刊誌がこぞって報道しましたね。つい最近も、東京の△△大学で理事長が独擅的に経理を牛耳ったとかで、訴追されました。ですがわたしの学園は、河渡という小さな田舎町の小規模校です。発覚しても、大新聞は洟《はな》もひっかけないでしょう」

ぼく、その都内の有名大学の事件は新聞で見たけど、特殊な例外だと思っていたんだ。

「わたしは、それでですな」

と、先生はテーブルの下へ手を入れた。うすっぺらな新聞紙が出た。常務が言った。

「おや、武州日報ですね」

武州日報ならぼくも知っている。うちの安食堂にも置いている、地元密着の新聞なんだ。

「さよう、この地方紙の記者に、我が学園のネタを提供するのです。もう同志の教員が結束しています。武州日報は、河渡市で広く読まれております。まず記者にヒントを流し、疑惑の眼を向けさせる。彼らは、ゲリラ式に学園の内外を嗅ぎ回りましょう」

先生は新聞を折り、テーブル下へ返した。

「関急さん、お待たせしました。いよいよ、海外研修旅行の問題をお話しします」

先生の視線は、住吉室長に固定した。

「すでにご承知でしょうが、当校は学生らを語学研修に欧米へ連れて行きます。女子学園なので治安保持のこともあり、団体旅行で実施します」

にぶいぼくも、やっと気づいたさ。旅行の入札にも、きっと不正が続いているんだ。

室長が、にんまり笑った。

「M旅行社のことですね？」

「そう、M社です。語学専科生が二年次に行きます。この制度は当校の学生募集に大いに効果があるのですが、問題はM社が毎年、独占受注することです。理由として理事長は歴史が古く、かつ信頼性に富み、安心してまかせられるのはM社だけだと主張します。しかしこれにも卑劣なからくりがありました。それを察知したのは、この家内です」

室長は、尻を少し前へ寄せた。

「家内の内偵で最近わかったのですが、旅行各社の入札のさい、不公平な操作が常態的に行なわれていたのです」

先生は、奥さまを見た。

「君、証拠はわたしの机の上にある。取ってきてくれ」

奥さまは一冊のファイルを持ってきた。

先生は書類を抜き取ると、テーブルに並べた。A四サイズの三枚だった。

彼は最初の一枚を逆向きにし、ぼくらに押し出した。

「その一枚は、応札の各社に渡します。入札への心得が書かれています」

室長は、受け取って黙読した。

先生は二枚目を差し出した。

「当校が希望する旅程の概要が、それです」

訪問都市、美術館などの見学施設、現地で交流予定の学校名などが日付ごとに書かれている。いたってシンプルなものだった。

先生は、室長の眼を見た。

「その一枚で、旅費の算出は可能ですね？」

「滞在都市名が具体的ですから、概略の積算はできます」

と、室長は即座に答えたものの、首をひねっている。

「ですが、わからない部分があります。都市間の移動手段、現地通訳の有無、食事の有無、ホテルのレベル。これらがくわしく書かれていません。旅行社側で適当に考えて提出しなさいということでしょうか？」

先生は即答せず、しばらく黙っていたが、三枚目をそっと室長に渡した。

「どうです。よく見てください。あなたの疑問はそれに逐一、書かれています。それこそが当校の希望する最終的な旅程表です」

しばらく室長は読んでいた。そして腑に落ちない眼で、先生を見たんだ。

先生は、悲しげな顔で笑っている。

「そこなんです。もしその三枚目が、M社にだけ渡されて、他社には、最初の二枚きりだったとしたら……」

「なんですって？　まさか――」室長は絶句した。

「まさにそうなんです。各社には封筒に厳封のうえ郵送します。お互いが中身を知らないのです。

二枚しかもらわなければ、当て推量で企画書を出すしかないでしょう」

　室長は、腕を組み、沈黙している。先生は顔を紅潮させて、続けた。

「いくらM社以外が安価で優秀な企画をお出しになっても、理事長らは『これは本校の考えと乖《かい》離《り》している』と、一蹴できます」

「入札以前に、旅行社を集めて説明会などはないのでしょうか?」と、室長。

　この問いには、奥さまが答えたんだ。

「業者さんを呼ぶことはありません。郵便の往復だけです」

　ぼく、むかっ腹が立ったよな。理事長というやつをぶんなぐってやりたい。やっこさん、不正の見返りにM社からもきっと賄賂をせしめてやがんのよ。

　先生が、奥さまを受けた。

「ついては近々、来春の海外研修の入札時期になります」

　室長は、眼を見開いた。先生は言った。

「その時の三枚目のコピーを、この家内がひそかに手に入れて貴殿にお送りします。立派な企画をお考えください。御社はM社に対抗できる有力候補とわたしは考えています。旅行入札のころ、武州日報は不正問題を次々と書きたて、学園内は大騒動に包まれているでしょう。そうなっては、学生の保護者たちも黙ってはいますまい」

　ぼくさあ、熱いものが込み上げてきた。だって痩せっぽっちで弱々しい先生の印象が、ここにきて、大逆転したんだから。

「ただ、ですな」

先生の視線が、室長を直射した。

「ただ誤解しないでください。わたしは御社に味方するわけじゃない。選考は三社くらいを選び、良識ある教員で公平に検討する考えですから」

先生は、ここにきて、はじめて満面に笑みを浮かべたんだ。

「改革は経理の浄化だけじゃありません。専攻学科も再編します。個人の尊重。新しい時代の生き方を考える自主性。女性たちみずからが正しいと思うことをつらぬき、各界でリーダーになれる人材の教育をめざします。我々教員も、生まれ変わる必要があるのです」

六

玄関まで奥さまは見送ってくれた。ドアが閉じると、常務は、携帯で所長の営業車を呼んだ。車は、三分も待たずに来た。

窓から顔を出した所長へ、常務は言った。

「やけに早かったな」

「長らくご連絡がなく、心配なんでこの近くのコインパーキングに待機していました。それで、いかがでした？」

「無事に終わったさ」

親指を立てて、常務は笑った。

三人は車内に入る。車はエンジンを咳払いさせて動き始めた。走り出すや、所長は運転席からバックミラーに向かい、

「常務、駅へ直行ですか、それとも？」

常務は、腕時計を見たらしい。

「おや、もうこんな時間なのか」

そして横の住吉室長の耳へ、

「お腹《なか》がすきましたな。お食事でもいかがです。自慢するほどのものでもないですが、河渡は芋尽くし料理が名物なんです。土産話になりますよ。なに、お時間はとらせません」

営業車は、ゆっくり進んでいる。室長も、腕首を見たようだった。

「勝手ながら、わたしはこのあと予定があります。またの機会を楽しみにします」

「そうですか、残念ですな。どうか次回は仕事抜きでいらしてください」

武州の二人とは、駅で握手して別れた。

ぼくらが改札を終え、上り線ホームへの跨線橋を渡るまで、彼らは見送ってくれた。

急行の到着まで時間があった。室長はその場を離れて携帯を耳に当てている。相手は大森課長のようだった。もどると、

「越生、もう家に帰っていいよ。ほんとうは改札以前に言ってもよかったんだけど、武州の連中の手前もあったんでな」

ぼくは、跨線橋を渡り直した。自宅への駅は、河渡から十二、三分なのだ。

ぼくの電車が先に来た。

吊革にぶらさがっていると、さきほど室長が言ったことを思い出した。

「いいか越生、今回の顛末報告は、苦情のみを要約し〈先生宅を訪れ陳謝して解決〉とだけを書く。解決後に聞いた話はカスタマー室の連中はむろん、母親にも漏らしちゃいかんぞ。会社へは、わたしから教育旅行部長ひとりに打ちあける。いい土産になるやろう」

蛇足を言うとさ、ぼくが出勤するこの朝、おふくろは、ぼくにこう要請したんだ。

「室長さんって東京へは単身赴任なんだろう。きっと家庭料理に飢えてらっしゃるよ。岳志、どうだろう、今夜、河渡で仕事が終わったら室長さんをうちへ連れておいで。母ちゃん、腕によりをかけてご馳走すっから」

いま思うとさ、目元がうるんで、妙に声が浮き浮きしていたんだよな。

「うす汚いこんな大衆食堂なんか喜ぶもんか。おれ、いやだよ」

「とにかく誘いなよ。断られたら、それはそれでいいからさぁ」

結局、ぼくは室長に言い出せなかった。たとえ室長に予定がなかっても、おれんちの招待なんか受けるはずないんだもの。

おふくろにはどう報告しようか。列車が最寄り駅に着くまで、あれこれ考えていた。

第三章　宿泊プランお銚子酒一本付

一

七月初旬。平日。

東京は本格的な梅雨に入っていた。

十五階の窓は、太陽が一瞬、顔をのぞかす時もあったけれど、たちまち黒雲がいきおいを増し、夕方には豪雨となって退勤客の多い山手線の線路を水びたしにして全線不通にすることがあった。

そんなある日の朝――。

電話が鳴った。

「カスタマー室です」

マリアさんが、すばやく取った。

「室長、総務部長からです」

総務部長は、取締役でもあるんだ。

「替わりました。住吉です……。えっ、いまからここへお越しになるんですって？　いえ、こちらからおうかがいします。すぐ行きます」

見えない相手へ、何度もおじぎしている。

受話器は、そっと置かれた。

「はてさて、いやな予感がする」

笑いながらも、首をかしげている。

大森課長が自席から後ろへふり返った。

「室長、総務部長の呼び出しなんて、どうも奇妙ですな」

なにしろ、カスタマー室ってのは社長に直属なものだから、やはり奇妙なのだ。

「とにかく、行ってくる」

背もたれから背広をもぎとり、腕を通し、専用の白色ボードに室長は行先を書いた。

それから三十分ばかりが過ぎた。

帰ってきた室長は、椅子にどっかとすわると腕を組んだ。眼は、宙を見ている。

「越生くん」小声でぼくを読んだ。「ちょっと来てくれ」

急いで室長席のまえに立った。

「まあ、そこへすわれ」

ぼくは室長横のソファーにかけた。応接用なんだけど来客はめったになく、もっぱら社員との打ち合わせに使われているんだ。

対座すると、室長はぼくに言った。

「あす、浅草へ行く。君もついて来い」

状況説明がはじまった。

「きのうのことだ」。室長にはもう、東京言葉がまじるようになっている。

「昨日、初老の男性が、総務部を訪ねてきた。彼は総務部長に面会を求め、差し出した名刺には〈鬼怒川温泉○○旅館・東京案内所・所長〉と書かれていた」

その旅館なら、ぼくも知っているさ。うちの社と送客契約を結ぶ協定旅館なんだ。宿泊クーポンを池袋で何度か売ったことがある。

「相手は、うちの社の重要取引先。しかも役職ある人物。応接室に入れて、総務部長が用件を聞くことになった」

大森課長はいつものでんで、パソコンを閉じ、聞耳を立てている。

ブリーフィングは続いた。

「案内所といっても、所長と女性事務員の二人が浅草に駐在して、女性は電話番で、所長は日々、団体客誘致のため、旅行会社の支店を回っている。君も池袋支店で、そんな人を見たことがあるやろう?」

ぼくはさ、店に来る、個人客だけを担当していたので、法人営業のことは知らなかった。

「そうか、まあいい。所長の用件は、彼の旅館と我が社の共同企画〈宿泊プランお銚子酒一本付〉をめぐり、利用客とトラブルになっている相談だった。越生、君はその企画商品は知っているやろうな?」

ぼくは、うなずいた。泊まったお客にお銚子酒を一本、もしくはジュースを一本サービスするって企画なんだ。夏休み期間なら、子どもに花火セットがついたりもする。

　室長は先を急いだ。

「そのクーポン券を、うちの浅草支店で買い求め、鬼怒川に泊まった一組の男女があったという。到着して客室に入ると仲居さんがやってきて、飲物などオプションの注文を訊く。その二人は、お銚子酒とビールをたのんだ。その翌朝だ。出発の時、客はクーポンに含まれないオプションの費用を支払うが、支払いは奥さんらしい女性がフロントに来て、請求書どおりの金額を、現金で支払った。それから二人は、前夜に予約していた観光タクシーで東照宮や中禅寺湖を巡り、東武特急に乗って東京に帰った。ところが……」

「ふうーっ」と室長は息を継いだ。

「ところがだ。その夜に、男性のほうから鬼怒川へ、激怒の声で電話があった」

　耳をすませているのは、もう大森課長ひとりではなくなっている。

「立腹というのは、無料のはずの銚子酒二本が、有料のビール代金に加算請求され、それらを女性が支払ってしまったことへの抗議だった。『酒は、代金ゼロのはずじゃねえのかい。ちゃんとした旅館が、こんな詐欺をやるのかよ』と、下品な声で、まくしたてた」

　このとき、聞耳をたてていた大森課長が、苦笑の顔でソファーの横にやってきた。

「そんな事例って、たまにありますよ。原因は旅館のミスですが、客も請求書をちゃんとチェックせず支払っちゃうんです。確認しない客にも責任の一端はありますよ」

「まあ、最後まで聞いてくれ」

室長は、課長をソファーから見上げた。

「鬼怒川ではすぐに伝票を調べた。たしかにミスだった。二人を特典のない客として扱っていたんだ。注文を受けた仲居が、伝票に特典のことを書き漏らしていたらしい。そこで旅館は『申しわけありません。さっそく手前どもの浅草駐在の者が返金にうかがいます』と、丁重に謝罪した。客の住所が浅草に近かったものでね。銀行振込より直接返金するのが誠意と、鬼怒川の支配人は判断したわけや。もちろん、手土産のことも考えている」

「妥当な処置でしょうね」

大森課長はうなずいている。

「ところがだ、手土産を持参して、客に所長が会ってみると」

室長は顔を、大森課長へ上げた。

「会ってみたら、なんと、一筋縄でいくような男でなかったんやな」

「どんな人物なんです?」

「つっ立ってないで、そこにかけてくれ」

大森さんは、ぼくの横へ来た。

「客は所長に言った。『やい、よくも恥をかかしやがったな。面目まるつぶれだ。慰謝料をよこせ』と」

「恥をかかせた、慰謝料をですって?」

「同伴女性は、おそらく妻でなかっただろうと旅館ではみている」

大森課長は、口をゆがめた。

「無茶ですよ、慰謝料なんて。客の損害は酒が二本きり。それを返金して手土産まで付けたんだから……落ち度は客にもあったんです。清算時に漫然と支払っておきながら、あとでぐちゃぐちゃ言うのは日本人の悪い習性です。欧米では、通用しませんよ」

大森課長の主張は、ぼく、入社時の研修で習っていたさ。旅行会社で申し込んだお客には、二つの責任があるんだ。契約の時に、お客に認識してもらうよう書面を渡し、口頭でも説明を加えているんだ。


〈お客さまの責任について〉
一、お客さまは、旅行の内容をよく理解して申し込まなければなりません
二、提供された旅行サービスが契約と異なると知った時はその旨を、旅行先ですみやかに当社または旅行サービス提供者に申し出なければなりません

でもさぁ、ほとんどのお客は、旅行に出たらそんな条項はすっかり忘れていると思う。

大森課長が言った。

「同伴の女性は、特典のことを知らなかったわけですね?」

「クーポンを買ったのは男性で、女性は内容を知らなかったらしい。フロントでもらった領収書を女性は観光中に男に渡した。男はそのまま財布に入れた。帰宅後に見て過払いに気づいた。お

そらく男は、女性をなじったんじゃないか。しかし女性――きっと妻じゃない――は軽蔑の眼で男に抗弁したはずだ。なにさ、あんた、お酒付きのことを、先にわたしに言わなかったじゃない。それにしてもお銚子二本くらいのことでわたしを叱るなんて、あんた、人間が小さいわね、とか言ってね。馬鹿にされた男は、憤怒が倍増する。その捌け口が旅館に向けられたんじゃないか」

「経緯はどうであれ、慰謝料を請求するなんて非常識です」

課長はあきれかえっている。室長は、続けた。

「老所長は返金のうえ手土産まで渡したのに男は納得しない。威喝的《いかつてき》にそれ以上を要求してきた。恐怖を感じた所長は、『上司と相談のうえ後日に』と、その場を切り抜け、逃げ帰ってしまった」

「そいつはまずかったですな」

「たしかにまずい。慰謝料など、毅然と拒絶するべきだった」

「いったい、どんな男なんです?」

「消費者金融の従業員らしい」

「いわゆる、サラ金ですね?」

「都知事登録はあるようやが、法外に高い金利を取り、出資法違反が疑われる一味のひとりと、所長はにらんでいる」

「どうして、それがわかりました?」

「所長が浅草付近の懇意な交番でそれとなく聞いてきたのや。巡査はにらみをきかせているが、しっぽをつかむのが困難らしい」

ずっと聞いていたけど、ぼくに理解できないことがあった。交番の巡査が怪しいと判断しながらなぜ、積極的に捜査しないのか。室長は言った。

「いいか越生、証拠をつかむのがむずかしいのや。高利で貸すが、彼らは回収不能になるのを避けて小額しか貸さない。客層は定職にもつかず、競馬や競輪で稼いだり、賭博などで遊び暮らす者が多い。収入の一定しない風俗系の男女もいる。東京には、そんな連中がゴマンといるからな。そんなふらついている人間は、銀行が相手にしない。しかたなく、彼らはヤミの金を借りる」

「よくご存じですな」

大森課長は、へらへら笑っている。

「たとえばだ」室長は言った。

「十万円を借りるとしよう。借用証には、十万円の金額と返済期日が書かれる。期限は一か月か二か月が相場。しかし渡されるのは八万か九万。一、二万が天引きされるのや。こうしておけば、証文に違法な金利の証拠は残らない」

「なるほど、うまい手法を考えたものだ」

大森課長は、微苦笑を続けている。しかしぼくは、納得がいかなかった。

「借り手は、不法利息を警察に訴えないんでしょうか？」

「彼らが逮捕されては、利用者が困るのや」

ぼく、なんのことだか、理解不能だった。

「貸してくれる者がいなくなるからね」

なんでそんなに室長は詳しいんだろう。借りたこと、あんのかね。口から出かかったけど、ぼくは黙っていた。そのかわり、

「どうやって見込客をさがすんです?」

「越生くんの家では見たことがないだろうがね」室長は、得意顔に言った。「ポスティングを使う。ひとり住まいのアパートをねらって安っぽいチラシを入れる。それには携帯電話番号は書くが、事務所の住所は書かない。客が電話してきたら、喫茶店などで会い、数枚の紙幣を渡して、借用証書を取る」

ニヤニヤ聞いている大森課長だったが、ついには、そんなこたぁどうだっていいじゃないですかという顔を、露骨に見せて、

「室長お聞きしますが、それで総務部長が室長を呼び出した用件は、何だったんです?」

「失敬。結論を言おう。案内所の所長にわたしが同行し、クレーマー男に会い、慰謝料を断固拒否する手伝いをしてあげてくれと、部長はおっしゃったんや。相手の職業がどうであれ、不当な要求に屈すると、男は味をしめ、今後もエスカレートしてくる。いまのうちにその糸口を、きっぱり断ち切ってくれぃと、わたしに命じられたわけや」

大森課長はまた、訊いた。

「で、どこで会うんです?」

「男の事務所へ行って、直談判する」

「やくざ同然のやつでしょう。大丈夫ですか?」

「越生も連れて行くさ。三人で乗り込めば、相手は馬鹿じゃない。目撃証人のいるまえで、脅迫の言辞や暴力はひかえるさ」

「万が一にも、腕力に出たらどうします？」

「その場合はな……」

と、室長は笑って、顔をぼくに向けた。

「越生、これからリハーサルをする。わたしを見てチンピラと思え。いくぞ、やっ」

空手チョップを振り上げ、ぼくの首をちょん切る真似をした。咄嗟《とっさ》にぼく、引いたさ。

「動作がなまぬるいぞ、越生」

笑顔だが声は、真剣そのものだった。

「やられたら、床に倒れろ。同時に、『あいたた、頭が痛い』と、大声で叫ぶんや。両足をばたつかせると、さらに効果がある」

まじかよ、室長、かんべんしてよ。

遠くで、マリアさんが笑っている。大森課長までが腹をかかえている。

「まさに、一世一代の大芝居ですな」

「男はきっと驚き、手を引っ込めるさ」

室長は平然と、顎をなでている。

マリアさんは笑いをこらえながら、お茶のペットボトルと紙コップを炊事場から運んできてくれた。室長の横に立って言った。

「おもしろそうね。ご無事の帰還を祈っていますわ」

「訪問日と時間は、これから所長が電話で相手と詰める。決まれば、わたしに連絡がある」

その話を聞いてからというもの、うちに帰っても不安が頭にこびりついて、離れやしなかったさ。なにしろ、やくざまがいの男の事務所へあすか、あさって、行くんだから。

夕食のとき、ぼくは母に打ちあけたんだ。

「岳志、母ちゃん心配だよ。相手がナイフでも出したら、一目散に逃げておくれ。もしものことがあったら母ちゃん、路頭に迷うじゃないか。今夜はテレビなんか見てないで、早く寝て、体力をやしなっておくれ」

その夜、ぼくは早く寝た――。

暗闇のなか、遠くから救急車のサイレンが近くなってきた。肩が、ひりひりする。ぼくは歯をくいしばって痛みをこらえていた。なまぬるい感触がして、そっと手をあてた。ぼんやりした灯にかざすと、べっとりと赤い血が浮かんだ。

「早く来てくれ！」

大声で叫んだところで眼がさめた。首筋が、汗でびっしょりだった。

二

翌々日の朝、室長は、デスクの電話から、浅草駅に近い旅館の東京案内所へ通話した。クレーム男に会うに先立ち、案内所で所長と会う約束が、昨夜に出来ていたんだ。

「お約束の四時に、うかがいます。ついては、あらかじめお願いがあります。例の男の同伴女性は、仲居さんの証言によりますと、妻でなく、愛人と思われるそうですが、何か証拠でもあると、こちらは助かります。鬼怒川へご依頼いただき、たとえば……」

ここまで聞こえたんだけど、室長はぼくらの島をチラと見て、回転椅子を向こうへ回しちゃったんだ。送話器を手で囲い、声を落としたからよく聞こえなかった。ただ、何かのカードがどうしたとか、防犯カメラがどうのこうのと、長話が続いていた。

やがて、回転椅子がこちらに返った。

「いいえ、いま必要じゃありません。そちらに着いた時でけっこうなんです」

二時半になった。室長は、デスク横の個人用ロッカーボックスから背広を取り出した。腕を通しながら、言った。

「越生、すこし早いが、そろそろ行こう」

ぼくのは六個連結の並製ロッカーが、自席から離れたところにある。走って行き、扉の内に掛けた新調のスマートフォンを出した。

下降するエレベーターで、ぼくは言った。

「浅草へは、乗り換えはありますが、地下鉄なら通し運賃で早く着きます」

「すまないけど、私用があって、ＪＲ上野駅に降りたい。公園口の東京文化会館に寄って手に入れたいものがあるんや。なに、時間はとらせない」

新宿駅改札口から、ＪＲ山手線ホームに下りると、自動音声の放送が流れてきた。

【外まわり池袋・上野方面が到着します。白線の位置からご乗車ください】

発車するとすぐ、ぼくはスマホをそっと室長の耳にあてた。

【外まわり池袋・上野方面が到着します。白線の位置からご乗車ください】

「なんやそれ？」室長は、引いた。

「へへへ。さっきの構内放送です。ばっちし、録音できています。準備完了です」

「なんのためや？」

「サラ金の男が脅迫に出たら、証拠として録音しちゃいます」

「なるほど、よく思いついたな」

室長は、手にとり、自分でも再現した。

上野に着くと、ぼくをさきに乗り換えの地下鉄駅に行かせて室長は、公園口から上野公園の方へ出て行った。月刊のクラシック音楽の無料情報誌をもらいに行くそうだ。

待つほどもなく室長は、地下鉄改札口へ走ってきた。三駅で浅草に着く。

降りて出た雷門は外国人観光客がおおぜい集まって写真を撮っていた。室長は言った。

「わたしの学生時代は、制服を着た修学旅行生や、農協さんの団体が目立ったな」

仲見世通りが、北へ長く伸びている。

にぎわう演芸場のある旧六区を北へ向かった。

歩きながら、室長は言った。

「戦前はこのあたりで、浅草オペラというのが全盛やったと聞いている」

「高尚なオペラが、ここで、ですか？」

「歌劇なんて高尚でもなんでもないぞ。男と女の色恋沙汰が多く、殺人事件もある。浅草のオペラは、それらの筋書きをもっと短く大衆化したものだったらしい」

遊園地の花屋敷を過ぎ、なお北へ歩く。

人通りが少なくなると、壁の色が禿げた雑居ビルと、古い民家が多くなってきた。

室長の足が止まった。指が、前方を差した。

東京案内所（略して東案）は、古い三階建てのビルの一階だった。緑色のテントが旅館の名を書いて軒に垂れている。両隣りはパン屋とクリーニング店だった。

三

ガラスのドアを引いて入った。ローカウンターの向こうに、初老の男性と中年女性が椅子にかけている。女性は紺の事務服だった。

「いらっしゃいまし」

女性が愛想よく言った。男性は立ち上がってぼくを見た。ぼくにだけ室長は旅行会社のネームプレートをつけさせていたからだ。

「関急さんだいね。今度わぁ、えろうご迷惑かけてぇ、すんませんなぁ」

物言いが、埼玉でも東京でもなかった。鬼怒川に長く暮らした人なんだろう。

彼の頭髪は真っ白。その量も乏しかった。

急ぎ、脇のスイングドアから出て、こちらへやってきた。名刺入れを手にしている。

女性も椅子を引いて立った。

「所長、裏手の応接室でよろしかね?」

「そんだなぁ、そうすっか」

後方のドアを、女性は開けた。所長は、

「すんませんなぁ、倉庫兼用でしてなぁ」

彼に続いて入ると、壁に寄せてスチール棚がある。各種の観光地図と、旅館のパンフレットが山積みだった。

小さなテーブルに所長と向き合った。白髪の頭頂が、丸い地肌になっている。

女性が来てジュースを置き、去ろうとするのへ所長は言った。

「もし、わたしに電話があったらさぁ、あとでするって、伝えておいてよ」

女性が返事してドアから消えると、所長はテーブルに手をついて言った。

「こっちのしくじりでぇ、関急さんにわぁ、とんだ悪いことを……」

室長は、強く手を振った。

「いや、お気になさいますな。非常識なのは客のほうです。さっそくですが、お会いになっての印象は、いかがでした?」

「そうですなぁ、顔はぱっと見て、ミッキーマウスのようでしたなぁ。ですが愛敬などありゃしませんで、ドブネズミに似た印象でした。要するに街のチンピラです。宿帳に三十歳と書いちょりますが、本当かどうか」

「応対ぶりは、いかがでした?」

「そうですなぁ」所長は繰り返して言い、手のひらで鼻をこすって続けた。

「ねちねち、のらりくらり。女の腐ったような物の言い方をしよりましたなぁ」

「体格は、頑丈なほうですか?」

これには、ぼくも気になっていたんだ。

「いえいえ、あなた、小柄です。眼つきはきょろきょろ。そうそう、やっぱし穴から出てきたネズミにそっくりでぇ」

室長は、クスッと笑って言った。

「そんなチンピラは、子どもの時はゲームの戦争ごっこ。少年になると半グレごっこ。そうして、大人になったいまは、いっぱしのチンピラを演じているんでしょう」

所長もつられて笑っていたが、

「しかし、そんなガキ野郎を相手に、尻尾《しっぽ》を巻いて退散したのを後悔しちょります」

室長は、両手を握り合わせて言った。

「チンピラは、相手がひとりだと高飛車に出ます。ネズミのチンピラだから、すきあらば、何にでも鼻を突っ込んでくるんです」

「わかっております。ですがぁ旅館商売ってぇのは弱いもんで、客の多少のクレームに反論するのを躊躇するんです。わずかの出費ですむなら、妥協します。争って悪い噂が広がるとこっちの評判を落としますんでなぁ」

「お説はごもっともです」

室長は、ジュースを口に含み、続けた。

「わたしどもの親会社、関急電鉄も、苦情の非が先方にあると認識しながらも、おおごとにしたくない古い体質があります。しかしわたし自身は、そう考えたくありません」

室長の語気は、強かった。

「昨今は、ためにすると言うか、金銭目的のクレーマーが多くなってきました」

「いかにも。手前、この道に入って五十年になりますけどぉ、あなた、昔は、お客さんてぇのは上品で、扱いも楽でしたな」

「…………」

「いい時代でしたよ、昔は。旅館へいらっしゃるお客さんてぇのは、上流階級の人たちが多かったですな。心もちも、ゆったりなすってた。気配りをこっちが少しでもするってぇと『おい、わずかだが、取っておきな』なんて、ポチ袋をくだすったもんです。もっとご奉仕しなきゃって、心から思いますよ」

昔の記憶ならぼくにもあるさ。まだ父ちゃんが元気だったころだ。家族三人で京都へ行ったんだ。祇園祭を見にさ。泊まったのは門構えが立派な旅館。部屋に入ると、女将という人が挨拶に来た。畳に両手をついて去ろうとした時にさ、母ちゃん、お年玉みたいな小袋を女将さんにそっと渡したの。あとであれってなあにと、訊くと『子どもは知らなくっていいんだべ』と、叱られちゃった。翌朝、旅館を出るとき、坊っちゃまにって、女将さんはミニチュアの巡行鉾をくれたんだ。その巡行鉾はいまもぼくの部屋の本箱に飾っている。

「世知辛い世の中になっちまいました」

所長は、遠くを見るように言った。

「お気持ちは理解できます」

と、室長は返し、深呼吸をした。

「ですが旅行の大衆化で、国民みんなが楽しめるようになり、旅館さんも弊社もおおいにうるおっているのも事実です」

二人には、年齢の開きと時代の差が、はっきり出ていると思うよ。

「しかしですなぁ」所長は言った。

「残念なことに、ひどい客も比例して増えました。最近、現地支配人から聞きましたが……」

その伝聞を、所長は披露したいようだった。

「ご夫婦らしいお二人がお泊りになり、就寝まえの遅い時刻に、奥さまが大浴場にお入りになりましてねぇ」

「女性用に、ですね？」

「さようです。入浴をすませて、お部屋に帰られたそうですが、その後すぐに、帳場へご主人から電話が入ったそうです」

「フロントへ？」

「はい。『おれのカミさんが、のぞきの被害にあった。入浴中の裸を見られたんだ。どうしてくれる』って」

「目撃者があったんですか？」

「いいえ、あなた、入ってらしたのは奥さまひとりっきり。『脱衣場に進入したと思われる知らない男が、浴室のドアを開けて入ってきた。キャーと叫ぶと、脱兎のごとく男は逃げた』とか。当館にもミスはありました。男女の脱衣場への分岐点に番台があり、普段は女の従業員が常駐しますが、その時はたまたま別の用で不在でした。酔っぱらった男性客が誤ったのか、故意なのか、それとも抗議したご主人の狂言なのか、確証はありません。ご主人は帳場へ飛んで来られて、浴衣の尻をまくって『どう落とし前をつけるんだ。女房はショックで寝こんでいる。せっかくの旅行がだいなしになった。こんな旅館に泊まるんじゃなかった』と、まあそんな騒ぎでぇ」

「ちょっとすみません」

ぼく、所長へ手を上げたんだ。黙っちゃいられなかったもんでね。

「なぜ警察を呼ばなかったんです？　防犯カメラを調べたら真相は、はっきりしますよ」

ところが所長は、きっぱりぼくをにらみつけて言ったんだ。

「防犯カメラは、金銭を扱うフロント以外にありません。むやみに設置すると、お客さんは気味悪がります。また、その夜の時刻は、多くのお客さんが就寝中でした。殺人事件があったわけでなし。警察ざたになんて、とてもとても……」

室長が割って入ってくれた。

「それで、どうなりました？」

「ご主人は、宿泊クーポン券を購入した旅行会社の名を口にしましたね。こんなひどい旅館を紹介した旅行社も許せん。帰ったら怒鳴りこんでやる、なんてぇことを」

「のぞきの一件はおそらく、恐喝の口実でしょう」と、室長は鼻の頭をなでている。

「しかし手前どもは騒動にしたかぁありません。旅行社さんにも迷惑はかけられません」

「それじゃ、最後は示談にでも？」

「さようです。何ほどかを、見舞金として支配人が封筒に包み、旅行会社とは無関係との一札を取ったそうです」

所長の顔は、汗がにじんでいたね。

「とても参考になりました。わたしも現在そんな悪質クレーマーについて研究……いや、この話は長くなる。やめておきます」

室長は、言葉尻を濁した。そして、

「肝心のネズミ男の件ですが、旅館としては、どのように解決しようとお考えです？」

銚子酒二本の返金は果たしても、和解できず、また後日にと、先へ延ばしたツケがいま、重くのしかかっているんだ。

「支配人はわたしに一任すると言っています。それで、いかほどを包めばいいか、悩んでおるところでぇ……」

「わたしなら、ゼロ回答ですな」

にべもなく、室長は言い放ったんだ。所長は眼を、白黒させている。

「しかしあなたぁ、それでは相手は承――」

「だったら今回は、特別に奮発して、コレでけりをつけましょう」

指を二本、室長は突き出した。

「二万円でしょうか？」

「とんでもない。その十分の一の二千円をくれてやるんです」

所長の薄い両の眉毛が、動揺している。

「二千円って……その根拠は？」

室長は、涼しい顔で答えた。

「銚子酒二本の千五百円を、所長はすでに返金なさいました。その金額に五百円の色をつけるんです。しめて二千円。貴館の茶封筒に入れて、突き出してやりましょう。これで倍返しプラス五百円の特別ボーナスです」

所長は、眉毛をへの字にした。

「もし納得でききんとすごまれたら？」

「相手が拒否なら、封筒は引っ込め、ゼロ回答を通すばかりです。もしも相手が具体的な金額を要求するなら、恐喝と判断し、わたしが前面に出て対決します」

その声は、一歩もひかない決意があったさ。

「うまくいくといいんですが」

所長は腕を組み、沈思黙考といったところだった。

「ときに所長さん」室長が声を変えた。

「けさ、電話でお願いした、現地の宿帳の写しですが、届いていますか？」

「うっかりしておりました。届いておりますとも」

倉庫を出て、所長はすぐに帰って来た。

「これです。電子メールで鬼怒川から送信してもらいました」

すばやく手にとった室長は、うなずいた。

「場合によっては役にたつでしょう」

そう言うと、折りたたんで背広の内ポケットに入れた。

所長が、腕時計を見た。

「そろそろ時間ですなぁ」

そう言い、ドアを開け、女性を呼んだ。

女性は一枚のメモを持ってきた。

「君ぃ、未処理はこの二件だいね。すぐ処理する。君はその間に、千円札を二枚、旅館の封筒に用意してくれ。終わりしだい三人は、その封筒を持って出かけるから」

女性は首をかしげたが、「はい」と答えて出て行った。

四

いよいよネズミ男の巣食っているアジトに乗り込んで行く時間になった。

道を北へ、一歩先に歩く東案の所長が、ぼくらに振り向いて言った。

「これから先はもう浅草じゃありません」

「するとこのあたりは」と、室長が言った。「遠い昔は吉原遊廓があったはずですが」

所長は、うなずいた。

「さようです。ですが、いま、そこは、あえて避けて通っております」

「風俗営業街は、現在も?」

「消滅してはおらんです。赤や黄やピンクの異様な灯に誘われ、その一角に足を踏み入れる男連中はいるようです。だけんど、みじめな思いで出てくるだけです。ことに若けぇ越生さん、あなた、絶対におよしなさいよ」

また振り向いて、ニヤリと笑った。

なに言ってやがんだ。いらざるお世話だ。

やがて、人通りが少なくなる。古ぼけた戸建住宅やボロい低いビルが混在してきた。

爺さんが歩みを止めた。

「ほら、あれです。あすこの三階です」

薄汚れた茶の化粧壁の四階建てだった。

四階建てだが、エレベーターはなかった。階段の登り口に、入居者を知らせる白いパネルが貼ってある。でも、不鮮明なのが多く、サラ金事務所の名も見あたらない。

三階へ登って廊下に出た。廊下は片側に小さな個室を並べている。三軒目へ歩いて所長は立ち止まった。やはり表札はなかった。

所長が、ドアをノックした。ややあって、

「入ってください」

女性の声がした。所長が引き戸をひいた。キンキンの冷房。煙草の臭気が、鼻をついた。

とっかかりに三十前後の男と、同じ年くらいの女性が、机を突き合わせている。部屋の奥は、右の壁に、二枚の青いリノリューム板でかこった物置小屋のような小部屋が見えた。

「へへへ、よく来たな。待ってたぜ」

顔を笑わせた男が、椅子から立った。

「先日はどうも」所長が、腰を低くした。

立ち上がった男は小柄で、痩せて、貧弱な丸い鼻を顔にくっつけている。やっぱし東案の所長が鑑定したように、ドブを走り回るやっかいな小害獣のつらがまえだったさ。

女性はチャイナドレスみたいにすその割れたスカートをはき、だらしなく太ももを剥き出している。

「首を長くして待ってたぜ」

男は、目尻に微笑を見せた。が、すぐに表情を一変させ、室長とぼくを、頭のてっぺんから足の先まで、警戒の眼でながめたんだ。

室長が名刺を出した。男は指先でつまむと、職名を見た。そして所長へ、

「やっぱし苦情の専門家を連れてきたんだな。ご苦労なこった」

ぼくのは、ポイと机上に捨てた。

「おいらのはな、あいにく、いま、きらしているんでな」と、黄色い歯が笑っている。

「最初に言っとくが、プロの苦情屋が来たからにゃ、ご面倒でも、あんたたちの持ち物は全部、こっちで預からしてもらうぜ。かばんだけじゃない。ポケットの物もだ」

男は、女性の机上にある、黒塗りの大きな木箱を指差した。

「この中へ、胸に入れてる携帯やスマホなんかを入れてくれ。かばんは箱にふたをするから、その上に置けばいい。帰りにはちゃんと返してやる」

「なぜ、そんなことを?」室長が訊いた。

赤く塗った口からルージュがはみ出ている女性が、答えた。

「この人さぁ、おつむが悪くて、何を言い出すか自分でもよくわかんないから、何かで録音されるのがいやなのよ」

「よけいな口をはさむんじゃねえ。おいっ、さっさと始めろ」

男が女性を顎でしゃくると、彼女はぼくらにニッと微笑み　その手で、三人の内ポケットなん

かを順にさぐって、すべてを吐き出させたんだ。ぼくのスマホも没収された。ぼくと東案の所長はおとなしく従った。だが、室長だけが抵抗した。

「手帳とペンは許してもらえませんか。近ごろ記憶力が弱りましてね、あなたとの約束を万一忘れては困りますので」

男は、鼻で笑った。

「健忘症かい。気の毒なこった。おつむが弱くなったんなら、しかたない。許してやる」

没収したものを女性は箱に入れ、ふたをして、その上に三人のかばんを乗せ、ぼくらから見える少し離れた壁ぎわの長テーブルの上に置いた。見届けると、男は、

「これでひと安心だ」

と、黄色い歯を見せ、ぼくらをフリーマーケットで買ったみたいな、ところどころに黒皮の破れたソファーにすわらせた。

男は、先にどっかと腰を下ろした。

「ついさっき、遅い昼メシを食ってきたばかりなんだ。ちょっと失礼さしてもらうぜ」

と、ポケットをさぐると、爪楊枝を出して黄色い歯をせせった。終えると二本に折り、テーブルの灰皿に捨てた。

男は頭髪が伸び放題、ひげもちゃんとそらず、ズボンにプレスがなく、黒靴も汚れが目立った。ネクタイは流行の黄色なんだけど、首にきちんと結ばず、タイピンもなく、だらしなくひらひらさせている。およそ営業マン失格のスタイルだ。

「口掃除のあとは……」と、男は来客用の煙草の詰まったケースに手を伸ばした。

そして、あとからすわったぼくらへ、

「どうだい、あんたたちも？」

「いいえ」室長がきっぱりと言った。

「そうかい。じゃあおれは、一服つけさしてもらうぜ」

卓上の台付ライターを所長は取り、男の口元へパチンと鳴らしてやった。

「よく気がつくじゃねえか」

と、ネズミ男はまた、黄色い歯を見せた。

煙草をぷかぷか吸った。口から吐いた煙が、青い色で天井に昇って行く。

「ああ、うめぇ。こたえられねぇや。この一本がさぁ、いらいらしてるとき、効果があんのよ」

相変わらず、口角をゆがめて笑っている。

「おいらひとりが吸って、おまえさんたちがただ見てんのも気の毒だ。アイスコーヒーでも飲ましてやろう。おい、下の喫茶店に注文しろ」と、女性を振り返った。

ぼくたち三人は断ったけど「おいらも飲むからさぁ」と、おっかぶせたんだ。

「何人分を注文すればいいの？」

女性の声は、面倒臭そうだった。

「おめぇも飲むなら五杯だ。いや、兄貴も飲むだろう。全部で六人分だ」

（兄貴って人があとで、ここに来るのか？）

女性は、無表情で電話をかけた。

「ご馳走になります」

東案の所長が、代表して頭を下げる。

「遠慮はいらねえよ所長さん。あんたには二度もご足労をかけたんだ。こっちにもそれなりの仁義ってものがあらぁな」

テーブルにペーパーナイフがあった。それを男は、手のひらでいじくり、剣先をぼくらに向けたりしている。指の爪が、汚れて黒ずんでいる。

ぼくさぁ、ペーパーナイフで威嚇《いかく》する彼が、いまにも宿題の回答を求めるんじゃないかと、ドキドキしていたんだ。だけど、ネズミ野郎は、悠然とした態度で紫煙を吹き上げ続けるだけだった。

そして六度吸うと、吸いさしを灰皿に置いて、三人を交互に見渡して言った。

「どうだい、あんたらの景気は。新聞で見ると、ずいぶん儲かってるそうじゃないか。給料もきっといいんだろう。ことに所長さんとこは水商売だ。社長の匙加減で、税金はどうにでも申告できるよな。でもな、こっちの業界はそのあおりで、困ってんだ。おれの言ってる意味、わかるだろう?」

うすい頭を、東案の所長は掻いた。

「経営者でないわたしには、さっぱりそこんところは……」

ネズミ男は、白眼のまるい目玉をギロリと光らせた。

「教えてやらぁ。世間が豊かになると、ゼニを貸してくれって客が急に減るんだよ」

ドアにノックがあった。黒ずくめの中年男が銀盆に大きなポットと六個のグラスを乗せて入ってきた。

「二個だけ、わたしの机に置いてね」

女性が言うと、男はグラス四個をぼくらのテーブルに並べ、ポットから琥珀色《こはくいろ》のものをそそいだ。

女性は、納品の伝票にサインした。男が去ると彼女は、男の置いていったポットから一杯分をグラスにそそぎ、歩いて青色のかこみ――パーティション――に近づき、ノブを引いて内へ運び入れた。このとき、内には人の声の気配があったんだけど、女性は黙って出てきた。

一方、ネズミ男は、アイスコーヒーに入れたミルクをかきまぜながら口に含んだ。

「おめぇらも、遠慮なく飲みな」

ぼくたちも、少し口をつけた。

グラスの半分をテーブルに置いたネズミ男は、二本目の煙草に手を出した。指は、ヤニで茶色に染まっている。口の先から紫煙を細く吐き、室長へ、

「旅行屋さんよ、おれはさ、あんたらがやってる、旅館の斡旋みたいなこせこせした商売はやりたかぁないけど、いったい口銭《こうせん》は、いくら取ってんだい？」

鼻孔がふくらみ、眼が笑っている。

（何言ってんだか。あんただって貸した少額から、ちまちました利鞘《りざや》を取ってるくせに。お互いさまじゃん）

室長は、そっけなく答えた。

「それは、企業秘密ってやつです」

「そうかい。言えねえのかい」

ネズミ男は、口をとがらせたが、

「さて、そいじゃあ、いよいよ……」

と、灰皿に煙草をもみ消した。

「おい、所長さん、そろそろ肝心の宿題の答えに移ってもらおうじゃねえか」

ネズミ男はソファーに、ふんぞりかえった。

「色よい返事を持ってきただろうな」

「ちょっと待ってください」

住吉室長が、割って入った。

「なんだ、あんた、この一件はおめえさんなんかには関係ねぇこったぜ」

「無関係ではありません。宿泊クーポン券をあなたは、弊社の支店でお買い求めになりました。これがその見本です」

と言って室長は、一枚のサンプルを手帳から抜き出し、ネズミ男に渡した。

「裏面をご覧ください。クーポン券をご利用にあたっての注意事項が書いてあります」

男の顔は突然、緊張したさ。

「なに、なんのこった?」

と、眼を細くして、読みはじめた。

「なになに〈お客さまの責任。旅行の開始後、クーポン券に記載のサービスにつき、記載と異なると認識した時は、旅行先で当社または旅行サービスの提供者にすみやかにその旨を申し出なければなりません〉。なに、なんだ、これは？」

ネズミは眼を、ぱちくりさせている。

室長は、決然とした顔で言った。

「トラブルの原因は、あなたの注意義務不履行に起因しました。しかし、旅館は先日、その負債をあなたに弁償しました。したがってもはや、帳消しです」

ネズミ男は、眼をしばたたいている。

「帳消しだと。うるせえや。やい住吉さん、きいたふうなことをぬかすじゃねえか」

ネズミの顔には、青筋が立っている。

「おう、こっちが、連れの女に支払いをまかせっきりだったのは認める。だがな、この爺さんが……」

と、指で東案の所長を突き差して、

「この爺さんが、おれのうちに勝手に電話しやがったんで、女と一泊の件が、おいらのカミさんに知れちまったんだ。プライバシーが侵害されたんだぜ。その損害をどう始末するか、しばらく時間をくれと、この爺さんは持ち帰ったんだ。おれは、その返事を待ってるだけだぜ」

顔が真っ赤になっている。眼は、獲物をねらうように光っている。

ぼくは所長の電話が、ネズミの浮気を奥さんに教える原因となったのは知らなかった。先日のぼくへのブリーフィングで、室長は端折っていたんだろう。

「ちょっと待ってください」

室長は、再び繰り返した。

ネズミ男の表情が、こわばった。

「しゃらくせえ。こっちはな、爺さんが『検討して、後日に』ってったから……」

室長は、強く返した。

「そもそも、旅館に責任はありません」

「無駄口をほざくんじゃねえ」

ネズミ男は息巻いた。そして右手を振り、話にならんという仕草をしたんだ。

でもさ、室長も負けてはいなかったさ。

「この所長は、電話に出た女性を、あなたが鬼怒川に同伴した相手、つまり、奥さまと信じて、不在だったあなたへの伝言を託したにすぎません。その行為に、一点の落ち度もありません」

ネズミ男は、ギロリと眼を剥いた。

「おれたち夫婦の仲がこじれてもか？」

「所長は、世間の公序良俗に違反してはいないのです」

「コ、コウジョ、リョウジョクだと？」

ネズミ男は、うすら笑いをした。

「いったい、どんな意味だ？」

でさ、室長は、どうしたかというと、手帳にペンを走らせ、ネズミ男に見せたんだ。

「そんなむずかしい漢字、わかるかよ」

「世間の常識からみて、なんら不都合はなかったという意味です」

室長は、顔をネズミ男の正面に据えた。

「この所長は、その常識に従ったまでで、まったく責任はないのです。よって、法律的な慰謝料などは成立しないと考えます」

「なにいっ、住吉、おれを、なめてんのか」

声がぶるぶる震え、眼光が室長に鋭く向けられている。しかし室長は、

「あなたの金銭要求は、脅迫じみています」

「なに、脅迫だと。おれはそんなやばい真似をするもんか。サツ、いや、警察なんぞの世話になりたかぁねえもの。おいらはただ、この爺さんが『上司と相談』――」

「言っときますが、わたしは、あなたを怒らせるために同行したわけじゃありません」

ネズミ男は口を、ぽかんと開けた。

「じゃぁいったい、どう落とし前をつけようってんだ」

「所長からわたしは、相談を受け、あれこれ検討しました。あなたは、コレさえもらえたら、和解しますね？」

室長は、二本の指で丸を作った。

急に、ネズミの瞳孔が小さくなった。

「おお、そうこなくっちゃあ……わかりゃいいんだ、わかりゃな。それでいったい、いくら用意したんだ」

ネズミ男はペーパーナイフを、女性でもかわいがるように、ゆっくり撫ではじめた。

室長は男に、指を二本、突き出した。

「エヘヘ、二十万円かい？」

「いいえ、それは無理です」

「だろうな。そいじゃ二万か？」

「さあ、どうでしょう」

所長は、旅館名を書いた封筒を、テーブルにそっと置いた。

「おう、ちゃんと準備してたんだ」

にんまりと黄色い歯を見せた。

「どんなあんばいなんだろう」

ネズミ男は、手に取り、封筒の口に息を吹き入れ、逆さにした。二枚の紙幣が出た。

「こ、これは！」

ネズミの眼が、ピカッと光った。

「こん畜生。きさまら、お札の色を間違えたんじゃねえのか？」

「いいえ」室長は、毅然と答えた。

「やい、なんのつもりだ。おれを子どもだと思ってんのかよ」

臭い唾が、水鉄砲のように飛び散った。

「この野郎。これが正式の回答か！」

「公式的には、ゼロですがね」

「なに、公式的にはゼロだと？」

「ですから、今回は特別に非公式に……」

「つべこべ、ぬかすんじゃねえ」

ネズミは牙を剥いた。黄色い乱杭歯があらわになったさ。

「不可逆的で、最終的な解決金としてお受け取りください」

「ふ、フカガキだと。どんな意味だ？」

「もう、これっきりっという意味です」

「おのれ！」

ネズミ男は、ペーパーナイフの剣先を、テーブルにドスンと刺したんだ。長い沈黙がぼくたちの上にのしかかったさ。

「クソ。これっぽっちとは、どんな理屈なんだ」

室長は、身を乗り出して、倍返しのことを説明した。二千円でも捨て金なんだけど、それは口にしなかったね。

「これで、せいいっぱいです。それとも、もっと具体的に、別なご希望でも？」

ネズミ男は眼を、しばたたいた。

「おっと、あぶない。住吉さん、その手は食わねえぜ。恐喝は、ご法度《はっと》だからな」

「ご立派なお考えです。では、ご不満でしょうが、ご収納ください」

「はした金はいらねえ。もう一度出なおしてこい」

「これが最終と申しました。もしご納得いただけないなら、不本意ながら、わたしどもは警察に訴え出るしかありません」

「なに警察？　訴える？　おれはまだ、なにもしちゃいねぇぜ。これっぽっちも法律に触れることはやっちゃいねえ」

この時だった。東案の所長は横の室長にそっと口を寄せて何事かを耳打ちしたんだ。室長は軽くうなずき、ネズミ男を直視した。

「じゃあ、これをご覧ください」

室長は内ポケットから再び手帳を出し、はさんでいた紙片をテーブルに広げた。

ネズミ男の半身が、紙片にかぶさった。

「なんだい、これは？」

「旅館の宿泊者カードです。チェックインのとき、あなたがお書きになりました。そのコピーです」

ネズミ男は手に取った。

「なるほど、おいらの字だ。しかし、それがどうしたってんだ？」

「ご住所の下を、よくご覧ください」

ネズミ男は、眼元に近づけた。

「下段に、お二人のお名前をお書きです。ひとりはあなた、お連れさまは同姓で、妻の朱美とあります」

「おお、朱美は、おれのカミさんの名だ」

「奥さまは朱美さんでも、実際はお泊まりになっていません。別人でした」

「ううっ」男は、言葉に詰まった。目玉がうろたえた。しかし、眼をそらすと、

「だったら、どうだと言うんだ」

「記入はミスでなく、故意の虚偽です」

室長は、噛んで含めるように続けた。

「旅館は〈旅館業法〉という法律に従って運営されています。この法律は、宿泊者がチェックインするとき、氏名と年齢と住所などを宿泊者カードに正しく記入することを求めています。なのにあなたは、同伴の婦人を妻の朱美とお書きでした。これは虚偽の申告であり〈旅館業法第六条〉に明確に違反しております。違反の事実を知ったからには旅館は、ただちに警察に訴える義務があります」

室長は、一気に迫っていったんだ。ネズミ男の表情はこわばったままだ。

「そこで、です」

室長は、おだやかに言った。

「これを、警察に告発するか、それともこの所長のお情けで握りつぶすか、すべてはあなたの出方しだいです」

血の気が、ネズミの顔から引いていく。

「クソ、こんなの破いてやる」

手をすばやく伸ばして、紙片を奪った。

「破いても無駄です。それはコピーです。原本は鬼怒川温泉に保存されているんです」

その時だったね。まさに、その時だった。

「おいっ、やめろ。それまでだ！」

奥のパーティションの内で、男の声が叫んだんだ。野太い響きだったさ。

ノブが回って、ボクサーみたいな大男が現われた。肥満気味の住吉室長でも勝負にならないほど、でっかく屈強な体格だったさ。

ネズミ男は息をのんで振り返った。

「あっ、兄貴！」

「やい、理不尽な要求はもうやめておくんだ。きっぱりと、あきらめろ」

叱られたネズミは、身を小さくしている。兄貴と呼ばれた人物は、いまにも脳溢血で倒れそうな赤い顔でにらみつけている。

「おい、この住吉さんっておかたはな、おめぇなんかの歯の立つお人じゃねえぜ」

「なんですって兄貴、そいじゃあ、これっぽっちの金で、手を引けって――」

「黙れ！」

室内が揺れるほどの声で、一喝したんだ。

「このおかたの後ろにゃ、サツの旦那がひかえていなさるんだ。うっかり手でも出してみろ、こっちの手が後ろにまわらあな」

「そんな！」

絶句したネズミは、やどかり貝のようにみずからの巣の中に引っ込んでしまった。

兄貴は、ソファーの横へ歩み寄ってきた。

「住吉さん、こいつの失礼の段々を、どうか許してやってくれませんか」

そう言って、ネズミを見下ろして、

「やい、おまえからも、お詫びしろ」

と、子分の首根っこを押さえたんだ。ネズミは、歯ぎしりをしている。

「さあ、とっととお詫びしろぃ」

首根を解放されたネズミは「チッ」と舌を鳴らし、ふてくされながらも、室長に頭を垂れたさ。

でもさ、所長も、名ざしされた室長自身も、あっけにとられている。むろんぼくもだった。それでも、ほっとした顔で、ソファーから室長は、兄貴って人を見上げた。

「わかっていただけるなら、これ以上は事を荒立てる考えはありません」

兄貴は、両手を膝にそろえて言った。

「住吉さん、すまない」

「わかってもらえばけっこうです」

室長はそう言って手帳から、小さく折りたたんだ書面を抜き、広げて兄貴に渡した。

兄貴はざっくり読み、不思議な顔をした。

「なんですかい、これは？」

「示談書です。文言はこちらで作成しました。よくお読みのうえ、下段に弟分さんが署名してくださると、万事終わりです」

示談書は、ネズミの手に渡った。

ざっと見ると、つぶやいた。

「なになに《これをもち、以後はいっさい異議の申し立てはいたしません》なるほど、用意周到なこった。そいじゃ、おいら、サインでもすっか」

彼は卓上のペン立てから、一本を抜いた。

しかし、兄貴がさえぎった。

「ちょいと待て。署名はやめておくんだ」

そう言って、室長に向きなおり、

「どうか署名だけはかんべんしてやってくれ。おれがちゃんと監視して、今後は絶対に手出しはさせない。ただ、書面なんかを交わして証拠を残したくねぇんだ。このとおりだ。許してやってくれ」

両手をこぶしにして兄貴は低頭した。

室長は、渋面をつくっている。

「困ります。旅館には和解の書面を残す必要があるんです。決して世間に向けて公表する考えはありません」

「じゃあ、住吉さん」兄貴は折れてきた。

「代わりにあんたが、代筆してやってくれないか。形式さえ整えたら、旅館側に問題はないはずだ」

室長は腕を組んだ。しばらく思案していたが、腕を解いて、ニヤリと笑い、

「いいでしょう」

と、自分のボールペンでニセのサインをした。そして「さて、下段に日付を」と、つぶやいたが、首をかしげて兄貴を見上げた。

「時に、きょうは何日でしたっけ？」

「住吉さん、あんたにまかせたんだ、好きなように書きゃあいいんだ」

それでも、室長は返した。

「ええっと、きょうは七月の……」

「あんた、ボケちゃったのかい。七月の十三日だぜ」

「おっと、そうでしたね」

室長は笑い、さらりと数字を書いた。

兄貴の顔が、明るくなった。

「よし、これですべて落着した。おい、お預かりしていた荷物を、お返ししろ」

女性事務員が、黒い大箱を持ってきた。荷物は残らず返却された。

兄貴は、もういちど頭を下げた。

「お三人とは、これでお別れだ」

ふてくされていたネズミも、観念したように、「兄貴、すみませんでした」

ところがさぁ、兄貴は、ネズミの首根っこを、再び強く押さえたんだ。

「やい、おめぇには、まだ詮議が終わっちゃいねえぜ。やい、嫁の朱美じゃなければ、どの女と鬼怒川で寝たんだ。きりきりと白状しろい。あいつなのか」

兄貴は後ろを向き、退屈そうに鉛筆を削っている、太ももの女性事務員をにらみつけた。

女の手が、ぶるぶる震えはじめた。ネズミの顔も、蒼白になっている。

東案の所長がニヤニヤ笑った。所長が笑ったのは初めてだったね。

兄貴は、言葉をやわらげて言った。

「住吉さん、醜態を見せて面目ない。だがこれは内輪の問題だ。あんたや所長さんにゃ関係ねえこった。どうかこれにておひきとりをねがいましょう」

五

ネズミは、歯噛みしながらも、獲物をあきらめ、ぼくたちの完全勝利に終わった。三人は意気揚々と階段を下り、道路に出た。厚い雲はいま、東の空へ去り、西方向は晴れていた。ときおり微風が頬をなでた。

所長は、地下鉄の駅まで見送らせてくれと言う。室長にも二人ですこし話していたい気持ちがあるみたいだった。

今度は、ぼくひとりが後ろを歩く。

所長が横の室長に言った。

「あの連中がぁ浅草の近辺から早ぐいなぐなるとよろしぃがねぇ」

室長は、クスクス笑って言う。

「あんなのが東京に次々と増殖しては世界都市の品位にかかわりますよ。ネズミ男はそのうち、仕事を失って本物のネズミになり、ドブでもさらうか、よし人間世界に残れても、ぼんやり日がな一日を隅田川の遊歩道で、釣糸でも垂れるしか能のない人種になってしまうでしょうね」

「いかにも」所長も笑った。

「あなたのお力でぇ、ネズミは、鼻っ柱を折られちまい、痛快でがんした。だどんも、住吉さん、貴殿がぁ、警察とご昵懇《じっこん》とは驚きましたなぁ」

「とんでもないです」室長は言った。

「こっちこそびっくりです。ラッキーだったとしか思えません……しかしまあ、その話はもうやめましょう」

室長は黙りこみ、話題を変えたんだ。

「所長、あなたが、ネズミ男の愛人が、女事務員と見抜かれたのは、お見事でした」

「いえねぇ、宿帳の写しを、鬼怒川から転送してもらったとき、ついでにロビーの防犯カメラに映った両人の画像も添えてもらいました。二人はですな、横の土産物売場で、いちゃついていましたが、女は妻じゃないと思われました。そして、あの事務所で女に荷物の一時預けをさせられた際、画像の人物に似ていると気づきました。その後も、ちらちら彼女の顔を見ましたが、確信したのでぇ、口を寄せてぇ、あなたに告げたわけです」

「なるほど」室長はうなずいた。

ぼく、耳打ちがそんなことだったなんて、ぜんぜん知っちゃいなかった。

「ともあれ、無事に終わったのは貴殿のおかげです。今夜わぁ、古女房の酌で酒でも食らって、数日来のストレスを発散できます。それにつけても、あなたはずいぶんと勇気がおありだ。ぐいぐいネズミを追い詰めていかれましたからなぁ」

「日々わたしは、この仕事を楽しんでやっております」

「うらやましいですなぁ。それはそうとネズミ男は情婦が言うように、ただの低能でしたが、兄貴ってのは頭の切れるご仁でしたなあ」

「馬鹿に親分はつとまらんでしょう」

黙って聞いてたけど、ぼくは、アジトを出てから、いつまでもくすぶっている疑問があったんだ。

「室長、ちょっといいですか？」

「ん?」立ち止まり、彼は振り返った。

「室長はいつも、和解したら相手から示談書を取れとおっしゃってますが、今回は失敗しました。蒸し返される心配はないですか?」

「よく気がついたな」

そう誉めたが、内ポケットから太いボールペンを抜いた。ついさっき、ネズミのアジトでニセの署名に使ったものだった。

室長はペンをぼくの耳にそっと寄せた。

カチリ、と音がした。

【あっ、兄貴!】ネズミの声だった。

もう二、三度クリックした。

【時に、きょうは何日でしたっけ?】

【あんた、ボケちゃったのかい。七月の十三日だぜ】【おっと、そうでしたね】

室長はここで止め、所長に見せた。

「若いとき、添乗員でドイツに行って記念に買ったんです。録音装置が内蔵され、パソコンに保存もできます」

所長は、眼をぱちくりさせている。

「恐るべき秘密兵器ですなぁ」

地下鉄への階段が見えてきた。

「所長さん、もうこの辺でけっこうです」

室長はお辞儀して、握手の手を伸べた。

その翌日――。

ぼくはマリアさんをお昼に誘ったんだ。彼女が浅草行きにすごく関心を持っていて、顛末《てんまつ》を早く知りたがってたもんでね。旅館業法第六条を突きつけ、ネズミをやりこめた話から、兄貴と呼ばれた親分が室長をこわがり降参した結末までを、身ぶり手ぶりに教えてあげたんだ。でも、ただひとつ、ぼくに解けない疑問が残っていた。マリアさんなら知っているかもしれない。その期待もあったんだ。

「親分は、室長が『サツとコネを持っていなさる』と、あっさり白旗をあげたんです」

「室長が警察にコネをですって？」

マリアさん、あんぐり口をあけている。

「心あたりなんてないわ」

だけど、しばらく思案をめぐらせていた。

「ねぇ越生くんさ、兄貴って人が、小部屋に隠れていたとき、彼に何か不審な気配はなかったかしら。たとえば、どこかへこっそり電話でもしていたとか……」

きのう室長に報告しなかったけど、気になった出来事はあったんだ。ネズミのアジトで室長と所長は生命がけの奮闘をしていた。だけど傍観者だったぼくはぼんやりしていた。室長がまさに、ネズミを追い詰めた時だった。リノリュームの隠し部屋で、誰かが誰かと電話で話し合う気配があったんだ。終えると、突然、兄貴って男がドアを開き、子分をいさめに登場したのだった。

マリアさんが訊いた。

「電話って、どんな様子だったの？」

「内容までは……」

ぼくは、首を振るしかない。

「そうなの。うーーん」

彼女は眼を、じっと天井に向けている。それからしばらく額に手を当てていたが、

「もしかしたら」と、表情が晴れた。

「越生くん　室長は先々月の五月に、湯河原へ一泊で出張してるわね」

たしか、リテーラー業界の会合だった。

「そうね。その会議は、百貨店や飲食店や不動産会社など、全国に支店を持つ企業が集まっていたの。旅行会社もよ。あなた、結束しているその組織に共通するのって何か、想像がつかない？」

ぼくは、首を振るしかない。

「不特定多数のお客に接する会社だわ。関急からは室長が出席している。つまり、最近増えてきた悪質クレーマー対策の組織よ。同じ悪いやつが、あちこちの会社で難癖をつけてまわり、お金にするケースがある。参加企業は被害事例を持ち寄り、防御策を研究してるみたい。毎月一回の会議も夜にあるようよ」

「なんで知ってるんです？」

「ふふふ、わたし、社内にいろんなコネがあるから」

夜の会合と聞いて、ぼくは思い出した。池袋の給食会社へ謝罪に行った四月の夜だ。帰りがけに、多胡支店長は室長をスナックバーに誘っている。でも、室長は即座に、

「先約がある。社長承認の内密の会合。君らには言えない。極秘の会合や」

そう言って夜の闇に消えたんだ。それをマリアさんに言うと、彼女は膝を打った。

「月例会だったのよ、きっと。一泊するのは一年に一度で、講師には警察ＯＢや現職の人が招かれる。当然ながら会員の名簿が作られる。秘密組織だし、保管は厳重よね。でも何かの理由で外部に漏れるかもしれない」

「賄賂をもらった警察が、悪漢どもに横流しする？」

「馬鹿言うんじゃないわ。やはり、メンバー会社の管理不行き届きでしょう。名簿はひそかに反社会勢力の元締めの手に渡る。元締めの大親分は傘下の親分から問い合わせがあると、こっそり一部分を教えてあげる。でも名簿そのものは配布しない。元締めの元締めたる権威を維持するためよ。あくまで小出しなの。どうかしら、この推理？」

ぼくは室長に信任あつい秘書役だ。だから後日、ご機嫌のいい機会に、なにげなく打診してみたんだ。すると、

「くだらない妄想だ。異業種間の秘密クラブなんて存在するもんか」

あっさり一蹴されてしまった。

第四章　イタリア歌劇〈椿姫〉鑑賞ツアー

一

九月初旬。火曜日。晴天。

もう九月なのに、社内はまだ半袖シャツの男性が多く見られる。都知事が冷房の電力節減のキャンペーンを続けているからだ。

始業のチャイムが鳴った。カスタマー室の朝礼がはじまった。七人は起立した。

「おはようございます」

終わるとぼくたちは、壁面へ眼を向ける。額縁入りの行動規範に注目するのだ。

「みなさん、大きな声で読みましょう」

大森課長が、音頭をとった。

四つのテスト
一つ、真実かどうか
二つ、みんなに公平か

三つ、好意と信頼を深めるか
四つ、みんなのためになるかどうか

三十秒で終了した。

でもさあ、室長が赴任してきてこれを毎朝読まされた当座は、誰もがよく理解していなかったんじゃないかな。大森さんも「いったいぜんたい、どういう意味なんです?」

室長はニヤリと、白い歯を見せるのだった。

「自分に向けてのテストだよ」

最初ぼくは、テストという表現が、いかにもキザだと思ったけれど、いまは評価したい気もある。なぜって、池袋の多胡支店長みたいに、ねちねち、しつっこい説教よか、よっぽど単純で的を射ていると思うからだ。

午前中のぼくは、支店から報告があった客の苦情とその解決の顛末を、要約してパソコンに打ちこむのに神経を集中している。

ところが、この朝は、朝礼がすむと室長はデスクにつくや、

「越生くん、こっちへ」

と、視線をぼくに向けたんだ。

椅子を引き、急いで室長の前に立った。

彼は自分のパソコンを指差した。

「ついさっき、海外旅行部の副部長のメールが来た。ざっくり読むと、お客が社長宛てに郵送した手紙らしい。現物を最初に読んだ総務部長の手から副部長に渡り、副部長がそれをさらに、わたしに転送したらしい」

プリントアウトしたのを、室長はファイルに差し入れ、ぼくに渡した。

「君にも読んでほしい。すぐとりかかってくれ。なお、差出人は女性だ」

一礼後、ぼくはデスクに帰った。女性肉筆の手紙を、そのままメールに添付したもので、端正な文字だった。

《拝啓　過日わたしは、貴社のイタリア十日間のツアーに女子大時代の親友と二人で参加した者です。旅行中は天候に恵まれ、快適にツアーは進行して、かがやく太陽のもと、明媚な風光を満喫できました。とりわけ積年の念願だった歌劇〈椿姫〉をベネチアのフェニーチェ劇場の最良の席で鑑賞できたのは最大の感激でした。フェニーチェ劇場は〈椿姫〉初演の歴史的テアトルです。いいお席を確保してくださった貴社にお礼申し上げます。

さて、以上で筆を措きたいところですが、ただ一点、少なからず困惑した椿事《ちんじ》を報告しなければならないのは残念です。ベネチアでの事件でした。わたしたちを現地で日本語でガイドしてくださったイタリア人男性。彼は熱心によくお働きでした。わけても若い女性客にとても親切になさっていました。これって、おばさん族のわたしのやっかみかもしれませんが。

本題に入ります。この男性ガイドは、成田から一行を引率してくれた女性添乗員と、ただならぬ仲であるのを、ベネチア滞在中にわたしは知り、愕然としました。あらましはこうです。オペラを鑑賞した翌日の午後、イタリア人ガイドはベネチア島に残り、ツアー一行は添乗員さんとバスに乗り、リベルタ大橋を渡ってベネチア島から本土へ向かったのでしたが、橋の手前で別れるとき、男性ガイドさんは、バスのマイクを使ってわたしたちにお別れの挨拶をして、バスからひとり降りるとき、バスのデッキに足を置き、添乗員さんにささやいたのです。

「君に今回も会えてよかった。いい思い出ができた。アイラヴユー」

英語でしたが、言葉だけでありません。なんと二人は、頬と頬を互いに寄せ合い、抱擁まで交わしたのです。驚くべき光景でした。わたしは確信しました。やっぱりだわ。お二人はやっぱり前日のホテルの部屋で、ぬきさしならぬ関係を結んだにちがいないわと。でもそれってプライベートの問題であり、気づいたのはこのわたしだけだろうしと、旅行中は胸に秘めてどなたにも話しませんでした。ただ、同室の親友にだけは打ち明けました。すると彼女は『いやだわ。日本の若い女の子は外国で尻軽と聞くけれど、あの娘までがそうだったとは』と、眉をひそめました。客室で添乗員とガイドが出来合っていた現場を、この眼で見たわけではありません。しかしたしかな証拠はあるのです。願わくは添乗員さんが、オペラ椿姫のヒロインのように道を誤り、転落して、泥の深みに沈没していかれませんよう切に祈るばかりです。

以上を、貴社の今後の社員教育の一助にと、老婆心ながら一筆したためました。粗々かしこ

葛飾区　水元静子》

ぼく、一気に読んだけど、読んだあとも興奮の波がしばらくは続いたね。ふうっと口から、ため息も漏れたんだ。

ぼんやりしていたら、室長がこっちを見た。

「読み終わったか。終わったらコピーをとり、阿部くんにも渡してやってくれ」

急ぎコピー機に走ったぼくは、言いつけどおりコピーをとると、マリアさんのデスク（ぼくの前）にそっと置いた。

マリアさんは黙って眼を走らせた。そのうち眉間に皺が寄ってきた。終わると、「うそよこんなの」と、ぽいっと机上に放り投げたんだ。「絶対にうそだわ。わたし、信じないわ」。鼻がひくひく動いている。

みんなが驚いて彼女を見た。添乗員生活の長かったマリアさんにすれば、自分が侮辱されたも同然だっただろうね。

でも住吉室長は、下を向いて笑っている。

彼女は憤然と彼のデスクへ走って行った。

「笑いごとじゃないわよ、室長」

その鼻息に、室長は真顔に返った。

「ご免ご免。わたしも潔白を信じたい。二人とも、こちらへ来てくれ」

三人が、ソファーで向き合った。

「転送してきた副部長の甲斐さんが、間もなくここへ来る。しばらく待て」

マリアさんは室長へ、憮然とした顔を突きつけている。

ドアが開いた。度の強い眼鏡の男性が現われた。首筋のあたりに黒髪が波打っている。

マリアさんは、立ってあいさつした。

「副部長さん、こんにちは」

「やあ、どうも。久しぶりだね」

二人は顔見知りの仲みたいだった。ぼくは初対面だけどね。

室長は、彼にソファーの横を譲った。

眼鏡の奥から副部長は、小さな眼玉を光らせ、横の室長に言った。

「手紙は、滝沢社長宛てに、三日まえに来たのですが、差出人が財界人や政治家でないため、取締役総務部長が封を切りました」

室長は、うなずいている。

「ざっと読み、取締役は一日をおいて秘書に託し、わたしへお届けになりました。封筒には取締役の付箋が付いており、住吉さんとわたしが共同で処理すべきこと、カスタマー室に協力を求めることについては、社長も同意であること。この二つの注釈でした」

カスタマー室は、社長に直属だからね。

室長は、顎の下に手をあてた。

「で、甲斐さん、女子添乗員への事情聴取はもう終わっているんですか？」

副部長は、うなずいた。

「調べると、彼女はうちの子会社の添乗員派遣部門の所属とわかりました。ですが現在日本を出国し、ドイツに添乗中とのことで、現地が深夜になるのを待ち、ホテルでつかまえて、子会社の責任者が国際電話で事情を聞いてくれました」

マリアさんが嘴《くちばし》を入れた。

「彼女、どう答えたんです？」

「身に覚えはない、事実無根と否定したそうです。ですが、男性ガイドと別れぎわに抱き合ったのは本当と認めているようです」

マリアさん、めくじらを立てた。

「投書の女性は、抱擁だったと書いているけど、抱擁じゃないわ、ハグよハグ。ラテン系民族にハグは日常の挨拶だわ。だから、男のイタリア人ガイドと女性ツアコンが別れぎわにハグしても、どうってことないわ。投書を読むと二人は、旧知の仲だったみたいね。だから、男性からのただのお愛想であり、みだらでもなんでもないのよ」

ぼくを含め、男たちは沈黙している。

「そもそもよ」彼女はまくしたてた。

「女性客の、とくにおばさん族の、女子ツアコンへの評価って、とても厳しいのよ。ツアーのアンケートをご覧なさいよ。男性のお客は、女子に甘いわ。だけど、女って女に対して辛辣に書くのが多いのよ」

彼女は、なおも息巻くのだった。

「イタリア男ってさぁ、かわいいと思ったら、知らない女性にでも平気でウインクするわ。妙な眼で見るのも、はばからない。そうしないと、女性に失礼とまで考えてるのよ」

「男の、女性への無視は、むしろ侮辱か？」

室長が笑うと、副部長も口を押さえた。

「またぁ。室長も副部長さんも、それってセクハラよ」

「ご免。撤回します」室長は平身低頭だ。

マリアさん、まだ息を荒くしている。

「わたし思うんだけど、この投書ってさ、男のガイドにちやほやしてもらえなかった、淋しい中年女の嫉妬心が書かせたのよ」

「お客さまを、そんなふうに言うものじゃありません」甲斐副部長はたしなめた。

ぼくはさぁ、入社当初の研修で学んだことを思い出したんだ。旅行会社への苦情ってのは、女性からのは男性の二倍は多いんだ。しかも、ハガキや封書で寄越すんだ。男は手紙なんかを書かない。ストレートに電話で怒鳴り込むんだ。ぼく、カスタマー室に勤務してから、強く実感している。

室長は、甲斐副部長に訊いた。

「このツアーはどんなコースでした？」

「失敬、最初に言うべきでした」

副部長は丸めて握っているパンフレットを、ガラステーブルに置き、ぱらぱらとページを繰った。そして、「うん、ここだ」と、横の室長へずらせた。ぼくとマリアさんには逆向きだから、よくわからない。でも、イタリア半島を南から北へ縦断する旅程であることだけはわかった。

副部長は、都市の名を読み上げた。

「ナポリ。ローマ。フィレンツェ。ボローニャ。ベネチア。そしてミラノ」

それらを十日間で巡るのだった。

住吉室長は、副部長に言った。

「投書の婦人は、ベネチアの男性ガイドと添乗員を非難していますね。つまり、事件の舞台はベネチアだと。すると、この記述がどうもひっかかります」

室長は、プリントアウトした投書の一箇所を手で押さえ、副部長に示した。

「よく見てください。ここです。婦人は添乗員を、歌劇のヒロインの椿姫になぞらえて、道を誤った女、転落するであろう女性と、書いていますね」

眼鏡を取った副部長は、その文言を確認すると、つぶやいた。

「道を誤った女。転落するであろう女性。どうも、妙な表現ですな」

マリアさんも、首をひねっている。

しかし室長は、表情を明るくした。

「道を誤った女か……なるほどな。投書は女子添乗員が椿姫、すなわちヴィオレッタ嬢その人だと言っているように思われます」

「ヴィオレッタ嬢ですって?」

「長くなりますが、聞いてください。〈椿姫〉は、作曲家ヴェルディによる歌劇の題名ですけれども、実はネタ本ともいうべき小説が、別の作家により先に出版されています」

「なるほど、タネ本がねぇ」

「小説の題名は〈椿の麗人〉。これが日本で翻訳されると〈椿姫〉の名で刊行されました。それで我が国では、歌劇も〈椿姫〉で上演されています。しかしヴェルディは原作小説の題名は踏襲せず、独自に〈ラ　トラヴィアータ〉のタイトルで発表しました。したがって欧米や東欧の歌劇場での公演は〈ラ　トラヴィアータ〉なんです。冒頭の〈ラ〉というのは女性定冠詞でして、英語の〈ザ〉と同じ意味になります」

「イタリア語ですね。どんな意味です？」

「道を外した女性。堕落した女。たいそう手きびしい題名なんです」

「なるほど。わたしは歌劇のことはよく知りませんが、主人公の椿姫は、たしか、売春婦ですよね。だから題名を〈道を誤り堕落した女〉と、作曲者は独自に変えたんですね」

「売春婦といっても、貴族と金持ちを客にとる高級娼婦です。この女性に、田舎の名士の坊っちゃん息子が一目惚れしたことでドラマは始まります」

「あなた、クラシックにお詳しいですな」

「初心者の耳かじりです。話の展開には立ち入りません。ここで大事なのは、投書が、女性ツアコンを暗に売春婦と非難していることです」

「うちのツアコンが、売春婦ですか」

ため息を甲斐副部長はつき、眼鏡をかけなおした。

はっきり言ってぼく、オペラなんて大きらいだ。金切り声の女性歌手が、おおげさに見栄をきって歌うじゃん。およそリアリティに欠けていると思うよ。

副部長は、また眼鏡をとって、プリントアウトに眼を近づけた。

「投書の水元さんは歌劇見物の当日に、不快な事件を見たかのように書いていますね」

「いいえ甲斐さん『目撃してはいない。だけど確証はある』と、微妙な表現です」

「なるほど。そうですな」

「ですから甲斐さん」室長は言った。「疑惑は、ベネチアでの歌劇鑑賞の日に生まれています。この一日に的を絞り、一行の行動を克明に洗うと、浮かび上がるものがあるはずです。島内観光。昼食。ホテル。歌劇場。夕食。甲斐さん、ツアコンの書いた添乗日誌を派遣会社からひそかに手に入れていただけないでしょうか。わたしがじかに依頼しては、相手は不安を抱くでしょうから」

「同感です。おまかせください。一行の一日の動きを克明に復元できれば、思わぬ事実が発見できるやもしれません」

かけなおした眼鏡のフレームに手をやり、副部長はそう答えた。そして、

「ですが、婦人の投書が真実で、添乗員の不道徳行為が明らかになれば、我が社は、社会的信用を失墜しかねません」

彼は、額に汗をにじませて帰って行った。

その姿が消えるや、マリア姉さんは言い放ったんだ。

「女子ツアコンを、誰彼かまわず寝る娼婦になぞらえるなんて、許せない。お客のために必死で

がんばっているわたしたちへの、とんでもない侮辱だわ。わたし、率先して彼女の汚名をすすいでみせる」部屋じゅうに響きわたるような声でさ。

その真っ赤になった顔へ、苦笑いを消さずに室長は言った。

「むきになりなさんな。わたしだってツアコンの潔白を信じたい。だから、こっちはこっちで独自に調査を開始すべきと思う」

「わたしもぜひ、加えてください」

マリアさんの眼が、かがやいている。

「君にできることを言おう。このイタリアツアー客らの受付支店名をリストアップし、それらの店に対し、参加者から苦情めいた電話がなかったか、店頭チーフに質問してくれ。第二に、添乗員が帰国時に客から回収したアンケート用紙だ。これも調べてもらいたい。投書の水元さんは、事件を目撃したわけでないと正直に告白しているが、動かぬ証拠があるとも言っている。これは、他人が目撃したのを自分は聞いて知っている、との意味かもしれん。仮説やが、検証の必要はある」

「回収した用紙は、当分は派遣会社が保管していますわ」

「うん。君がふらりと訪問して、見せてもらうといい」

「うまくいくかしら?」

「何か心配でも?」

「甲斐副部長とカスタマー室のわたしが同時に動くと、派遣会社は変に思いますわ」

「なるほど、そうかもしれんな」

室長は、顎にしばらく手をやった。

「こうしよう。何気ない顔で訪問し、保管担当者に『最近一か月のヨーロッパ方面のアンケートが見たい。この場でちらと見てすぐに返す』と、安心させ、必要なイタリアツアーの箇所だけを読めばいい。コピーなんかしなくていい。昼ごろ、社員が昼食に出て少数になるチャンスをねらうといい」

「でも、理由は問われますわ」

「窓口で応対した若手男子社員に、ウィンクすればいい。理由はアドリブで考えろ。むこうは厳重に保管しているわけでない。チラっと見たらすぐ返すと、軽く言え」

「わかりました。焦点をぼかせばいいんですね？」

室長は、彼女に言った。

「日常の仕事以外に、ご足労をかけるが、よろしくたのむ」と、両手を合わせた。

「名誉回復のためならなんでもないです」

マリアさんの声は、意欲に満ちている。

「室長、それ以外にも、あたってみたい方面があります」

「ん？」室長は、眉に皺を寄せた。

「他社主催のイタリアツアーです」

「他社？　どういうこと？」

「さっきスマホで調べたら、日本人好みの〈椿姫〉の八月公演は、わずか二日間だけでした。日本からの観客は、当社扱いのお客さんだけでなかったかもしれません。ライバルのM旅行社も、椿姫鑑賞を組み入れた旅行を実施していた可能性は高いと思います」

室長は、瞳を大きくした。

「よく思いついたな。オペラはミュージカルのようなロングランはない。可能性はおおいにある……しかし、それがどうだと？」

「フェニーチェ劇場ばかりか、宿泊のホテルだって同じだったかもしれません。ベネチアは狭い島です。東洋人の団体客を泊めてくれる一流ホテルは数軒ですもの」

室長は、ドンとテーブルを叩いた。

「さすがは、古参の添乗員だ」

「いやだわ、古参だなんて。もう引退しているのに……」

ふふふ、と彼女は笑い、舌を出した。

「しかしM社に申し入れても、情報は開示せんだろう」

「わたし、とにかくやってみます」

「コネでもあるのか？」

「M社に女友達がいるんです。添乗員時代に親しくなりました。彼女も以前は添乗員でした。いまは、わたしと同じ地上勤務です。わたしたちはライバル同士でも、定期的に同窓会をする仲間なんです」

「よし、君にその方面もまかせよう。必要なら、越生を存分に使うといい」

残念だけど、このとき、ぼくにはなんの指示もなかったんだ。くやしいけれどさ。

二

翌日の十時ころだった。

「いまからおうかがいしていいですか?」

と、内線電話で甲斐副部長が言ってきた。

だけど、住吉室長は、

「当方独自の調査がまだ終わりません。もう半日お待ちください」

そんなことで、四人が階上の小会議室に集まったのはその日の夕刻になったんだ。

甲斐副部長はすぐさま大学ノートを開いて報告した。

「添乗日誌を見ると一行は、ベネチアに二泊しており、一泊目は夜おそくホテルに着いています。翌朝は現地ガイドの引率でサンマルコ寺院など定番の名所を巡り歩き、途中に昼食をとり、午後はゴンドラに分乗。船頭のカンツォーネを楽しみ、上陸後は、やはり徒歩で美術館などを見物。四時にホテルに帰着しています」

住吉室長が、手を上げた。

「オペラの開演は七時ですね。ということは、夕食はホテルのレストランで、ですか?」

副部長は眼鏡をはずし、ノートを見た。

「夕食はホテルででしたが、弁当でした」

「弁当？」

「島内の日本食レストランに発注した弁当を、ホテルで受け取り、お客さまに配っています。歌劇場へ出発するのは六時。その時間までに自由に召し上がってもらいます」

「弁当とは、節約したもんですな」

「いいえ」副部長は首を振った。

「豪華な弁当です。なにしろ、オペラの終演は九時半です。その後に夕食では腹がもちませんからね。かと言って、ホテル内のレストランで四時半ころの夕食では、あわただしくて、お客さまは困るんです」

「しかし、二時間のホテル待機とは、ずいぶん長いですな」

マリアさん、すかさず口を入れた。

「超一流の劇場に行くのよ。女性は観光中に着たラフな服装を、この夜のため、日本から持ってきたドレスや着物に着替えるのよ。八月の暑い日中を歩いて観光したわけだし、シャワーで汗を流し、お化粧もととのえたいわ。夕食なんて、二の次でいいのよ」

「男の着替えは五分もあれば充分だ」

と、室長は笑い、続けた。

「女性客は何人でしたっけ？」

副部長は、ノートを引き寄せた。

「客は全部で三十四人で、女性は夫婦を含め二十六人でした」

マリアさんが挙手をした。

「お客さんからの反応に関しては、わたしから報告させてください」

「どうぞ」副部長が譲った。

「昨夕に、ツアーの販売店に調査を依頼して、けさ、各支店長が朝礼で全員に訊いてくれましたが、いずれのお店も、お客さまから本ツアーに関して、ツアー帰国の日以来、苦情めいた電話はないそうです」

「やっぱりな」室長はつぶやいた。

マリアさんは続ける。

「次に、回収されたアンケート紙ですが、これは昼休みに派遣会社を訪ねまして、欧州の一か月分を綴じた一冊を借りました」

「すんなり貸してくれたか？」

室長は、ニヤニヤ笑っている。

「お昼時間だったし、多くの社員は食事に出ています。留守番の若い男子を言いくるめるのは簡単でした。昼時間に行けと、おっしゃった室長は正解でした」

「でかした。よくやった」

彼女は、握っている手帳を開いた。

「アンケートには、添乗員やガイドにお世話になったお礼と、天候に恵まれてラッキーだったこと、フェニーチェ劇場で本場のオペラを観《み》たことへの感激など、ほぼ満足の内容で、クレームめいた意見は皆無でした」

室長が受けた。

「例の、投書の婦人はどうだった。どんなことを書いている？」

「水元静子さんですね。彼女は、ホテルやレストランを、五段階の評価欄にきちんと評点を入れています。点数は常識的な範囲内です。なお、下段の自由記入欄は白紙でした」

「彼女の、添乗員とガイドへの評価は？」

「他の都市は良好ですが、ベネチアのガイドだけは酷評です。添乗員評価は、あえてパスしています」

「水元さんと同室の女性のはどうだった？」

「ええ室長、彼女は提出していません。でも不自然じゃないわ。ご夫婦や親しい同士が同室のお客さんは、代表者が一枚ってのがざらですから」

「水元さんだけが自由記入欄に書ききれなくて、投書の形で送りつけたんですね」

と、甲斐副部長の表情は暗かった。

でも、マリアさんは明るい声で言ったんだ。

「それよかわたし、もっとビッグな発見をしちゃいました」

「もったいぶるな。とっとと言え」

「室長、きのうおっしゃいましたわね。持つべきものは親友だと」

「？」

「M旅行社の友達です。彼女が協力を買って出てくれたの。オペラの夜に、M社募集のお客さんたちも、同じホテルに泊まっていたのよ。それだけじゃないわ、椿姫も」

マリアさん、言葉が浮いているみたいだった。

「なに、Mの客もフェニーチェ劇場に？」

「ええ、そうよ」

マリアさん、眼を爛々と輝かせている。

「親友は親切にも、その時のMの女性添乗員に、わたしが接触する労をとってくれたんですよぉ」

「なんやと」室長は、膝を進めた。

「それで、本人に会えたのか？」

「その添乗員は、いま、休暇中で、京都に滞在しています。わたしは昨夜、嵯峨野のホテルへ電話しました」

「驚くべき行動力ですな」

西洋人がするみたいに、甲斐副部長は、両肩をすくめてみせた。

「みんな友達のおかげなのよ」

マリア姉さんは、謙遜している。

ぼくもびっくり仰天だ。夜というのに、知らない相手にアプローチするなんてさぁ。

「で、どうでした？」

甲斐副部長は、道が開けたように訊いた。

マリアさんは急いだ。

「オペラ劇場への出発は、うちの一行もMの団体も、ほぼ同時刻でした」

「現地ガイドも同行したのか？」と、室長。

マリアさんに訊いたつもりが、答えたのは彼女でなく、甲斐副部長だった。

「こんな場合は、ガイドは同行しません。添乗員だけで引率します。ガイドの雇用は日中のみです。M社も同じはずです」

「でもね」マリアさんは首を振った。

「雇用契約はたしかに日中だけでした。ところが、うちとMの男性ガイド二人と、うちとMの女子添乗員の計四人が、劇場への待機中に添乗員の部屋に集まっていたそうです」

「集まっていた？　なんのためにや！」

室長は、表情を荒らげた。

「その日は、M社のツアコンの誕生日だったんですって」

マリアさん、ここで、ごくりと唾を飲んだ。

「Mのツアコンは、ペアを組んだ男性ガイドに、その日の観光の朝に、記念日のことをしゃべっています。するとガイドは、オペラへの待機時間にホテルのコーヒーショップで、お祝いのお茶とケーキでもと誘いました。しかし、ガイドは雇用が夕刻に終了でも、添乗員はまだ仕事中です。

しかも男と女。お客さんの眼もあるわ。なので、感謝を述べつつお断りしました。すると『四人でならどうだい？』と。『四人ですって？』『うん。関急の客を案内している男性ガイドは、ぼくの友達なんだ。だから関急の添乗員も誘って君の部屋に集まり、ミニパーティーってのはどうだろう。男と女といっても二対二だ。なあに、長時間じゃない。一時間弱だよ』。そんなことでMの添乗員は、うちの子に、観光中に接触し、話がまとまったんですって」

副部長は、不思議そうな顔をした。

「しかしですよ、ガイドらはともかく、ツアコンたちは初顔合わせでしょう。しかもM社とはいがみ合うほどのライバル同士だ」

「ライバル同士でも、職種は同じ添乗員ですわ。ましてや異国の空。日本人同士。親近感は生まれますもの」

「で、Mの部屋に集まったんやな？」

関西弁が、またポロリと出た。

「いいえ。うちのツアコンの部屋でした」

「どうも、合点がいきませんな……」

甲斐副部長は、首をひねっている。

マリアさんは、にっこり笑って言った。

「Mの子は整理整頓が苦手でした。ホテルはM社も連泊の第二夜です。着衣を洗ったのをハンガーにかけ、ロープで部屋じゅうにつるしたままです。なので、関急の子が自分の部屋を提供することになったと、Mの子は打ち明けてくれました。ガイド二人は、観光中にお客が自由行動をしている時間をねらって誕生日プレゼントを買い、お菓子とワインも準備しました。ただ、ホットコーヒーだけはホテルのボーイに、ルームサービスを彼女たちが返礼のつもりで注文したそうです」

副部長が、渋い顔で訊いた。

「客室でパーティーなんかやってたら、お客に騒ぎが知れちゃうんじゃないかね。ちょっと軽率だったと思いますよ。まして、ワインなんかを飲んだりして……」

マリアさんは手を振った。

「大丈夫ですわ。ワインはほんのひと口です。それと、添乗員の部屋は、どこのホテルでも気をきかして、お客さんと同じ階に割り振ることはありません。だいたい二階か三階は上の階にしてくれるのが慣習です」

「うーん。しかしなあ」と、副部長。

報告は、なおも続いた。

「ワインで乾杯し、お菓子をつまみ、劇場への出発まで歓談していました。そうし――」

「ちょっと待て！」

住吉室長の、強い声だった。

「その様子を何かの拍子に、うちの客、たとえば水元さんが、気づいたんじゃないか？」

「ドアは閉じていました。訪問者もありませんでした。騒いでもいません」

マリアさんは、自分のことのように、力を籠めて言った。

「客の投書のことは、Mの添乗員にも伝えたのやな？」

「もちろんです。お客さんの疑惑は事実無根と、M社の子も断固否定しています」

「さっぱりわかりませんな」

と、甲斐副部長はうめいている。

マリアさんは語を継いだ。

「わたし、京都滞在中の彼女に今夜、もう一度ヒアリングしてみます。時系列にそって、もっとくわしく再現してもらいます」


一夜の明けた翌日、関急本社では定例の管理職会議が三時過ぎまであり、四人が小会議室に集まれたのは夕刻だった。

冒頭、マリアさんが報告した。

「京都へ昨晩、電話しました。彼女はこまかく語ってくれました。男女四人が集合したのは四時半ごろ。解散は五時半。最初に乾杯をし、雑談中に、三十分くらいが過ぎたころうちの子が、シャワーを浴びたいと言い出したそうです。なにしろ八月下旬でイタリアは猛暑。さっぱりして劇場へ行きたかったんでしょうね。それを聞いたMの子は、念のため、男たちを浴室から遮断するべきと考え、自分も同時に浴室入口の洗面所に入り、化粧直しをしています。シャワーも化粧も十分くらいで終了しました。その間ガイド同士は、飲み残りのワインを楽しんでいたようです。

十分後に四人はまた雑談に興じ、いよいよ出発時刻に近くなったため、お開きを決め、男二人は帰ったそうです。Mの子は、ちらかった部屋の片付けを手伝ってから、自分の部屋にもどったと、証言しています」

「うーん、ならば、手がかりなしか」

室長は、うめいてパイプ椅子にのけぞった。

「続きがまだあるわ。終わりまで聞いて」

マリアさん、語気を強めた。

「京都へ電話のあと、わたし、寝床に入ったの。想像が、あれこれふくらんで、寝つかれなかったわ。するうち、ふと、うちとMの子二人がシャワーとお化粧に夢中になり、男たちと距離をおいていた十分という短い時間に、もしも、外部から、電話でもあったとしたら……そしてその電話が、お客さんからのものだったとしたら……」

「常識的には、ガイドが電話に出て、彼女らを呼ぶでしょうね」と、これは副部長。

「でも、Mの子はそんな話を、わたしにまったくしていません」

室長が受けた。

「もし客の電話があり、ガイドが出て、その事実を女性たちに伝えていなかったなら、それなりの理由がなけりゃならんけどな」

副部長は、黙って、こぶしで頭を叩いている。

室長は続けた。

「よし、ここまできたからには、ベネチアから遠いが、うちのローマ駐在の所長に依頼して、ガイド二人に尋問させよう。電子メールではもどかしい。わたしが直接国際電話をして、所長にくわしく理由を話したうえで、協力を要請する」

副部長も、意欲を見せた。

「わたしにできることは？」

「しばらく、この場にお待ちいただくことです。では、失礼」

三人を残し、室長は出て行った。

いま、東京は夕方の五時過ぎだった。ローマは朝の十時を過ぎたころだろうね。

二十分を待った。階段を駆け登ってくる靴音が近くなった。

ドアが開いた。室長の息は荒かった。

「うまくいきましたよ」

副部長も顔を紅潮させ、うなずいた。

室長は、パイプ椅子にかけるや、

「駐在所長は協力的でした。一日を待ってほしいそうです。今夜わたしは、外出をひかえて、自宅で回答のメールを夜通し待つことにします」

「いよいよですなあ」

副部長が眼鏡をずり上げた。

まもなく五時半だ。窓のそとには赤い夕陽が富士山の向こうに落ちようとしている。

三

　四日目の朝、朝礼が終わるとぼく、室長、マリアさんの三人は階上の会議室へ急いだ。甲斐副部長はもう先に来て、定位置で待っていた。だけどさぁ、寝不足なのかけさの室長は元気がなく、うつむいて言った。

「回答は深夜に、メールで届きました。簡潔明瞭なので原文のままを読み上げます」

《謹啓　小生、ベネチア在の当該ガイド二名に電話インタビューを試み、以下のとおり証言を得ました。M社雇用のガイドのムーティ氏『添乗員の部屋で雑談中に、外部から電話があったように思う。しかし受話器に飛びついたのは自分でなく、友人のジュリーニ君だ。でも、彼が電話に出た途端に、相手が切ったようだ。妙だなと、ジュリーニ君はつぶやき、雑談は復活した』と、証言。

　次に当社契約のジュリーニ氏に取材。彼いわく『電話を受けた気はする。中年女性の声で、日本語だった。でも相手は一瞬に切っている。あら、ご免なさい。それだけだったと思う。自分は、まちがい電話と理解して、気に留めなかった。いまとなっては記憶は、おぼろげである』と。

　小生察するに、ジュリーニ氏はペアを組んだ当社ツアコンの立場をかばうか、自己の地位保全のため、証言をあいまいにするならんかと。小生、その疑念を彼に強く迫ったところ、貴殿と面談したわけでなく、ましてや司法警察員の令状を示されたわけでもない。これ以上の尋問は拒否する、と言明。よって小生は、さらなる取材は無理と判断します。

力不足で申しわけありません　敬白》

「このメール回答によれば」

と、室長は続けた。

「電話を切った女性は日本語やった。ツアコンの部屋番号を知る日本人といえば、ホテル関係者か我が社の客以外は考えられない。ホテルの人間なら用件を言うはずやね。だからこの電話は、うちの客、もっと絞って、投書の水元さん。そう考えるのが妥当やね」

「その根拠は？」と、甲斐副部長。

室長は封筒に入れていた水元さんの手紙のコピーから一枚を出し、テーブルに広げた。

「この箇所です。読み上げます」

《現場を、この眼で見たわけではありません。しかしたしかな証拠はあるのです》

副部長は膝を叩いた。

「そうか、水元さんはツアコンに、電話で何かを質問したかったんだ。もしくは何かを確認しようとした」

室長は、うなずいている。

「しかし、目的を果たさず電話を切っていますね。なぜでしょう？」と、副部長。

「ちょっと待って」

マリアさんは身体ごと割って入った。発散した香水が、ぼくの鼻をくすぐったさ。

「ちがうと思うわ。短いながらも会話はあったのよ。ガイドのジュリーニは、それについて証言をこばみ、また、ムーティも、さわらぬ神に祟りなしと、言葉をあいまいにしているのよ」

「少しいいですか」

ぼくは軽く手を上げた。いきなり、あるひらめきが浮かんだからだった。ほんとに一瞬の啓示だったんだ。

「水元さんは、履物《はきもの》のことを質問したかったんじゃないでしょうか？」

「履物やと？」室長は、ぼくを凝視した。

「くわしく話してみろ」

「先日、おふくろが歌舞伎に行くことになり、ぼくに訊いたんです。『皇居に近い立派な劇場だそうだ。着物を着て行くんだけど、履物はどんなのがいいだろう。ロビーや客席の床は絨毯だろうか、それとも板張りの堅い床だろうか。いっしょに行く友達も初めてだから知らないって言うんだ。もし絨毯ならそれなりのを履いて行かなきゃなんない』と。ですからぼくは『劇場に電話で訊けばいいじゃん』と答えました。するとおふくろは『そんな質問をしたら、母ちゃん田舎者――』」

「もういい」室長が叫んだ。

「履物ですか、あり得ますね」と副部長。

「ちょっと待ってよ！」

マリアさんが、また割り込んだ。

「質問内容なんてどうでもいいのよ。重要なのはジュリーニの優柔不断な供述よ。真実を隠してんのよ。水元さんは、待機の時間に何かを質問したかった。で、電話をした。女性二人はその場にいない。とりあえずジュリーニが電話を取った。『あら、男が出たわ』。水元さんはびっくり仰天。しかし、すかさず何かを質問した……」

少し思案したが、マリアさんの顔は徐々に赤くなっていった。気を落ちつけると、

「わたし、なんとなくその場の想像がつくわ。だって、添乗中の夜のホテルの部屋で休んでいたら、お客さんがツアコンに電話してくるケースがたまにあるのよ。でもさぁ、今度の場合は電話に出たのは男性ガイド……あら、わたし、いやだわ。変な想像してる」

マリアさん、顔に赤く火がついていた。

「やだぁ～、ああいやだ」

紳士的だった甲斐副部長が苛立った。

「男のガイドだったらどうなんだ！」

「いやだわ。わたし、いやらしい想像しちゃってる。やだあ～。口にできない」

マリアさんの声、まるで、うぶな少女にかえったみたいだった。

「言ってよ、マリアちゃん」と、室長。

「とても口にできないわ」

「命令する。阿部くん、言いなさい」

彼女は、ついに意を決して言った。

「室長の命令ならしかたないわ。言っちゃいます。だけど、恥ずかしいから、こっそり言うわ」

彼女はそっと立ち上がり、向かい合う甲斐副部長に言った。

「おねがいします。わたしとお席を入れ替わってください」

「ん？」

「わたしを室長の横にすわらせてほしいんです」

「やれやれ」副部長は、腰を上げた。

室長と並んだマリアさんは決心した。

「室長、これから言うのは、あくまでわたしの想像です。水元静子さんに確認するまでは、決して口外しちゃいやよ」

室長は、右手を胸にあてた。

「このとおり、誓約するよ」

彼女は室長の耳へ口を寄せ、両手で囲い、そっとつぶやいた。でも、テーブルの向こうだし、こちらには聞こえやしなかった。

室長の表情に、灯りがともった。

「なーるほど。真相がそうなら、水元さんの言う『この眼で見たわけじゃない』に完全に一致する。さすがは阿部くんだ」

「室長、約束よ。誰にも言っちゃいやよ」

彼女は、室長の耳をつねった。

「ということで甲斐さん、まだ公表はひかえます。しかし、目星はつきました。あと一押しです。阿部くんの仮説の裏付けが取れたら投書の誤解は氷解します。わたしは、その線で最後の詰めに全力を尽くします」

「イエーイ、室長」

マリアさんは手のひらを突き出して室長にハイタッチを求めた。

「まかせておけ」

甲斐副部長は釈然としない顔をしている。それでも、ほっとした表情はあったさ。

ぼくだけが、蚊帳のそとだったけど。

四

女子添乗員への疑惑を解くため、葛飾に住む水元静子さんちを訪れることになった。

ぼくと室長は、関急の社員食堂で早昼を食べ、山手線に乗った。日暮里駅で京成電車に乗り換える。訪問が午後一時というのは常識的に考えて相手に失礼かもしれない。だけど室長は、水元さんに強くお願いしたらしい。でも、午後の一時にこだわる理由は、ぼくには説明してくれなかった。

午後一時を承知したとき、水元さんは、

「じゃあ、ツアーで同室だった親友をうちに呼んで、お昼をすませて待っていますわ」

室長は、それだけをぼくに説明している。

柴又駅に下車。改札を出た広場は日差しが強かった。映画でおなじみの寅さんの全身像がトランクを下げてじっとしている。

室長は、ハンカチで首をぬぐい、ポケットに仕舞い、像の顔をじっくりながめた。

「俳優にあまり似とらんな。それでも、無事に解決したら、帰りに写真を撮ろう」

「あっちが帝釈天への参道です」

ぼくが、ナビゲーター役だった。

子どものころ、両親に連れてきてもらった記憶があるのだ。

水元さん宅は、帝釈天のさらに奥、江戸川ぞいにある。地図で確認ずみだった。

参詣道に入ると、両側は軒をつらねた土産物店や休憩茶店が客を呼んでいた。

「冷たいお茶もあります。どうぞ休んでいってください」

リュックを背負った外国人がそんな店々に顔を入れている。

夏はまだ続くから、ぼくたちは背広を手にかかえて歩いた。

「どうや、昔といまの印象は？」

「ちっとも変わっていません」

前方の遠くに、重厚な瓦屋根を乗せた楼門が見えてきた。

山門をくぐった。玉砂利を鳴らして拝殿へ進む。靴を脱ぎ、室長、ぼくの順に登壇。

「チャリン。コロン」

賽銭箱が音をたてた。投げた室長の手が合わされる。ぼくは一礼のみだ。

ほんとはさ、訪問は、マリアさんと副部長も希望したんだ。だけど室長は反対した。

「旅行内容に瑕疵《かし》はなかった。四人も雁首をそろえて行けば、誤解されます」

それが、理由だった。

帝釈天祈願のあと、時間に余裕があった。

寺域の裏は江戸川の望める小高い丘があるはずだ。幼いころの記憶が浮かんだ。

「登ると、景色がいいですよ」

室長に異存はなく、東へ向かった。

行くうち細道が盛り上がり、丘陵の公園が現われた。頂上の眼の先が江戸川だ。悠々と流れている。河川敷は広く、全面が緑の草叢だった。水ぎわに老人が、釣り糸を垂れている。対岸には散歩する人が小さく見えている。

上流に眼をやった。連結の長い電車が長い橋梁を通過するところだった。

「JRの常磐線です」

「もっと手前のあれが、矢切の渡しか?」

室長が指差す汀《みぎわ》に、小舟が揺れている。横に、床几に腰かけた年寄りの船頭さんがひとりいる。客を待っているみたいだ。

「乗ってみたいが、そろそろ時間や」

丘の頂上から下り、緑の雑草が風でなびく土手のこちらの下道を下流方向へ歩いた。

室長は、高い土手を見上げて言う。

「この堤防な、もし決壊したら、付近は、ひとたまりもないやろうな」

堤防が迫る下道には、鉄板階段を外に付けた二階建てアパートがあったり、隣家を芝垣で隔てる小さな庭をもつ戸建住宅が並んでいたりする。ぼくは、地図を再確認した。

「水元さんちはこの先すぐです」

水元家は、男性の名の表札を出していた。

玄関の前庭に、赤くなりはじめた花々が緑の茎を立てて行儀よく並んでいる。

「曼珠沙華です」ぼくは言った。

「若いのに、よく知ってるな」

「ぼくの地元に、巾着田という広い耕作地があって、秋に入ると、そこらじゅうが曼珠沙華で真っ赤に染まるんです」

室長が、呼び鈴を鳴らした。

五

「ハーイ」と、女性の声がした。

にこやかにほほえむ顔が出て、

「関急さんね。駅から歩いて来られたの。暑かったでしょう」

太り気味だけど、黒髪の濃い活発そうな印象があったさ。

上がり端《はな》に、毛並のいい猫が金色の眼を光らせている。女性は頭をなでてやり、壁ぎわのケージに入れた。

「しばらくお利口にしてるのよ」

ぼくらが名刺を出すと、彼女は自分が静子だと答えた。普段着の洋装だったけど、香水の匂いがかすかに漂った。

スリッパをはき、洋間に通された。居間と応接の兼用だと彼女は言い、黒皮張りのソファーに手をやった。

「どうぞお楽になさっててください」

ドアを閉じて、彼女は消えた。

待つ間が長かった。ぼくは室内をきょろきょろながめた。壁に寄せてガラス戸付きのキャビネットがある。CDとDVDが詰まっていた。やはりオペラのが多いみたいだ。

それと、キャビネットの上には、細い花瓶に模造の赤い椿の花が一本、さしてあった。

「お待たせしました」

盆にグラスを乗せて彼女は来た。アイスコーヒーだった。

テーブルに置くと、ぼくらと向かい合った。

「恐縮です」室長が頭を垂れる。

ぼくはメモをするため、手帳を出しかけた。でも、室長が首を振ったので引っこめた。

「旅行シーズンまっただなかで、お宅らはお忙しい時期なんでしょう？」

彼女は、気遣うように言った。

「しかし……それとこれとは別です」

室長は、上眼づかいに答えた。

「あっ、そうそう、お友達の立石さん。急に来れないって言ってきたの。彼女ったらわたしが関急さんへ手紙なんか出したのを、大人げないって思ってるみたい」

彼女はクスクス笑い、グラスを手にした。

「冷たいうちに、どうぞ」

ぼくたちも、ストローで少し飲んだ。

グラスを置いた室長は、キャビネットを見て言った。

「ずいぶん豪勢なコレクションですな」

「多くなりすぎて捨てられなくて、困っているんです」彼女は苦笑した。

「でも、いまは劇場へ行く機会を増やすためテレビの番組の収録でお金を節約していますのよ。フェニーチェ劇場まで行けたのも、そのおかげですわ」

やっぱしフェニーチェとおいでなすった。頭のなかは、それ一色なんだろう。

「ところで」と、彼女は室長に微笑んだ。

「あなた、オペラにご興味は？」

「オーケストラは聴きますが、歌劇は、まだまだ初心者です」

「ご覧にはなるのね？」

「音大を卒業した友人がおりまして、東京には国立の歌劇場がある。しっかり通うべきである、なんて、しきりと勧めてくれます。ですが万事仕事優先で、思うようにいきません」

静子さんはテーブル上に置いた室長の名刺をチラと見た。住所を確認したみたいだ。

「それでもあなたは、関急の新宿ビルにご勤務だし、新宿初台の東京オペラシティは近いじゃありませんか。うらやましいですわ」

「まあ、そうですが……」

静子さん、室長の顔をしげしげ見ると、コケティッュな眼になった。

「近くだから、ごいっしょする機会があるといいですわね」

「いや、そんな」室長、照れちゃったね。

「いいえ、あなた、劇場でお顔を合わすと楽しいでしょうね、という意味ですわよ」

「はあ」

室長の早とちりだったんだ。

「海外へご出張の折りも絶好のチャンスですわね。本場のが鑑賞できますもの」

「しかし旅先では時間がなくて、たまさか夜にコンサートホールへ駆けつけて、後半のメイン曲を聴くのがせいいっぱいです。歌劇は、やはりテレビがもっぱらです」

「じゃあ、これまでにご覧になってのご感想は？」

静子さん、顔を前に進めたんだ。

「男と女の悲恋あり、ドタバタ劇あり、肩が凝らなく楽しめます」

「そう、女と男の物語。豪華なお衣装。ひと時の夢に酔わせてくれますわ。それであなた、どんなのがお気に入り?」

静子さんは楽しそうな表情だった。

「魔笛。フィガロの結婚。女はみんなこうしたもの。この三作品が好きです」

「みんなモーツアルトね。彼のはメルヘンチックで笑いもあり、貴族階級への風刺もあるし、同時に音楽がすぐれていますわね」

彼女は、白い歯を見せた。

「悲劇的なのはどうかしら?」

「蝶々夫人。アイーダ。ボエーム。それに、あなたがベネチアでご覧になった椿姫。イタリア歌劇は色恋沙汰が主流で、初めて観ても理解しやすいです」

と、室長はひと息に言い、アイスコーヒーを口に含んだ。

「わたし、椿姫は結末が痛ましすぎて涙が止まりませんわ。ヒロインのヴィオレッタは娼婦ながらも単なるあばずれ女じゃありませんもの。そんな彼女にぞっこん惚れた青年アルフレードは、どこまでも純情一筋で……」

オペラ談義はなおも続いたんだ。でもさぁ、以前にも白状したけど、ぼくにはちんぷんかんぷんの世界で、退屈だったさ。

「それにつけても先月の椿姫公演は」

と、静子さんは眼を、しばたたいた。

「ほんとうに感動しましたわ。その夜、わたし、興奮がさめず、眠れなくて……」

彼女は下を向き、目頭を押さえている。

まさにチャンス到来と、室長は姿勢を正し、背広にボタンをかけた。そして内ポケットをさぐって、封筒を出した。

「あら、わたしの手紙だわ」

彼女は、顔を赤くした。

「それって、もういいんです。添乗員さんの私的な時間ですもの。とやかくわたしが言う資格はありませんわ。投函後に主人に話すと、叱られちゃいました」

ポケットへ室長はもどした。それから、グラスを飲み干し、この数日の間にぼくたちが得た情報開示にとりかかったんだ。

うちの女子添乗員が、オペラに出発まえの二時間にM社の添乗員と男性ガイド二人を自室に誘い入れて、雑談に興じた理由。Mの女子添乗員の証言。そして、イタリア人ガイドたちへの事情聴取などを――。

「次に、物的証拠に移ります」

室長は再び、内ポケットから別の紙片を取り出し、テーブルに広げて静子さんへずらせた。

「四人が共に一室にいたことは、これにより確実です」

伝票――。それは、ベネチアのホテルのボーイが書きとめたコーヒー四杯の受注伝票のコピーだった。

「丸い印は領収印で、彼女の部屋番号と日時と時刻と商品名はボーイの手書きです」

静子さんの眼が、動揺しはじめた。

「文字はイタリア語です。コーヒー四杯と書かれています」室長は、なおも説明した。

「弊社の添乗員が、歓談の途中に浴室でシャワーを浴びました。同時にM社の女性は洗面所に陣取り、顔をなおしていました。まさにそのとき、電話がかかってきて――」

「あの、わたし、あれっ、わたし、どうしましょう、あらいやだわ」

静子おばさんは、当惑と拒絶のまじった声をあげた。首を何度も振り、記憶の底をさぐっては顔をしかめている。

「電話したのよ、わたし。そしたら、いきなり男性の声。まぎれもなく日中にわたしたちをお世話したガイドさんの声だったわ」

彼女は、真相を理解したという気配を示した。だけど、額は、汗びっしょりだったさ。

「ああいやだ。あのとき、わたし、添乗員さんがガイドさんと二人っきりと思ったのよ……まさか、そんな……ああいやだ」

彼女の声は、沸き上がろうとして口から出ない、さまざまな感情が圧縮されているみたいだった。

室長は、おだやかに言った。

「ですから女性二人は、電話のことを知りませんでした。二名のガイドは、いまとなっては電話の内容は覚えていないと……」

「恥ずかしいわ、どうしましょう。わたしてっきり、添乗員さんとガイドさんがお二人きりで楽しく……ああいやだ」

スカートの上に組まれた静子さんの手が、神経のいらだちを伝えている。そして長い長い沈黙――。

「ああ、邪推が過ぎました」

おばさんの口は、わなわな震え、口角がゆがんでいる。視線が、あちこちに飛んでいる。

「ご免なさい。忘れもしません。わたしの錯覚でした。電話は、劇場に履いて行く靴のことを訊きたかったからです。三足持参したので、どれがふさわしいかと。なのに――」

またもや唇が、わなわな震えている。

「電話すると、男性の声が出たんです。でもわたし、とっさに『添乗員さんは？』って訊いたの。すると『添乗員サン、イマ、オ風呂ダヨ』って。それを聞いてわたし、てっきりお二人がナニを終え、女性が……やだぁ」

またもや、かぶりを振った。

「わたしすぐに『まちがえました』と詫びました。そして『この電話、なかったことにしてちょうだい。絶対に添乗員さんに言わないでね』って、たのみました」

彼女は額に手をあて、じっとしている。

「どうしよう。ほんとうに恥ずかしいわ」

ぼくと室長は、彼女の表情が変化するのをじっと見ていた。そして平静さがもどるまで黙っていたんだ。

おばさんはまた、首を振った。

「わたし、添乗員さんにお詫びしなければなりませんわ」

「いいえ、水元さんに落ち度なんてありません。軽率だったのは添乗員です。二対二とはいえ、男たちを自室に入れ、騒いでいたのは非常識でした。このとおりです」

室長は、頭を深々と下げた。しばらくして顔を上げたが、腕時計を確認すると、かばんから新しく買ったスマートフォンを出した。

「女子添乗員は現在、英国のロンドンに添乗中です。現地はいま、夜明けまえで、彼女はまだ、ベッドにいます。彼女とはすでに打ち合わせをすませておりまして……」

と、室長はスマホを操作した。反応はすぐにあった。室長は先方に、いま、静子さんと会見中だと告げ、両人は手短に言葉を交わした。終わると、

「じゃ、お客さまと替わる」

室長は、スマホを静子さんに差し出した。

彼女はあわてて耳に押しつけ、じっと聴いている。若い女性の声が漏れ聞こえた。

『おばさま、わたしたちがいけなかったんです。軽率でした。申し訳ありません』

「こちらこそ、ご免なさい。ご免なさい」

双方の謝罪が、何度も繰り返された。

こんな演出があるなんて、室長は事前にぼくにちっとも話してくれなかったんだ。ツアコンをロンドンのホテルに缶詰にしてさぁ、同時中継までやらかしちゃったんだ。よくやるよ。静子さん、かわいそうじゃん。

六

女性二人が交わした長々しい電話は、いつまでも終わることがなかったさ。でも内容のない他愛ないおしゃべりばかりで、ようやく最後は爆笑とともに終わったんだ。

静子さんと別れる時がきた。室長はケージでお留守番の猫に、「グッドバイ」と手を振った。

ぼくたちが靴を履き終えるのを見て、彼女は言った。

「江戸川の対岸は、千葉県の松戸市です。渡し船に乗れば、五分とかかりません。あすこは風景が一変しますわよ」

彼女は、玄関の外に出て見送ってくれた。

ぼくは向こう岸へ渡ったことはなかった。

彼女がドアに消えると、室長が言った。

「せっかくだし、行ってみようか」

江戸川の土手を登って草叢の細道を岸辺へ下りた。水ぎわに小舟が揺れている。

硬貨を船頭さんに支払った。船頭はひとり。客はぼくら二人きりだ。

手漕ぎの船は葦辺を離れ、水面に波紋が広がっていく。揺れは、沖に出て大きくなる。

「決して立ち上がっちゃいけねえよ」

と、船尾で竿をあやつる船頭さんの声。

対岸が近づき、舟着場に降りて斜面の草叢を土手へ登った。遠くまで畑が見えた。

「あちらは野菜づくりが盛んなのよ」

静子さんの声が、耳によみがえった。

点在する農家。黒塗りの倉庫。家々のどれもが木々を天空に高く伸ばしている。

茫然と見惚れていたら、室長が言った。

「帰ったら、まっさきに阿部くんに報告しよう。彼女、きっと喜ぶぞ」

室長は、江戸川の流れへ振り向き、小さくみずからへの訓示をつぶやいた。

四つのテスト
一つ、真実かどうか
二つ、みんなに公平か
三つ　好意と信頼を深めるか
四つ、みんなのためになるかどうか

「あしたの朝礼やけど」

室長は、ぼくに言った。

「司会は君とマリアくんとでやってくれ。四つのテストの音頭取りもな」

七

言うのを忘れたけど、きのう、水元静子さんちを辞すとき、室長は投書の原本を封筒ごと彼女に返還してあげたのだった。

誰より喜んだのはマリアさんだった。

「最後まで仲間を信じてよかったわ。越生くんの履物のヒントもすごく役にたったわ。あなたを見なおさなくっちゃあ」

でもさ、劇場へ履いて行く靴のヒントをくれたのは、おふくろだ。こんど給料をもらったら、ご馳走してあげなくちゃなんない。

だけどさあ、万事がめでたく終わったわけでもなかったんだ。

室長は、ぼくに言っている。

「いかに信用に足る相棒でも、男のガイドを女子添乗員が自室に引き入れてはいかん。待機の時間とて勤務中だ。なんらかの処分は、まぬがれんやろう」

でもさぁ、取締役で構成される懲罰検討会は開催されずじまいだった。彼女は添乗員派遣会社の直属上司からこう言われたそうだ。

「勤務中なんだぜ、もっと身を慎んでくれよ。たのむからさぁ」と、にがい顔で叱られたきりですんだんだって。

ぼくが編纂する、苦情事例集にこの一件はごく簡略に載ることになった。

甲斐副部長や添乗員派遣元の幹部らは、

「掲載は、かんべんしてやってよ」

と、温情を求めてきたけれど、

「隠蔽はできません。お客の疑惑を生んだのは事実です」

マリアさんの地獄耳によると、室長は、そう反論したそうだ。

マリアさんの主張もあり、苦情集への記事は次のように載ることになった。

《海外ツアーの女子添乗員が、勤務中に打ち合わせのため、男性ガイドを自己の客室に呼び入れた。これが女性客の知るところとなり、帰国後に〈疑惑あり〉と抗議の投書》

冊子を支店などへ発送の日、マリアさんは朝礼で断固、ぶちあげたんだ。

「読んだ男の連中から万が一、具体的に教えろとカスタマー室に言ってきたら、すべてわたしが受ける。男性陣にまかせでもしたら、おもしろおかしく尾ひれをつけて、セクハラに発展しちゃいそうだから」

誰からも、反論はなかったさ。

第五章　エリート女性がやってきた（ハーフタイム番外編）

一

十月一日。金曜日。

快晴の気持ちのいい日が続いている。

昼食後、職場にもどった。十五階の窓から遠くに富士山が見える。なんとなく下の歩道をのぞいて驚いた。若い男女がスーツを着ておおぜいで群れていた。ふと思い出した。二年まえの十月一日は、ぼくもこんな群衆のなかの一員だったんだ。大手企業の本社の多い新宿。この日になると、会社は毎年、翌年に学校卒業見込者の採用内定式を行なうんだ。

それから一週間が過ぎた金曜日――。

出勤すると、見たことのないひとりの若い女性が膝を固くしてソファーにすわってうつむいていた。ひょっとして、この女性が？

というのも、室長が先週、ぼくたちにこんな予告をしていたからだ。

「来週の月曜日だが、交通観光省勤務の女性が我が社に一週間、研修に来る。入職二年目の若手で、国家公務員総合職試験に合格したエリートだ。名目は研修だが、実質は視察。カスタマー室に来るのは最終日の金曜だ。特に準備はいらない。詳細は当日の朝に言う」

当日というのが、今日だったんだ。

みんなの顔がそろい、朝礼が始まった。

いつもの四つのテストの唱和が終わると、室長はソファーの女性に合図して、横に立たせて言った。

「助川みどりさんです。東京大学をご卒業された、いわゆるキャリアさんだ。カスタマー室には一日きりだけど、親しくしてあげてほしい」

説明は続いた。

「目的は、若手官僚の民間企業研究で、月曜から三日間を総務部と海外と国内の両企画部門をそれぞれ視察なさり、昨日は現場見学として、新宿支店に行かれました。最後がここです。彼女にとって、最終の日です」

室長の説明は、先週の予告の繰り返しだった。

助川さんは、軽くお辞儀した。

大森課長以下ぼくたちは、助川さんの気の強そうな顔を、ぽかんとながめている。

ようやく、くわしくは当日に、というのが始まった。

「先日配布のレジュメにそって実施する。レジュメは事前に彼女にも渡しています」

キャリアさんは室長に会釈して、一歩まえに出て言った。

「お邪魔になると思いますが、よろしくおねがいします」

声は、とにかく初々しい感じだったね。

でもさあ、顔を上げて、ぼくらにそそいだ視線は、きつかったな。ぼく、東大卒の女性を眼のまえに見たのはこれが初めてだ。そもそもさ、うちの社員に東大卒なんかいないはずだ。早稲田か慶応卒がちょっぴりいるくらいと思う。助川さんのような女性は、ぼくみたいな専門学校卒の男は歯牙にもかけないはずだ。ぼくは、やっぱし秘書課の水上衣里さんみたいな、優しくてかわいい感じの女性がタイプと思うんだ。

助川さんの挨拶を受け、室長は言った。

「彼女は女性だ。阿部くん、とくに君がフォローしてあげてくれ」

「はーい」

神妙に返事したけれど、うれしそうな顔でないのは明白だった。

助川さんは、マリアさんに軽くお辞儀した。

研修の最後がうちの職場になったのは、こんな理由だ。旅行会社の仕事で、ここは、いわば川下だ。ツアーなんかが終わり、それ以後のケア担当がうちなんだもの。

研修は、予定どおり進み、お昼になった。

室長はキャリアさんを伴い、ぼくとマリアさんも誘って、四人で社員食堂に入った。

昼定食のフォークを動かしながら、室長は助川さんに尋ねた。

「きのうまでのご視察で、どんな印象をお持ちですか?」

手を休めて、ちょっと考えた彼女は、

「率直に言って、御社の組織の完璧さに感銘を受けました。総務部長さんのお話では、旅行大手は時代と共に分業化が進み、機械化と合理化が進行中とか。ですのに、われわれ省庁は、旧例に固執して、困りものですわ」

　と言い、グラスの水を飲み下し、続けた。

「でも、ずっとお勉強させていただいて、残念に思ったこともないではありません」

「ん？」室長は、あわてた。「何か漏れておりましたか？」

「正直に申します。ＩＴを駆使した進歩には感心したのですが、なんとなく事前に抱いていた旅行会社のイメージが、どうも……」

　室長は、フォークを休めた。

「どんな意味でしょう？」

「失礼な言い方ですが、もっと人間臭のするお仕事だろうと思っていたんです」

眼尻が、笑ったようだった。

　室長は息を止め、笑い返した。

「泥臭い稼業ですよ、観光業は。とりわけカスタマー室は。毎日が、泥まみれです」

「そうよ、泥まみれの仕事よ！」

　マリアさん、大声で露骨に言ったんだ。

（なにさ、世間知らずの小娘のくせに）

　コーヒーが定食に含まれる。ゆっくり一時間をかけた。支払いは、各自が持参の食事券から一枚を切ってすます。助川さんは現金だった。それでさ、ぼくは彼女をおごってあげなかった室長を恥ずかしく思った。池袋の多胡支店長なら、絶対そうするだろうに、と。

でもさ、それってぼくの短慮だったんだ。マリアさんが、あとで教えてくれたんだ。

「越生くんさ、相手はお役人よ。お接待はだめなのよ。賄賂になるから」

午後も研修で、終わったのは四時。

四人が今度はソファーに集まった。

「ほかに何か、ご質問は?」

室長に訊かれて、助川さんは答えた。

「わたくし、添乗員のお仕事に興味があります。省庁の統計によりますと女性が多いようです。彼女らは、派遣を目的とする会社に所属するケースが主流のようです。今回の研修では、御社のその部門は除外でした。もしご迷惑でなければ番外として、座談会のような形式で、彼女らから、ご苦労話などを聞かせてもらえる機会があればと思いますが……わがままを申しましてすみません」

マリアさんの顔、急に輝いたんだ。

「いいわよ。協力してあげる。今夜、お夕飯でも共にして、たっぷり教えてあげる」

「ちょっと待て」室長は、あわてた。

「だめなんですか?」と、マリアさん。

「あかんとは言わん。総務部長の了解がいる。夕食会ともなれば、勤務時間外だ。労働組合へも申し入れなきゃならん」

　ぼくとマリアさんは、労働組合員なのだ。

「室長、労組なんか気にしなくていいわ。自主的な送別会にすりゃいいのよ」

「そうはいかん。会社側はともかく、あとで労使紛争に発展すると、わたしが困る」

「室長さん」助川さんは困惑した。

「労働争議に発展しかねないなら、わたくし、辞退いたします」

「いやいや」室長は、手を振った。「手順さえ踏めば、問題はない」

「室長、メンバーはどうしましょう？」

　マリアさん、断然乗り気になっている。

「そうやなあ」室長も、前向きだった。

「君と越生だけでいいさ。もちろんわたしも加わる。でないと、総務部長の承認はおりんやろうから」

「監視役なのね？」

「ま、そういうこと」

「じゃあ室長、M旅行社の友達も呼びたいわ。名前は板花さん」

「M社の友達って？」

「ほら、例のイタリアツアーの男性ガイドと女子添乗員の問題を解決するとき、京都に休暇中のM社ツアコンに協力してもらったでしょう。その仲介の労をとってくれたのが板花さんなの。彼女は、わたしみたいに添乗員を卒業し、いま、M社で教官をやってるの」

「教官？」

「はい。M社ツアコンの新人研修の教官をつとめているのよ」

「なるほど。そう言えば、世話になりながら、礼のひとつも言っていなかったな」

「お食事付きの座談会なら彼女、きっと来ると思う」

「かまわんが、相手の都合もよく訊いたうえでな」

「来週の金曜日あたりどうかしら。さっそく、彼女にあたってみます」

助川さんもその日の夜はOKと言う。

「お世話をかけて、すみません」

と、両手を合わせてマリアさんをおがみ、室長にも会釈した。

「じゃ、これにて解散しよう」

室長が宣言して立ち上がると、助川さんも満足顔でソファーを立った。

二

マリアさんは渋谷駅に近いイタリアレストランを予約した。個室がとれたそうだ。

新宿を避けたのは、関急の社員と鉢合わせしてはまずいと、室長が苦言したからだ。

助川さんの霞が関も、M社の板花さんの勤務地も、渋谷は新宿より近く、便利である。

勤務を終え、関急のぼくら三人がレストランに入ると、ほかの二人はもう来ていた。

Ｍ社の女性は、自己紹介した。

「板花彩乃と申します」

席次のことで、一悶着あった。先着の二人がドア付近に遠慮したのだ。でも、室長は強引に奥へ移動させた。

「あなたたちは、ゲストですから」

ぼくとマリアさんが下座。室長は、四人を等分に見渡せる議長席に陣取った。

板花彩乃さんは、社歴を簡略に披露した
彼女はマリアさんほど背は高くない。着替えて会社を出たのか、上着はカーディガンだった。

マリアさんは緑色のパンタロンに上着は薄緑のジャケットを。助川さんは、先日と同じ地味な黒いスーツだった。席が決まると、マリアさんは、今夜の会費を徴収した。準備していた封筒を、全員が彼女に差し出した。

最初に室長があいさつした。ワインが運ばれて乾杯。マリアさんが言った。

「料理は追い追い来るわ。さっそく本題に入りましょう。室長、どうぞ」

室長は、一枚のレジュメを四人に配った。

「見出しだけを列記しています。この順序で進めます。まず《そもそも添乗員ってなんなのか。会社を意識せず、自由に答えよ》」

口火を切ったのは、マリアさんだった。

「出発から解散までのお世話役。ご機嫌とり。使い走り」

昼から赤い舌が出た。「お次は花ちゃんよ」

「『かしこまりました』『申しわけありません』『お客さまのおっしゃるとおりです』この三つの言葉を駆使できるお世話係です」

「ふむ」室長はうなずいている。

「サービス過剰くらいが適切かもな」

そう言い、ワイングラスを置いた。そして、

「業界はいま、過当競争の時代だ。客も多くを期待している。でもその一方で、親切をうるさいと思うお客もいるんじゃないか？」

板花さんが答えた。

「小さな親切でいいのです。いくつもそれが重なると、満足度は上昇します。しかし逆に些細な不愉快でも、そこに別のマイナスが加わると、不満は爆発します」

マリアさんが受けた。

「そう。苦情の半分は不親切と、お客への対応のまずさと、案内のお粗末さ。残りの半分は企画担当者による手配ミスと募集用パンフレットの記載のまずさね。誇大広告とまで言わなくても、期待のさせすぎは添乗員が困るわ」

板花さんは、洞察力と人間力を強調した。

「お客さまの不満顔を察知して、言い分をしっかり聞き、理解して、緊急事態をてきぱき処理し

ていれば苦情は出ませんわ。万が一にも出たら、旅行中に解決するのが添乗員の大事なつとめと思います。帰着後に持ち越すのは、最悪です」

室長は、笑って言った。

「そのとおり。旅先でちゃんと解決しておれば、カスタマー室の仕事は半減する」

マリアさん、ワインを飲み干して、

「とにかく、全力で奉仕して、お客から楽しかった、ありがとうと、お礼の一言があると元気が出るわ。しんどい仕事だけど、続けていてよかったと思える」

板花さんは、空になったマリアさんのグラスに赤ワインを注いであげた。助川さんも室長に同じことをしようとした。

でも、室長は手で止めた。

「お心づかいは無用です。今夜は板花さんと阿部くん以外へは手酌でいきましょう」

自分のグラスにボトルを傾けた室長は、みんなを見渡した。

「最近の客は、個性的になっているね。旅の動機や目的も、さまざまだ」

「そうね」と、マリアさん。

「価値観がいろいろ。添乗員なしのパックツアーが多くなっているわ。とくに海外は、お客さんがひとりでも催行するわ」

板花さんが加えた。

「出発の空港に集合し、受付係に『今回はお客さまお二人だけです』と告げられて『あら、二人だけなの。水入らずでラッキー』とよろこぶ人と『あらいやだ。わたしたち二人きり？　不安だわ』と真逆をおっしゃるご夫婦がいらっしゃいます」

「ふむ」とうなずき、室長は言った。

「同じ訪問地に何度も来ている客も多い。添乗員のほうがアマチュアのケースがある」

板花さんが応じた。

「国内ですと、箱根なんかもう十回以上は来ているわ、なんてお客さまはざらです。ツアー参加歴五十回以上というお客さまも」

「まったくね」と、マリアさん。

「不勉強が命取りになるわ。何かを尋ねられて、知りませんとは絶対に言えないもん」

「じゃあ、なんと答えるんです？」

助川さんは、マリアさんを見つめた。即座に、マリアさんは答えている。

「そんな時はさぁ、アドリブで適当に返事したらいいのよ。そしてすぐに、こっちで話題を変えちゃえばいい。お客だって、真剣に質問したわけじゃないんだから」

「さすがはベテランの阿部さん」

キャリアさんがパチパチと手を叩いた。

あとを、室長が継いだ。

「このごろの傾向として、男の客より女性客の比率が年々高くなっているね」

マリアさん、得たりとばかり、

「おばさん族ってさぁ、文句はずけずけ言うけど、こっちが適切に対応すれば、けろっとしてる。一部には、旅行の最後まで、ねちねち言うおばさんもいるけど」

板花さんが首を振った。

「ねちねちしつっこいのはむしろ男性のお客さまに多いです。個人的経験ですけれど」

「花ちゃんさ、それって、ちゃんとお相手してあげないからよ。わたしはむしろ、男のお客は扱いやすいわ。室長はいかが？」

「男女によらず、お客さんはパンフレットをよく比較研究しているね。さらに過去の参加経験を思い出して、ツアーを選んでいらっしゃる。信頼が、なによりものを言う」

マリアさん、眉根に皺を寄せて言った。

「わたし、さっきも言ったけど、会社に言いたいことがある。企画担当者と添乗員の意識のずれよ。企画者に言わせると、ツアーは、うまくいってあたりまえ。でも、こっちは旅にトラブルはあるものと観念している。毎日ひやひやの連続で気が休まらない。わかります室長？」

「そのギャップに、いつもご苦労をおかけし、申しわけありません」

室長はおどけて頭を下げたけれど、

「たとえば、こんなことがあったわ」

と、マリアさんは顔を不快にした。

「お城で有名なドイツの小さな街。当地ではジャパニーズスピーキングガイド（ＪＳＧ）が空港に出迎える、と現地からの回答書にあったの。で、わたし、悠々と空港から出たの。なのに、出迎えたのは英語だけのガイド。あわてたわよ。だって安心しきって、現地の予習なんか、ぜんぜんしていなかったもん」

「阿部さん、現地の手配回答者が、ＥＳＧを、ＪＳＧと打ち間違えたのよ。うちの社でもたまに、そんなミスはあります」

　こうやってしゃべりながらも、マリアさんと板花さんは食べ、飲み、ナプキンで口をぬぐい、次は何を飲むべきかとメニューとにらめっくらをしている。身体を動かすたびに、二人から香水の匂いが漂ったさ。

「第一項目はこれで終わりにしよう」

　腕時計を見て、室長は二人に言った。

「次に、実際に添乗に出て、帰着までの苦労話や職業上の工夫を、自由に忌憚なく話してもらおう。出発まえの企画担当者との打ち合わせから、始めてください」

「はい室長」すかさずマリアさんが言う。

「飲んだ勢いで言うんじゃないけど、わたし、そもそも、安いだけが売りのツアーには絶対に乗りたくないわ。ホテル。お食事。どれも代金だけの内容よ。クレームは出るし、アンケートの満足度も低いのよ」

「同感です」板花さんがうなずいた。

「格安ツアーの日程表を見ると、どこでクレームが出るか、すぐわかります。わたしはバスが出発した時に、あらかじめ、その部分をお客さまにきちんと説明しておきます」

「花ちゃん、それって正解。過剰な期待は、一刀両断にぶち切っておくべき」

室長はニヤニヤ笑い、唇に当てているグラスを離して両手に抱えた。そして、

「なるほどな。めちゃ安ってことを、客は出発時点ですっかり忘れているからね。ちなみに、わたしは、なじみの客に、『何かおもしろいツアーはないかね？』と訊かれたら、激安ツアーを勧めている。『楽しい経験がいっぱい詰まっていますから』とね」

と、肩をゆすって笑った。

マリアさんから、最初は同調していた笑いが消えた。

「まぜっかえさないで室長。充実した高額なツアーは、日当が半分でもわたし、乗るの大歓迎よ。参加者もハイソサエティだし、文句つける人もいない」

「でも阿部さん、高価でリッチなツアーは安心ですけれども、お金をたっぷりもらっているだけに、こっちは緊張感も高いですわ。気配りの連続で、精神的にすごく疲れます。なので、わたしは中間レベルのが好き」

「どっちにころんでも、ストレス過剰なのが、添乗員ってことよ」

マリアさんは、ワインをぐっと喉にあおるのだった。

彼女がグラスを置くのを見た室長は、

「続いて、ツアーの出発集合の場面。こんどは、板花さんからおねがいします」

「集合のとき、お客さまのお名前とお顔を、なるたけ早く覚えます。同時に、添乗員用の参加者ネームリストに、お客さまの特徴を記入します」

「ふふふ」と、マリアさんが笑った。

「馬づら。厚化粧。にきび。ハゲ。あたまでっかち。政治家になぞらえるのも覚えやすいわ。うるさい女性は、キヨミとか」

「キヨミ？　大阪の議員の○○キヨミさんのことか？」

「いいえ、関東のキヨミ議員のことだわ」

「阿部くんに警告する。ハゲと書くのだけはやめておけ」

「あら、どうして？」

「『このハゲっ』と、男性秘書を罵倒し、失職した女性国会議員がいる」

「そんなドジ踏むようじゃ半人前よ」

「阿部さん、それはあなたのやりかたでしょう。わたしはそこまで踏み込めないわ。実際にそんなのを記入して、バスの出入口の冷蔵庫の上に放置して、お客さまに見られ、真っ青になった子を知っていますから」

みんながどっと笑った。その時ドアにノックがあり、ボーイが次の料理を運び入れた。

五人は、新しいナプキンを膝に広げた。

「ツアコンの服装や持ち物については、どうかね。阿部くんからどうぞ」

「海外だと、トランクに貼りつけるステッカーは、ボロボロのに限るわ。それと、持ち物も新品はだめ。ボロいほど、お客は、ベテラン添乗員と認識してくれっから」

板花さんが受けた。

「服装は原則、会社貸与《たいよ》の制服を着て、清潔を心がけています。阿部さんの意見に加えるなら、自分のパスポートはお客さまに見せないことです。切り換えてすぐだと、ページは真っ白だし、お客さまは不安に思います。個人用のハンドバッグも、やはり新品はよくないと思います」

助川さん、口をあんぐり開けて聞いていたが、

「お二人とも、こまかなところまで気配りなさっているんですね」

「気配り、眼配り、耳配り、鼻配りよ」

マリアさんは笑った。そしてグラスを持ち上げて、ぼくに突き出した。

「これに、もう一杯ちょうだい」

「わたしもよ」と、板花さん。

ワインが満ちて、二人は互いに乾杯した。

そのグラスを置いて、板花さんが言う。

「阿部さん、口配りも大切よ。つまり物の言い方。だって最近の子、敬語がちゃんと使えていません。新人教育に苦労しています」

若い人への批判は、ぼくに耳が痛かった。

室長は再び腕時計を見た。

「さて、いよいよ旅に出発。助川さんのご希望もあり、ここは飛行機に乗って海外に行くのを想定して、話してもらいたい」

指名は、マリアさんに振られた。

「たとえば欧米行きだと、ツアコンは機内こそ疲労回復の場と心得ているわね」

「えっ？」助川さんの眉が、動いた。

「だってさぁ、添乗員って、連続勤務が多いでしょう。前回に蓄積した疲労を、現地に着くまでに消さなきゃなんない。長時間の機内は絶好のチャンス。他社のツアコンと機内で眼が合っても、お互いに会釈だけで、ひたすら爆睡に撤する」

「同感やね」と、室長。

「わたしは若いとき、法人営業を担当していて、受注した団体の添乗もした。その責任者とわたしは、機内で隣り合わせになる。その責任者の男性が言った。『パリまで十一時間。酒でも飲み、英気を養っておこう』と。わたしも大賛成。無料の日本酒やウイスキーをスッチーさんに何度もおかわりし、二人とも正体なく爆睡。ただし、公募のパックツアーでは、こんな役得は無理やろうけど」

板花さんが、発言を求めた。

「日本発でなく、ヨーロッパ内での航空機の移動で、バラバラの座席を渡されることがあります。苦情が、とくにカップルから文句が出やすいです。日本人は短い時間でも団体で固まっていないと安心できないようです」

「わたしはさ、バスが空港に向かうとき、予防線を張っとく。欧米で当たり前の慣習であり、少しのあいだ、隣りになった外国人と、カタコトの英語で交流してください、と」

「安全な機内で、知らない人としばし会話を楽しむのも、旅の醍醐味と思いますわ」

女性陣に対して、室長が口をはさんだ。

「パックツアーではその手も通用するが、受注団体ではバラバラの席は絶対に困る。『現地の慣習です』と説明して、団長が納得することはない。次回の契約をもらえない」

「それでは、どう切り抜けるんです？」

キャリアさんは料理の皿から眼を上げた。

室長は、真顔で答えた。

「空港に早めに着き、どの団体よりも早く空港職員に交渉します。彼の言い分に、はいそうですか、ではいけない。居丈高に感情をあらわに我が主張を通す。でないと、割りを食うのは結局、お客さんだ」

「室長さん、パックツアーも同じですわ。おおげさに身振り手振りで、ガンガンやるんです。こっちは女だし、相手も根負けして、『そこまでぎゃあぎゃあ言うなら』と」

三番目の皿が出て、話題は一変した。

板花さんが優等生の解説をしたのだ。さすがは業界トップM社の教育係だ。

「現地に着いてバスに乗ると、通訳ガイドがマイクを握って、お客さまに当地の治安とお金の両替、トイレの実情を説明します。添乗員はこの時までに感じたお客さまの理解レベルを勘案し、必要なら補足を加えます」

マリアさんは得たりと、

「日本人は平和と治安のよさに慣れっこになってるから、金銭管理と窃盗対策は厳重に言っとくわ。被害者が出たら、みんな気分が重苦しくなるから。なので、すこしおどかしておくくらいが効果的ね」

「それと、出迎えたガイドやドライバーが旧知の人だと、うれしいですね。もうこのツアーはうまくいくわと、安心できます」

「組織的に動くみなさんでも、そんなものなんでしょうか？」と、助川さん。

「もちよ。万事人間関係だわさ。ホテルマン。ハウスキーパー。レストランの主人。彼らに、たんまりチップを渡す。もらったことを彼らは忘れない。次回には期待以上の便宜をはかってくれるわ」

「だから越生、社内でも総務、企画、販売など各部署に、人間関係を築くことや。いざというとき、率先協力してくれる」

と、室長はぼくの眼を見た。そして二人の女性に顔を向け、

「ほかに何か、おもしろい話はないか？」

「うそも方便ってのは、どうでしょう？」

フォークを置いて、板花さんが答えた。

「バス車内のゴミ問題です。ドイツロマンチック街道の旅では、毎日が同じバスです。そんな場合、お客さまに『このドライバーは日本人が大好きです。マナーがよく、車内にゴミを散らかさないからだそうです』と冗談まじりに説明します。効果たるや抜群」

この問題は、マリアさんも負けてはいない。

「ちゃっかりしたドライバーはさ、どの国のツアーでも、同じ言葉をツアコンに言わせているわ。わたし韓国人のツアコンと話していて知ったんだけど、ドライバーいわく『韓国人は民族が優秀で』『中国人は公共道徳が昔から発達していて』なんてさ」

「優秀なんはドライバーのほうやろ」

突然の関西弁。みんなが笑った。

「海外の話はこれで終わろう。次は国内のケースに移ろう。阿部くんから」

「わたしの不満は、国内では、ドライバーや年配のバスガイドが、わたしたちを軽く見ていることよ。彼らはわたしたちが旅行会社のなかで、最底辺にいるのを知っている。内心でわたしたちなんか恐くないと思ってる。社内でもわたしたちは、ツアーの企画担当者に、こんな企画はだめよと言いづらい位置にいるわ。室長、ワインに酔った勢いで、こんなヨタ話をしちゃってご免なさい」

すっかり赤くなった彼女。吐く息が臭かった。そのほかにも、彼女の脇の下から匂ってくる、つんとした汗と香水がぼくの鼻を性的に刺激して困ったさ。

「うーん」室長はうめいた。

「それらは会社側の課題と受けとめたい」

ドアのノックで、次のお皿が入ってきた。

「熱いうちにお召しあがりください」

ボーイさんは空になったお皿を下げて出て行った。

五枚の皿に、五人の顔が覆いかぶさる。

マリアさんはフォークをカチカチ鳴らしてあっという間にたいらげてしまった。そして、

「ちょいと失礼するわ」

ハンドバッグを下げ、ドアの外へ消えた。お手洗いなんだろう。静かな時間が流れた。

室長は、爪楊枝を手で隠しながら、

「帰って来るまで、少し休憩します」

助川さんは室長にもらった、レジュメにペンで何かをメモしている。

しばらくして、マリアさんはすっきりした顔でもどってきた。

「続きは、わたしが始めるの？」

彼女は、ぼくにそう訊く。

板花さんは足を組んでいる。ミニスカートのせいで、ももの半分がむき出しになりかけている。

マリアさんは濃くなったルージュの唇を、ぺろぺろ舐めてから言った。

「海外はさぁ、国内旅行よか楽だと思う。現地ガイドが誘導するし、お客さんも注意事項をよく聞くし、ふらふら歩かない。引率人数も二十人から三十人というのが標準だし、把握もしやすい」

「そうですね。先導はガイドさんにまかせて、添乗員はお客さまと会話でもしながら後ろからついて行って問題ありません」

「お客に何かを質問されても、バス車中でガイドがしゃべっていたのを、居眠りしないで聞いて

いたら、ほぼ答えられるじゃん」

「同感です」と、板花さん。マリアさんが、なお加えた。

「よく訊かれるのはさ『あなた、この街は何度目？』。わたし、事実でも、初めてとは答えられないわ。ホテルやレストランなら今回が初めてですと、正直に言うけど」

　足を組み替えて、板花さんは言う。

「うっかり、いいかげんな返答をして恥をかいたことがあります。訪問地、町並、空港。みんな熟知しているお客さまって、けっこう多くいらっしゃいますもの」

「そうね、傑作なのは、ツアコンどころか現地ガイドもドライバーですら、一度も来たこと無しっていう場所へ行ったのね。すると『わたし、三度目よ』って言うお客がいた」

「さっきも言いましたけれども、なまじっか知ったかぶりをしないことです。現地ガイドに正直に告白しておくと、お客さまの前で恥をかかせないように扱ってくれます。チップを少しはずんでおくと、いいと思います」

「でも花ちゃん、お客の質問に、わかりません、知りませんは禁句よ。アンケートにきっちり『新米を乗せたな、けしからん』と、書かれちゃうから」

「君の顔を見て、誰も新米と思う客はおらんやろ」

　室長の額は、ワインのせいで赤かった。

「それって、セクハラじゃん。許しません」

　マリアさんの顔、もっと色が赤くなり、助川さんは吹き出しそうになるのをこらえている。

「昔話になるがね」と、室長は顎をなでて言った。

「海外初添乗が英国で、ロンドンに宿泊した。夜に、翌日の観光地を地下鉄と乗合バスできっちり下見した。これで翌日はお客さんとの会話に不安はない。いくらガイドブックで勉強していても、やっぱり、百聞は一見に如かず、やね」

マリアさん、酒くさい息で言った。

「おおいなる昔の夢物語ね。いまは、観光地の動画ビデオが充実してるし便利だわ」

板花さんが、情報のことに触れた。

「添乗員の立場から言いますと、募集のパンフレットに治安の悪さや置引、かっぱらいの多さなど、現地のデメリットも載せてほしいです。販売第一主義は理解しますけれど」

「昔は海外参加者に、それら渡航情報の小冊子を、サービスで配布していたよ」

「室長、いまは市販のが腐るほど出版されていて、多くのお客さんは持参しているわ」

「阿部さん、ガイドブックはたくさん売られていますけれども、お客さまは、リスクについて無頓着みたいです。現地ガイドや添乗員が口酸っぱく警告しても、気を許したすきに、置引の被害が時々発生しています」

「やばい街はさ、はったりでも、きつく言っとくことよ。最近の具体例をあげてさ」

室長が受けた。

「欧米社会じゃ、窃盗や置引は、被害者にもミスありとの考え方が一般的やね。強奪でなければ警察は真剣に捜査しないようや。阿部くん、現在も変わらんかね?」

「要は、ご本人の注意怠慢ね。金銭被害を届けても警察は、『命まで取られなくてよかったですなあ』。そんな反応よ」

マリアさんは、ナプキンを置いて続けた。

「国内の事例では、参加者名簿の名前からご夫婦と思っていたお客が、駅で置引に遭ったのね。わたし、乗り換えに時間があったから『鉄道警察に届けましょう』と提案したのよ。女性は賛成したわ。だけど、旦那は、いやだと。室長、なぜだか、おわかり？」

「もったいぶらずに話せ」

「夫婦じゃなかったのよ。おしのびの不倫の関係」

「酔ってつまらん話はよせ」

板花さんは、まじめな顔でつけ加えた。

「忘れ物もよく発生します。お客さまに面と向かって言えませんが、自分の過失であり自己責任でしょう。駅やお店にはなんの責任もありません。欧米ではこの認識です。きつい言い方ですが、落とすのも忘れるのも、ご本人の自由と、欧米人は思っているようです」

「では忘れ物は、あきらめるしかないのでしょうか？」

と、キャリアさんが顔を曇らせた。

「お客さまの手前、いちおう警察に届けますけれど、まず発見されませんわ」

室長は、レジュメに眼を落とした。

「次に移ろう。《余儀ないコース変更について》。板花さんからどうぞ」

「よほどでないと、わたしは変更という言葉は口にしません。お客さまは変更という表現にとても敏感でいらっしゃいます。予定どおりなのが安心なんです。些細な変更はさらりと話して、理解を得ておくことです」

「そうね。大上段にかまえて、申しわけなさそうに伝えると、かえって顔色が変わる」

うなずいて、板花さんが言った。

「旅行先での予定変更は、ほとんどが不可抗力が原因です。変な言いわけや理屈を言わず敢然と解決に邁進すれば、理解していただけると思います。右往左往せず、現場現場で冷静に処理できるかどうか、真価の問われるのがプロの添乗員です」

「でも花ちゃん、バタバタするのは見苦しいけど、汗かいて、大奮闘で動き回ってる姿も見せとかないと、ただ付いて来ただけじゃないかと、アンケートに書かれちゃうわよ」

「お客さまの層にもよりますわ。阿部さんのやりかたがうける層、そうでない層、みきわめて判断しないとね」

「いずれにせよ、注意せんといかんのは」

と、室長は力をこめた。

「よく認識すべきは、計画と実際が異なれば《変更補償金》を客に支払わなければならんこっちゃ。帰着後に、銀行振込みで支払うが、支店にとっては予期せぬ手間。また、美術館や博物館の見学。これは、よほどの理由がないかぎりカットできない。旅行会社の信用にかかわる」

室長はいま、ワインに替えて、ウイスキーを飲んでいる。舐《な》めながらの発言だった。

「さて、午前の観光は済んだとして、いよいよお客さんをレストランに連れて行く時が来た。板花さん、おねがいします」

彼女は、ナプキンで口を拭った。

「海外では、料理内容と食事マナーはガイドがバス車内で直前に説明します。添乗員は原則的に口出しいたしません」

「でもさぁ」マリアさんが言った。

「客層によるわよ。欧州では、食事にたっぷり時間をかけるのが普通ね。従ってウエイトレスもずいぶん動作がのろいわけよ。日本みたいに『はい、すぐお出しいたします』は無理。お客さんの初日の様子を観察しておき、そこんところを、ちゃんと説明しとく必要があるわ。ただ、花ちゃんが言うようにお客を田舎者みたいに扱うと、猛反発されちゃうから慎重に、さりげなくね」

「お客さまを観察していて、必要な場合は、わたしからも説明します」

「そう。お客のレベルによるのよ。『注文したビール、まだ来んぞ、どうなっとるんだ』と、すぐ文句を言う筆頭は、日本人」

クックッと、キャリアさんは笑った。

板花さんも、ほほえみ、

「そもそも、サービスののろいレストランほどヨーロッパでは一流とされています。ツアーでないフリーの日本人グループでも、メニューをぱっと見て『これでいいや』『わたしも、それにする』と、さっさと決めちゃってますよね。欧米の人は時間をかけて、検討して、ようやく注文を出します。料理や飲物を運ぶのも、ウエイトレスは日本人みたいに器用じゃありません。彼女らがテーブルに近づいたら、静止して待つのがマナーです。ギャハハと騒いでいては、事故になります」

「事故って?」助川さん、顔を上げた。

これには、マリアさんが応じている。

「お客がへたに動いたら、お皿なんかが肩にぶつかるのよ。そうなっても、彼女らは謝らない。客が動いたんだ、客のミスだと、頑として非は認めない。非難の応酬の果てに、マネージャーが折れた場合でも、洗濯代を出しましょう、くらいのものよ。なんでもかんでもスミマセンの日本社会とは大違いよ」

「昔は」と、赤い顔の室長が割って入った。

「昔はね、旅行中に誕生日を迎えたお客がいたら、添乗員が食事の時にみんなに披露して、ケーキで祝ってあげたりしたけれど、いまも続けているのかね?」

「誕生日?　室長、個人情報を漏らしたらいまの時代、大騒動になっちゃうじゃん」

「ちょっと淋しい気もしますけれど」

と、板花さん。

マリアさん、笑って受けた。

「ケーキで思い出したんだけど、ツアコンが小さなミスをしたとき、昼食時間は名誉挽回の大チャンスなのよ」

「どういう意味や？」

「『食後はコーヒーだけじゃなく、お詫びにケーキも出します』ってやっちゃうの。でもさぁ、真相はそのレストラン、もともとデザートにケーキも付くのよ。うそも方便」

「阿部さん、助川さんに、企業秘密を暴露しちゃ駄目じゃないですか」

キャリアさんもつられて笑っている。

が、まじめな顔に直って質問をした。

「お話は変わりますが、人種差別っていまも、添乗中にお感じになります？」

人種問題とおいでなすったね。さすがは将来の日本を背負って立つ幹部候補生さまだ。

「花ちゃんどう？」

「一部に残っていますね。アジア系に良い席をくれない高級レストランがあります。ヨーロッパでの印象ですが……」

室長は、助川さんに補足した。

「ツアーはすべてが割引料金です。飛行機運賃。ホテル宿泊料。食事代金もね。高い個人料金の人と平等にいかないケースはある」

「でもさぁ室長、白人は団体でも、いつもわたしたちより上席を占めているわよ」

「もしも支払いが同額なら、けしからんことだ。海外商品会議で提議しておく」

室長は、ここで腕時計を見た。

「さて、急ごう。予定の昼食は終了。午後からの観光も無事完了。いよいよバスはホテルに向かう。客は、ほっとする。しかしツアコンは、これからが勝負だよな」

「ねえ室長、宿に着く時にさぁ、お客にする説明にさぁ、ちょっとしたさぁ、テクニックつうのがあるのをさぁ、知ってる？」

マリアさん、少し、ろれつが変だった。うわばみのようにぐいぐい、ワインを続けているせいだろう。

「テクニックだと？」

「これは花ちゃんさぁ、あんたにまかせるわぁ」と言うと、マリアさん、新規注文のジョッキの生ビールを、うぐぐっと飲んだ。

板花さんは言った。

「泊まるホテルがCランクの場合です。着く直前に『このホテル、はっきり言ってボロです』なんてお客さまに言えないでしょう。なので、『歴史的に由緒はあるのですが、調度品はそれなりに時代物です。水まわりも、少々よくないかもしれません』とね」

説明しつつ、ご本人も笑っている。

「それと花ちゃんさぁ、わたし、ホテルが旅行の直前に急に変更になるなんての、いちばんいやだわ。企画担当者は『変更でも、ランクアップだ、そこんとこ、客にうまく説明しておけ』なんて力説するけど、お客さんは信じない。『故意にランクを下げたな。けしからん』と。しかもそれが分宿だと不満はもっと高くなる。こんな事態を女の細腕一本で収拾させなきゃなんない。添乗日当をもっとよこせと、社長に言いたいわよ」

室長は、うーんと溜息をついた。そして、

「突発の火災事故理由でないかぎり、ホテルの変更は旅行会社の信用をそこなう。企画会議で厳重に主張しておく」

「阿部さんの言うように、突然の分宿をお客さまに告げるのって、ほんとうにつらいですわ。仮に二つのホテルが同格でも、微妙な違いはあります。お客さまに両方を見せると、あとでもめるのは必至。そこで、添乗員は秘策を使います。秘策といっても、旅行業界では常識ですけれども」

「業界の秘策？」助川さんの眼が輝いた。

「バスを先に、グレードの低い宿に着けちゃうのよ」マリアさんが大声を出した。

「そこに一部のお客を降ろし、次に、残りの、高いランクのに泊めるグループを連れて行くのよ。翌朝は高級組を先に拾い、そのあとで、低いランクのホテルに着ける。理由は助川さん、わかるでしょう？」

キャリアさんは微笑んだ。

「わかります。低いほうに泊まったお客さまに、高級なのを見せないってことですね。よおく覚えておきます」

「でも助川さんさ、逆もあるのよ」

マリアさんは得意気におっかぶせた。

「うーん。わかりません」

「二分宿が前提になっていて、割増料金を払い、リッチなホテルを選択したお客と、スタンダードホテルのお客が一台のバスに混乗しているケースよ。先にホテルに着くのはリッチなお客。スタンダードはそのあと。翌朝にバスが先に拾うのは、スタンダード組」

「わかりましたわ」助川さんは笑った。

「スタンダード組は、二度も高級ホテルを見せつけられ、逆に、高級組は、ホテルでの滞在時間が長くなるから、ゆっくり過ごせて、鼻高々ってわけですね？」

さすがは東大卒だ。おつむがいいや。

「業界の常套手段は、ほかにもあるわよ」

「おい、阿部くん」室長の顔は動揺した。

「おい、暴露話はもうよせ。ここは本題にもどって、予定どおりのホテルにバスが着いたとして、チェックインから始めてくれ」

「ハーイ」と、しぶしぶ彼女は言った。

「チェックインは、ツアコン最大の難関と言えるわ。ガイドは、バスがホテルに着いたら仕事はおしまい。『お客サン、サヨナラ、マタアシタ』。で、お客はバスから降りる。ホテルのボーイが駆けつけて、ドライバーがバスのトランクルームを開けるのを待つ」

「トランクルーム？」助川さんが訊いた。

「バス胴体下の物入れよ。ドライバーがそこを開けてお客のスーツケース類を路上に降ろす。ボーイが全部をロビーに運び入れる。先に集結しているお客が自分のを確認する。そこにあるかどうかをね。大半のスーツケースはボーイたちが順に客室へ届ける。だけど急ぐお客は自分で運ぶわ。ボーイさんはすぐに届けてくれなくてのんびりゆっくりが欧米流だからよ。スーツケースには旅行社特製の荷札がくっ付いている。それにはお客の名前が漢字とローマ字で並記してある。添乗員はボーイに客名を書いたネームリスト一枚を渡す。彼らはそれを見て荷物を客室に運ぶの」

助川さんは、怪訝《けげん》な顔をした。

「ローマ字でも日本人の名前って、彼らに読みづらいでしょう？」

「おバカ、いえ、ご免なさい」

マリアさん、ペロリと舌を出しちゃった。

「数字を見るのよ」

「数字？」

「荷札に通し番号が入っているの。トランクが二十個なら番号は一番から二十番。添乗員は、ボーイに渡すネームリストに、お客それぞれの部屋番号を付記しておく。なので、客室に届けるボーイは、荷札とリストの番号だけを照合すればいいの。姓名なんて、彼らにはまったく関係ないのよ」

「わかりました。お客さまの番号とお部屋番号の一致だけでいいんですね。それだと仕事はてきぱき進みますわね」

「でも問題があるわ。彼らの仕事ぶりって腹が立つほどトロくて、いらいらしちゃう」

板花さんも、同感みたいだった。

「接客係だけじゃありません。欧米人はお客さま自身ものんびりかまえています。仕事じゃなく、いま、ホリデイを楽しんでいるんだからと。そんな感じを受けます」

「ドタバタ騒がしいのは、相変わらず我らアジア系民族だけか？」と、室長。

板花さんが、つけ加えてくれた。

「白人の添乗員も、お客さまのまえで、あまりバタバタしませんね。スマートです。お客を集めて説明している時も、小さな声でやっています。その彼らの横で、こっちが馬鹿でかい声を張り上げている自分に気づき、赤面したことがあります」

彼女は、ほんとうに顔を赤らめている。

「ホテル従業員もそれに合わせてのんびりやっているんだろう。欧米人の旅はリゾート中心だからな。日本人も、そんな時代が早く来てほしいね」

「室長、なかでも大阪のお客は、がやがや、ドタバタ、がお好きみたいよ」

「一本やられたな。降参します」

「わたしたちの部屋番号は」と板花さんが言った。

「原則として、お客さまにお教えしません。緊急の用があれば、フロントへ申し出てくださいと、伝えておきます。フロント経由でわたしたちが呼び出されるんです」

「男性添乗員の場合もでしょうか？」

と、キャリアさん。これには、室長が答えている。

「ケースバイケースです。添乗員の勤務時間は、原則夜八時まで。旅のしおりに書いてあります。夜に個人的につきあってあげると、不公平とあとでクレームになりがちです。親切が仇になるんです。とにかく、添乗員諸君は夜はぐっすり眠り、疲労を溜め込まないでもらいたい」

「無理ですわ、室長さん」

板花さんが首を振った。

「しおりには、《団体行動にかかわる仕事のみ》と記されていますけれども、効果はありません。だって、言い付けられるのは、個人的な用件ばかりですもの」

マリアさんも同調顔に言った。

「極論すると、お客は個人の用事以外でツアコンに接触してくることはないわ。使わにゃ損なのよ。使役の連続。観光中のカメラシャッターなんかはよろこんで手伝うけれど、ホテルの部屋に休んでいて、夜おそくに呼び出しがあると、ドッと疲れが出ちゃう」

「品《ひん》のない昔の話で恐縮だけど……」

と、室長が、首を縮めて笑い、言った。

「やはり受注した団体。USAのサンフランシスコに滞在した。夜おそく、女性の声でわたしの部屋に電話があった。『緊急』と言う。彼女の部屋に急行した。お婆さんと四十歳くらいの娘さんが同室。娘いわく『慣れない旅で、アレの予定日が狂っちゃったの。手持ちはない。自分たち、英語がしゃべれない。助けて』と。アレの意味は顔色でわかった。薬局の場所をフロントで訊き、街に飛び出した。でも、ふと気づいた。アレはドイツ語は知っているが、英語で何と言えばいい？　辞書を持って出るべきだった。店に入った。女性用品売場でうろうろしていたら、女性店員が不審な顔。ちらちらと見る。決死の思いで身分を明かし、口から出まかせに――」

「室長、出まかせになんて言ったのよ！」

「出まかせに『サニタリーナプキン・フォア・レイディーズ』とやったわけ。冷汗が流れたね。でも、女性店員はにっこり笑い、一件落着」

「やだァ、室長、ダメだってばぁ。セクハラじゃん」マリアさんはにらみつけた。

「ご免ご免」

女も男も、追加のビールのせいで、顔はさらに赤みを増している。

三

「次に移ろう。ツアー御一行の夜は無事に明けた。観光が再開。その時の客のマナーについて……板花さんからたのむ」

「自由時間中でのことは添乗員は知りません。この眼で見るのはレストランでの実態です。海外では、おおむね良好と思います」

「なるほど。我が民族は現在は先進国の仲間入りか」と、室長は微笑した。

「でもな、わたしの駆け出しのころは、ホテルのロビーを走るのは、かっぱらいか、日本人客と言われたもんや。ステテコ姿で廊下をうろつく豪傑もいた」

「室長さん、下着で廊下を歩きまわるのはいまや、隣国の××人にお株を奪われちゃっているようですわ」と、板花さん。

マリアさんも得たりとばかり、

「彼ら××系アジア人は、常識はずれの行為もへえっちゃらよ。ホテルのラウンジ。朝のバイキング会場。うるさいったらありゃしない。食べ残しもひどいし」

「往年の日本人そのものだ。偉そうには言えん。なので、外国人攻撃はもうやめよう」

「国内でも」板花さんが切り替えた。「いまの日本のお客さまのマナーは立派です」

室長は、板花さんの証言に不満なのか、同胞の行状を蒸し返した。

「廊下やロビーで下着姿の男をホテルマンが発見し、添乗員の部屋に電話してきて『どうにかしてくれ』ってのは昔語りか？」

「室長、悪口は、もうやめるって言ったじゃん」マリアさん、息を臭くして叫んだ。

「日本人の美徳ってさぁ、時間を守るってことね。それと、整然とした団体行動。多くの日本人は、ホテルの廊下が公道って理解できるように、いまはなっているわ」

「阿部さん、いま問題なのは煙草です。喫煙可能でも、デザートが終わるまで待てない人がいます。それと、ホテルのバスタオル。持ち帰る人が、たまにいらっしゃいます」

「悪意はないのよ。日本の旅館と同じに考えているのよ。でも、さすがにバスローブまで持ち出す人はいないようだけど」

「どの辺までを、お客さまにご案内するべきか、むずかしいですね。『以前のお客さまのことですが』などと、さらりと言及し、反発を生まないよう説明するしかありません」

「また朝食のバイキングのことを言うけど、こっそり持ち出す女性客がいるわ。おばさんに多いみたい。パンやジャムはご愛敬だけど、持ち込んだタッパウエアに、堂々と詰め込んでいる風景は、同性としていやだわ」

「ウエイターは注意せんのか?」

「めったに注意しないわ。見て見ぬふり」

「男性では、こんなお客さまがいらっしゃったそうです。ご老人が『給仕のねえちゃんが、ビールを持ってきてくれたのはええんじゃが、サービスがなっとらん』『お客さま、どうかしましたか?』『うん、女のくせして酌のひとつもせんで帰りおった』と。ただ、これはわたしの経験じゃないです。先輩からの受け売りです」

「よっぽど奥深い田舎の人間やろう」

「室長、田舎者とは不当発言だわ。助川さん、あなた、政府を代表して叱ってあげて」

「政府の代表者は内閣総理大臣で、わたしは一介の行政官僚です。法律は国会が成立させ、処罰を決めるのは裁判所です」

「どっちだっていいわよ」

「ビールのお話が出ましたけれども、フランスの一流レストランはワインが売りです。日本社会はビール党一色。淋しいですわ」

「そうだわよ。室長、この席も、ビールを出しすぎている。もっと高級ワインを注文してもいいかしら？」マリアさんは、意味ありげにウインクしたんだ。

「ご随意にどうぞ」室長は、胸を叩いてみせた。

「イェーイ」と言ってマリアさんは、テーブル脇の注文ブザーを鳴らした。そして、

「次はわたしに言わせて。欧米人のマナーを見ていて、感心するのは、女性に荷物を持たせないってことよ。スーツケースなど重い物は必ず男性が持つ。老人も例外じゃない。わたし、成田を出て、着いた空港で、飛行機に預けていたトランクを、ターンテーブルから取り返すのを忘れて税関検査へ進もうとするお客を発見したから『あれーっ忘れちゃダメでーす』と、両手で持って、後を追っかけたのね。そしたら白人たち、奇異な眼で見るのよ。以来、ご本人に取らせている」

「欧米の男性はそのへんのマナーが自然に身についているようですね」と、キャリアさんは解説してから、みずから訊いた。

「チップに関してはどうですか。日本にその習慣はありませんけれど」

　板花さんが挙手した。

「ツアーでは宿泊、食事、ドライバーやガイドなど、それぞれの場面でチップが必要ですが、旅行代金に含まれています。添乗員が現金で代行するのです。個々人の用件で必要な心付けは、お客さまご自身であげてくださいと説明しています。でも、お客さまは忘れがちですね。ツアーではそもそも、個人的に心付けを渡す場面が、あまりありませんから、しかたないと思いますが」

「室長、こんな傑作シーンがあったわ」

マリアさんの顔は、すでに真っ赤の限界にきている。自腹では決して飲まない高級ワインを、がぶがぶやっちゃってるんだから。

「オーストラリア……じゃない、オーストリアの一流レストランで、お客の男の老人が、わたしに向かい『たわけ。この地の名物か知らんが、わしゃ鱒の料理はよう食わんのじゃ。ほかに、うみゃあもんもあるじゃろ。川魚以外のものを出してくれ』と。かなりの高齢だったのね。わたし、気の毒に思い、マネージャーに頭を下げて、別なのを一人前、出してもらったのよ。食事のあと、この老人に、『コックさんに心付けをあげて』と伝えたら『なにぬかす。おみゃあの会社が負担しろ』だって。わたし、まじで、まいったわよ」

彼女は豊かな胸を揺すってクックックックッと笑った。板花さんも同感の顔で言った。

「そのケースでは、お客さまご自身で直接お渡しされてこそ、意味がありますのに」

「ドケチなんや、尾張の人間は。尾張人には、わたしにも苦い経験がある。昔の話やが――」

「またまたぁ。もうやめてよ、室長」

アルコールの匂いがぼくをくすぐった。

助川さんが挙手をした。

「海外で、バスの運転手さんや通訳ガイドさんに、チップを支払うとおっしゃいましたが、そのことをお客さまはご存じですか？」

これに反応したのは、マリアさん。

「わたしは、お客に説明してるわ。日本みたいに、乗車の前に渡すんじゃないってこともね。もちろん、お客に教えとくのはガイドなんかがその場に不在の時にかぎるけど」

助川さん、もの足りない眼で訊いた。

「やはり、ご祝儀袋を使うのですか？」

「ちがうわ。紙幣を直接、渡すのよ」

「お客さまが見ている時に？」

「ドライバーなら、これでお別れって時にお互いに握手をするわ。紙幣は添乗員の手の内に小さく畳んである。握手する。紙幣はこっちの手から彼の手に握り取られる。お互い『サンキュー』『サンキュー』ってわけ」

「すごいですね。かっこいいですわ。スマートさに感動します」と、助川さん。

「さりげなくってのが万国共通なのよ」

「次へ」室長が仕切った。「好きな客。きらいな客。この件について発表してほしい。これが終わったら、いよいよ、助川さんのリクエスト、セクハラ問題をとりあげたい」

マリアさんの手が早かった。

「文句を言わないお客が好きよ」

「阿部さん、あたりまえでしょう」

「冗談よ……旅行を心から楽しんでる姿を見るのが、いちばん好きよ」

板花さんが敷衍した。

「ありがとうと、ひと言、感謝してくださるお客さまに好感を持ちます。添乗員のお仕事は給料は安いし、体力的にもきついですが、続けていてよかったと思います。最高の思い出は、どこの国、どこの観光地ということじゃなくて、紳士淑女のお客さまにめぐり逢えた旅です」

「そうね。わたしたちは、有名観光地は飽き飽きしちゃってるもの」

「反対に、いやなお客さまのことを話していただけません?」。これは助川さんだ。

マリアさん、一気に言った。

「『おれは偉いんだ』と、鼻高々の客。大キライよ。そんな人って、まず自分の職業を言うわ。地方議員に多い。それも、聞いたこともない田舎町の議員。それと一部の医者。スケベな話を持ち出す婦人科の医者。やりたきゃ、男同士でやりゃいいのにさぁ」

「やはり一部ですが、弁護士さんもです」

「弁護士は理屈っぽく、わがままで厄介をかけがち。『おまえ、なんで添乗員なんかやっているんだ』と、完全に見下げている」

「本当に立派な方は、社会的地位を明かされません。正真正銘のジェントルマンです」

女性が三人寄れば、おしゃべりの種は尽きない。ひとつが終わっても、また次々と。

「キライなタイプって、まだまだあるわ」

マリアさんは、鼻息が荒くなっている。

「『年はいくつ?』『彼氏、いるの?』『結婚、まだなのか?』『男は何人くらい知っているんだ』……もう慣れちゃったけど。そんな男でも、奥さまが同伴だと妙におとなしいのよ。借りてきた猫みたいにさぁ」

「まじめに申しますと」

と、板花さんは、キャリアさんを見た。

「集合に遅れがちな人。たとえばホテル出発の時刻。自由行動後の再集合。いつも同じ人が遅れます。いちいち理由をおっしゃいますが、ほかのお客さまに大きな迷惑です」

「根本的にルーズな性格なのよ」

と、マリアさんは切り捨てたあと、

「絶対に許せないのは『以前のM社のツアーはよかったよ』なんて露骨にほざく客」

と言い、うぐぐっとワインを飲んだ。

「おいおい、もう飲んじゃいかん」

いきおいづいたマリアさん、なおも、

「キライ、というより、返答に窮するお客がいるわ。『好きな国、キライな国ってどこかね？』なんての。まさにいまその国に来ているのに『イタリアって大きらいよ。街は汚いし、男は、どいつもこいつも助平だし』なんて即答できないじゃん。アハハハハ」

「おい、こらァ」

室長は、マリアさんのワイングラスを取りあげちゃったんだ。

あーあ、マリアさん、せっかくの化粧なおしが、つや消しじゃんか。

「みなさん、阿部くんにはもう、飲まさないでくれ」

「日本人を、しみじみイヤだと思いますのは」と、板花さんが言った。「その場でおっしゃらず、あとからクレームするお客さまがあることです。あとではもう、どうしようもないですから」

室長は、うなずいた。

「添乗員にきらわれたくない、と考える情緒的な人が我が国に多いせいだろう。その場で言うと、かどがたつんじゃないかと」

「その心情はわかります。しかし、その場で黙っていてあとから、こうしてほしかったんだけれどと、言われるほうが困るんです」

水を飲んで、気を静めたマリアさんが言う。

「欧米人のお客は、その場で、はっきり苦情を言う。ある仲間がそう言ってたわ。ただし『それは君のミスじゃない。君の会社のミスだ』と。いたわりの気持があるのよ」

助川さんが手を上げた。

「お仲間とは、どんな人ですか?」

「日本国内で、訪日欧米人たちの通訳案内をやってる日本人の友人よ」

「わたしたちは」と、板花さんが、横のキャリアさんに言う。

「わたしたち添乗員は、苦情は帰着までに解決させる責任があるし、自覚もあります。旅行なんて、必ずしも予定どおりに進むものではありません。ご不満は率直におっしゃってくだされば、われわれ女性添乗員は誠実に対応いたします」

「男のツアコンも同じだ」と室長は言い、「ともあれ、いやな客こそ、ちゃんとフォローするべきだ。逃げ腰だと、相手もその気配に気づく。いやと感じても、時々は接触して、ご意見を聞くことや。教えを請う姿勢で相手にしゃべらせる。旅行中の不満も自然と話してくれる。手当ても早くうてる」

　室長はマリアさんから取りあげた、グラスの中のワインを、彼女の許しを得て自分のグラスに移し、ひと息にぐっと飲んだ。

「さて、いよいよ、お待ちかねのセクハラ問題を検討しよう」

　空になったワイングラスをあきらめたマリアさんは、追加注文のビールのジョッキを、半分くらい、ぐびぐび飲みくだし、言った。

「わたしたち、待ちかねてなんかいないわよ。期待してるのは助川さんと室長だけ。それと、越生くんも、そうかもしんない」

　と、彼女はぼくを見て、片目をつぶった。

「ご免なさい」と、キャリアさん。

　室長は、準備していたメモを見て言った。

「平成十八年に改正された男女雇用機会均等法により、職場におけるセクシャルハラスメント防止が、事業主に義務づけられ、派遣のツアコンには、派遣元と、派遣先の両事業者に遵守義務が課せられた」

　室長は、テーブルにメモを置き、みんなを見渡した。

「最近の海外ツアーは、添乗員同行は欧米の周遊型に多く、ハワイやバリ島など滞在型は、ほとんど同行しなくなった。なのにセクハラ問題は時々、発生している」

「室長」マリアさんが求めた。

「差別的に言うんじゃないけど、一種の精神異常者と思える男性客が、たまにいるわ。旅先では恐怖の連続」

「どんな人です。具体的に経験なさった事例を教えてください」と、キャリアさん。

「うーん、そうねえ……」

マリアさんは、頭をめぐらした。

「初日に『よろしく』と、挨拶してきて、その男が手を差し出したの。しかたなく握手したあと、その男の希望でツーショットの写真に入ってあげた。するとさ、軽く腰に手を回してきたの。翌日からは親しげに近寄り、耳元へ鄙猥《ひわい》な言葉を口にしたのよ。もう気持ち悪くてさぁ、吐きそうになったわよ」

板花さんは話の途中から、三度四度とうなずいたあと、言った。

「たしかに、どこまでなら許せるかという問題はむずかしいですね。記念写真で言いますと、ご夫婦なら大歓迎で、いっしょに入ったりもします。でも、わたしひとりのスナップを、何枚も撮影する男の人に気づいた時は、背筋がぞっとしちゃいました」

助川さんは、女性二人の顔を交互に見た。

「ほんとうにいるんですか、そんな人?」

「いるいる。平気でスマホを使って撮っている。もしわたしが客で来ていたら『おいコラッ、モデル料よこせ』ってやっちゃうわ」と、マリアさん。

「最初は、観光バスなんかを背景にツーショットで写してほしい、と。その後、勝手にわたしひとりを何枚も。その眼つきが、とても変。ほんとうに恐かったです」

まじなの。多少うぬぼれがあるんじゃないの？　疑わしかったけど、しっぺがえしが恐くて、ぼく、黙っていた。

「夜、男性客に誘われたりしませんか？」

心配そうに、助川さんが正面のマリアさんの顔を見て、訊いた。

彼女は答えた。

「なんだかんだ理由をつけて、ことわっちゃえばいいのよ。たとえば、海外なら、現地スタッフとの打ち合わせがあるとか言って」

すっかり酔っ払ったマリアさん、さらに過激な発言に踏み込んだんだ。

「日本の女って簡単にやらせてくれるって、いまだに信じてる外国の男って半端じゃないみたいよ。事実、女子大生なんて、甘くささやいたら、イチコロなんだって」

「おい、根拠があって言ってるのか！」

室長は、マリアさんのジョッキを没収した。

「もう一滴も飲んじゃいかん」

仲裁に入ったのは、板花さんだった。

「若い女性のお客さまは、海外に出ると解放感からか、男性に無防備になる人がいますね。男と女が二人っきりでお酒を飲むのは性的にＯＫのサインです。日本女性は、外国のイケメン男性にちやほやされて、いい気になってはいけません」

室長は、いたずらっぽい眼で言った。

「大和撫子は普段、草食系日本男子に囲まれて、肉食系の怖さをわかっておらん」

「日本国内はさぁ、越生くんみたいな草食系ばっかしだし、安全すぎるのよ」

マリアさん、口をゆがめてあざ笑った。ほかの女子二人も、ふふふと同調した。

それってさぁ、逆セクハラじゃん。ぼくはマリアさんに、あっかんべえをしてやった。でも、まったくの無視。

「新潟港の、佐渡島ゆき高速艇乗り場の待合室でのことよ」と、マリアさんは主賓女性二人に言った。

「待合室でわたし、自分の団体でない別のツアーの女子添乗員とすれちがったの。超美人の子だった。するとさ、わたしの客の男たち、そっちばっかし見てさぁ、なかには若いのが『ぼく、あっちの添乗員さんについて行きたーい』なんて、露骨に言うじゃない。おのれこのガキ、乗船券、渡してやらんぞと」

「阿部さん、そんな時は、『きれいな添乗員さんにぼんやりついて行っちゃいけませんわよ。あとでお連れの彼女と喧嘩になりますわよ』と、反撃しておけばいいんです」

「あんたも言うわね」

「くり返しますが」と板花さんは言った。

「海外で男性の部屋に一歩でも足を入れたら、もうＯＫってサインです。決してそんなつもりじゃなかったと強弁しても、現地の警察は信じてくれません」

「国内添乗に移ろう。セクハラはどんなのがあるかね。阿部くん、どうだ」

「募集じゃなく、受注した法人の団体だけど、夜に、打ち合わせと称して幹事の中年の男性団長が、ツアコン女子を部屋に呼び入れて、無理矢理アレに及ぼうとした事件があったと聞いたわ。さいわいというか、うちの社の子じゃなかったけど、ひどい話よ」

「その事件は団長が、かなり酒に酔っていたと、ある筋から聞いたが……」

「そんなの、言いわけにならないわよ」

「男性との打ち合わせは、絶対に一階のロビーで行なうべきです」と、板花さん。

マリアさんも、

「少しでも臭いと思ったら、『わたし、これでも、嫁入りまえの女ですから』と、冗談めかして逃げちゃうことよ。まさか、『今度そんなそぶりを見せたら、警察を呼ぶぞ』なんて、お客に言えないもん」

「阿部さんらしいわ」と、板花さん。

「弊社は、男性主体の団体旅行に、女子だけを添乗させることはありません」と室長。

M社も同じだと、板花さんは言い、

「大多数のお客さまは良識派です。少しくらい、はめをはずすのは、旅行の常です。被害を未然に防ぐには、添乗員の自己管理も必要と思います」

室長は、次のとおり言明した。

「もし、旅行社側で困る前歴のある客は、次回申込時点で、参加を断ればいい。理由を告知する義務はない。契約は双方の自由によるのが原則だ。法律が認めている」

室長はそれから、水を飲んで言った。

「最後に、添乗員に向く人、不向きな人について、簡単に述べてもらおう。板花さんからどうぞ」

「網羅的に申しますと、まず誠実。世話好き。責任感。几帳面。そして、いつも笑顔」

次に、マリアさん。

「身体壮健。気概豪健。すなわち心身ともに度胸と根性のある人。それとさ、果敢なチャレンジ精神ね」

しかし、助川さんは不満顔だった。

「どうも抽象的ですわ。もう少し具体的にご教授ねがえませんか」

ご教授ねがうと、きなすったね。さすがは東大卒の中央官庁幹部候補生さまだ。

模範解答したのは、やはり板花さんだった。

「添乗員の任務は航空会社、ホテル、レストランなどへの確認作業が中心です。面倒くさがりの人、おおまか主義の人にはつとまりません。阿部さん、補足は？」

「一に体力。二に気力。大事なのは、お客より先にぶっ倒れたら、洒落にならないってこと。睡眠不足にも耐えられる、普通の人以上の健康体であることね」

室長が補強した。

「場面場面に応じて、演出と演技のできるエンターテイナー性も欲しいね。大阪では、若い芸人に添乗員の資格を取らせ、寄席に来る観客の心理研究を兼ねて時々、日帰りバスに乗ってもらっている。旅行会社と芸能プロダクションのコラボといっていい」

「さすが大阪は進取の気性に富みます」

と、助川さんはレジュメにメモを入れた。

マリアさんは室長と同意見だった。

「客層に応じて、軽く冗談も言える人。たとえばよ、『お客さま、またどこかでお会いしたら、お声をかけてくださいね。でも、水なんか、かけちゃいやよ』とか。そして疲労回復のため、必要なら列車や団体バスのなかで平然と、しかも、静かに眠れる人」

「おいおい」

「スキルよ、スキル。添乗技術なの。肝心な時に活動できる英気を養うためよ。船を漕いだり、いびきをかいてはだめ。両眼をカッと開いたまま、おしとやかに眠るのよ」

次のが、助川さんの最後の質問になった。

「海外への団体の引率は、語学も大切なんでしょうね？」

板花さん、首を振って答えている。

「ほどほどでいいんです。ブロークンでいいんです。だって使う場面は、多くないですから。それより、お客さまは日本人です。きちんとした謙譲語と丁寧語が身についていること。また、観光バス、ホテル、航空会社、土産店の人と友好的に渡り合えて、時には強気に出て、バシッと仕切れる人」

「だからさぁ、わたしみたいにさぁ」

マリアさん、赤い舌を出したんだ。

「わたしのように優柔不断で、お上品な女には、向かないのよ。後悔してる」

「うそをつけ」

言ったのは室長だけど、全員が同意。

腕時計を見て、室長が宣言した。

「長い時間、ご苦労さまでした。では、これにて散会にしたいと思います」

マリアさんはテーブルを立つまえに、ハンドバッグから出した小さな鏡をのぞき、赤い棒口紅で唇をなぞり、パフで顔を叩いた。


その翌週の朝だった。マリアさんは先夜の座談会で徴収した会費を、そっくりぼくに返金してくれたんだ。

「実はね、すべて室長の奢りだったの。室長は去年、社内の懸賞論文で一等賞に選ばれて、社長の名前入りの賞状と金一封をもらっているの。その賞金が、手つかずに残っていたんだって。M社の花ちゃんには奢りのことは事前に伝えてあったけど、助川さんと越生くんには伏せて、当日、全員から集金したってわけ。花ちゃんには次に会う日に返金するわ。助川さん？　彼女ひとりだけは自己負担よ。お接待は禁止なんでね」

第六章　最初で最後の不倫旅行

一

十二月に入ったばかりで、寒いというほどでないけれど、十五階の窓にはいつもになく陰欝な雨が降っている。いま、西の空には丹沢高原も富士山の姿もなかった。

朝礼がはじまった。例の四つのテストをみんなで唱えるんだ。さあはじめるぞ。

一つ　真実かどうか
二つ　みんなに公平か
三つ　好意と信頼を深めるか
四つ　みんなのためになるかどうか

しかしさぁ、このお題目は、室長のオリジナルなんかじゃなかったんだ。あるところからの借用だったんだ。それをぼくにだけ暴露してくれたのはマリアさんだった。

勝ち誇ったように、彼女は言ったんだ。

「タネ本がちゃんとあるのよ。つまりは盗作。でもね、あなたとわたし二人っきりの秘密にしといたほうがいいと思うわ」

先々月の夜に、キャリア官僚の助川さんとの懇談会が終わったあと、マリアさんは助川さんと帰宅の電車が同じだった。すると助川さんは車内でマリアさんに、こんな話をそっと耳打ちしたんだって。

「阿部さんにだけ打ち明けますわ。カスタマー室でご厄介になった日に、四つのテストを拝見して、あれっ、これってどこかで見たことがある、ああそうだ、父の黒革の手帳だったわと思いあたったんです。それで帰宅後に父に訊いてみたら、『ロータリークラブ会員のモットーの転用だな』と。現役で働いていた時に父はロータリアンだったんです。『しかし住吉ってご仁は、うまく活用したもんだ』と、笑っていましたわ」

「それで、わたしさぁ」

と、マリアさんは得意げにぼくに言う。

「こっそり人事部に訊いたら、室長は大阪で支店長だったとき、ロータリークラブの会員だったのよ。でも、創作のつもりでいるご本人を傷つけるとかわいそうだから、越生くんさぁ、知らんぷりしておくことよ」

朝礼を終えた室長は、自分を待ち受けている書類の山の一枚一枚に眼をやり、至急を要するのと、あと回しできるのとに仕分けていた。そんな時だった。

「ルルルルル」静寂が破られた。マリアさんが取った。そして、

「室長、お電話です」

「誰から？」

「お友達とおっしゃっていますわ」

でも、その眼は、完全に笑っている。室長は首をひねり、受話器を耳にした。

「………なんや多胡か、どうした？」

『室長、たのむよ、助けてほしいんだ』

大声が、受話器から漏れている。

「いま、池袋にいるのか？　……わたし？　きょうは外出の予定はない。しかし、来るなら得意の特急に乗って、急いで来い」

『うん、飛行機ですっ飛んで行く』

室長は、電話を置いた。

三十分後に廊下に靴音が聞こえて、大あわてに多胡支店長が飛び込んできた。

みんながパソコンの手を休めたが、大森課長だけは眉をひそめている。

支店長は、いつものウンコ色のネクタイを締め、胸のポケットに赤いハンカチ。そしてキザな眼鏡をかけている。どれひとつとして人格にマッチしないしろものなんだ。

室長を見るなり、支店長は叫んだ。

「未曾有の大事件が勃発したんだよ」

でも、室長は苦笑している。

「おまえさんが一大事と騒ぐのに、ろくなものはない。まあ落ちつけ」

室長はソファーを多胡にすすめ、執務中の肘掛け椅子から立ち上がった。

向かい合うと、多胡は切り出した。

「おれはさ、支店経営のために年中無休、八面六臂《はちめんろっぴ》の大忙しだ。顔はニコニコ笑っても、毎日が命懸けだ。そのうちでも、今度の事件は支店始まって以来の一大事。おれが艦長の不沈空母の池袋丸が、完全沈没しそうな事件なんだ。ああ大変だ。徳丸議員のご愛顧を失えば池袋支店は壊滅だ。助けてくれ」

ぼくは自席で聞いていたけど、なんのことだかちんぷんかんぷんだった。多胡支店長はいつだってそうなんだ。多くをしゃべり、馬鹿をさらけ出す。黙っていりゃ、ちっとは賢くみえるのにさあ。

室長は、なおも苦笑している。

「御託はもういい。順を追って話せ」

みんなの視線が集まっているのに気づいた支店長は、前かがみの小声になった。

「ここではまずいんだ。すまないが別室を用意してくれないか。極秘の話なんだ」

「支店長、言っとくが、カスタマー室と関係のない問題の尻は持ち込まんでくれよ」

「茶化すな、おれは真剣なんだぜ」

気をきかしたぼくは、室長に言った。

「会議室は、一時間でいいでしょうか？」

「充分だ」これは、多胡が答えている。ぼくは社内イントラネットで予約した。

「よし、急ごう。越生もついて来い」と、室長。

「だめだよ。君と二人っきりで話したいんだ。極秘なんだからさぁ」

「証人無しで仕事の用件は聞けない。いやなら断る」

「チッ」多胡は舌を鳴らした。でも反論はせず、もう尻を浮かしている。

　会議室に入ったぼくと室長は、長テーブル越しに支店長と膝を突き合わせた。

「ここなら他人に聞かれる心配はない。安心して話せ」

「池袋支店の法人顧客のひとつに、都議会議員の徳丸先生の後援会というのがあるんだ」

「バスを何台もつらねて、温泉旅行なんかに行ってくれる、政治後援会やな？」

「うん。毎年の恒例行事だ」

「それを今回、しくじった？」

「いいや。団体旅行はもう七月に無事に終わっているさ」

「議員本人に、事故でも？」

「それもちがう。議員の娘の夫に、不倫旅行の疑惑が起こり、発覚しそうになっているんだ。その旅行がいま、進行中なんだ」

「疑惑の旅行が現在進行中やと？」

　多胡は椅子をきしませて、すこし前に出た。

「うん。娘の夫である志村さんは、徳丸議員の秘書で、近々に岳父の地盤をもらい、次の選挙に打って出ることが内定している」

「娘婿とは、つまり先生の養子か？」

「養子じゃない。ひとり娘を、泣く泣く嫁にやったんだ。先生に後継男子はいない。娘は志村氏に惚れた。で、先生は養子にと願ったが志村氏は拒絶した。そこで、姓の変わるのは残念だが、後継者になる条件で娘を志村氏に嫁がせたんだ。それで志村氏は、つとめていた会社をやめ、岳父の秘書になって修業中の身だ。それだのに、愛人同伴でいま、うちの社の九州二泊のツアーに参加中なんだ」

「ツアーは、おまえさんが斡旋した？」

「馬鹿な。おれが関与するもんか。うちの道玄坂支店に志村氏が、勝手に申し込んでいたんだ」

「道玄坂支店？　なぜ池袋じゃないのか」

「順を追って話す。黙って聞いてくれ。志村氏の奥さま、議員の娘だが、彼女に志村氏は同行者は男友達といつわり、出発している。それがいま、発覚寸前というわけなのよ」

「バレそうな情勢とは？」

「奥さまの話によると、夫たる志村氏は岳父の秘書だから、普段は携帯電話を所持している。だけど『最近になって故障した。緊急の時は旅の連れの友人にかけてくれ』と言い残し、その番号を彼女に告げて出たそうだ。ところが一泊が明けた昨日、奥さまが志村氏の残していった旅行代金の領収証を見たら、発行支店が道玄坂となっていた。なぜ、長年取引のある池袋支店でないのか。不審に思った彼女は、同行者と聞いていた夫の友人の携帯に電話をした。友人は渋々ながらも、志村氏からたのまれてインチキを受諾していたものだから『いま、志村と宮崎県の旅館に泊まっています。ですが彼はいま、大浴場に入浴中です。もどったら、自宅に電話するよう彼に伝えます』と、急場をとりつくろったんだ」

「それがなぜ、バレそうに？」

「その電話の最中に、脇から女の声の雑音が入ったと、奥さまは言っている。『志村のお友達の夫人の声じゃなかったかしら』と」

「つまり男友達は、宮崎でなく、東京の自宅で電話を受け、脇にいたその妻君の声が、議員の娘に聞こえたのやな？」

「さすがは住吉くん、ご明察だ」

「男同士の陰謀が、もろくも瓦解か？」

「まさにちょんバレ。議員の娘、つまり志村氏の奥さまは、周章狼狽。すぐに電話を切ったという次第さ」

「それで？」

　室長は、満面が興味津々みたいだった。

「真相究明のため、奥さまはけさ、道玄坂支店に電話で問い合わせたそうだ。志村某が二人連れで参加のはずだ。もしかして相手は女性でないか。そうなら、その名前は？と」

「道玄坂は、どう返答したんや？」

室長の声は、全身で完全に笑っている。

「個人情報うんぬんを楯《たて》に、断っている」

「正解やね。お客様第一主義。旅行代金を支払った志村氏こそ、保護の対象やからな」

支店長も、少し顔がなごんできた。

「この種の電話は時々あってさ、安易に応じてはいけないと、おれも、いつも店員を指導しているさ。ただし、きみも知るように、そっけなく拒否はしないさ。『志村さまへは、ご自宅へお電話なさるようお伝えいたします』。道玄坂は、そう切り抜けたんだ」

「まさに教科書どおり。逃げて正解」

「旅行目的が怪しげな客でも、客は客だ。客の利益は、守るのが会社の責務さ」

「奥さまは、それで?」

「ムカッときて、もう伝言はいらないわよと、電話を一方的にお切りになった。そこで次の手として奥さまは、おれに助太刀を求めてきたわけよ。『こうとなったら、わたし、あす、羽田空港に行き、旦那を出迎える。多胡さん、証人として、ごいっしょしてくださらないかしら』と」

「で、おまえさん、承諾したのか?」

「道義的責任からOKしたんだ。だって、おれの斡旋でなくても、うちの社主催のツアーだぜ。奥さまをそっけなくあしらった道玄坂の処置に、おれは負い目がある」

室長は、クスクス笑っている。

「奥さまは本気なのか?」

「本気も本気よ」多胡は妙に力説した。

「で、道連れの女性の素性は？　おまえさん、何かを知っているんだろう？」

「道玄坂の申込書には、妻洋子・五十歳と書かれていた。奥さまの本名だ。しかしおれはさきほど、九州の男性添乗員を携帯でつかまえて訊いたが、連れの女性は、三十歳くらいだろうと証言している」

「二人の様子は？」

「観光中にじゃれ合ったり腕を組んだりのルンルン気分だそうだ。しかし、ベテラン添乗員の眼は欺けない。記念のスナップ写真一枚撮るでなし、名所で写真屋が撮影する団体写真にも、決して入らない。バス車中でも二人は腕を組んだり、女から手を握ったりで、『普通の関係じゃないですね』と、添乗員は言っているさ」

「奥さまの父である議員先生に、彼女は、何も報告しないでいるのか？」

「疑惑の段階だから、奥さまは実父にまだ伝えていないそうだ。ある意味、気の強い女なのよ」

　室長は、両手の指を組み、テーブルの上に置いた。

「それであんた、明日、のこのこと羽田空港へ同行するつもりか？」

　多胡は、顔を紅潮させて答えた。

「おれにしちゃ、もっとも大切なのは志村氏でもなければ奥さまでもない。徳丸先生こそ重要顧客だぜ。だから、奥さまとの約束を終えると、すぐさまおれは、徳丸先生に一報したさ。先生はそのとき、事務所に不在だったが、互いの携帯電話番号は交換している。すぐにつかまえたさ」

「君の一報で、先生は志村氏の疑惑をお知りになったんやな。で、反応は？」

「先生は、驚かれていたさ」

「娘婿の背信行為だ。大激怒だろう？」

「ところがさぁ」

多胡支店長は、白い歯を見せて、にんまり笑っている。

「なんで笑う？」

「驚きはされたが、どうも声の様子が妙でさ。背徳への激怒というより、むしろ当惑というか、まずいことになったな、というニュアンスだったんだ。困惑ではあるが、この一件をどう切り抜けるべきか、頭を悩ませておられるみたいだった。だって、悪質な週刊誌にでも嗅ぎつけられてみろ、政治家は致命傷を負うじゃないか」

「ならば、女婿《じょせい》の不倫を黙認する？」

「おれにはそこまではわからない。言えるのは、先生は娘からでなく、わたしの通報で事件をお知りになったみたいなんだ。それであるのに憤慨らしき反応がない。奇妙だよ」

右手で支店長は、頭をガリガリ掻いた。

「おれが思うに、やはり先生は、怒りよりも身内のスキャンダルが世間に知られるのがこわいんだよ。おれは、ほかの議員とも交際があるが、いずれの先生も、頭の中は、選挙一色だからさぁ」

「かもな。ところで、肝心の、あんたの相談というのはなんなの？　何をたのみに来たのや？」

「すっかり忘れていた。もう時間がないいんだ。室長、すまないがこれから、わたしと共に先生の事務所へ行ってもらえまいか。徳丸先生はさ、『志村と娘への善後策を、君と協議したい』と、このわたしにおっしゃっているんだ」

多胡のやつ、両手をすり合わせ、拝むように頭を垂れている。

「馬鹿な、わたしが行ってどうなる?」

室長は、腕を組み、そっくり返るように支店長をにらみつけたんだ。

「君も協議の輪にいてくれたら、きっといい知恵も浮かぶ。なあ、このとおりだ」

支店長のやつ、見苦しさも忘れて三拝九拝し続けるのだった。

天井をじっと見ていた室長は、ややあってうなずき、二本の指をパチンと鳴らした。

多胡は、おおげさに半身を折った。

「やっぱし、持つべきものは友達だ」

「でもわたしは」室長は言った。

「わたしは、夕刻は部課長会議がある。三時には社に帰っていないとまずい。先生の事務所というのは池袋駅から近いのか?」

「うん。池袋から東武の普通電車で四駅。十分足らずだ。下車してタクシーを奮発するから合計二十分。新宿を起点にしても全部で四十分あれば大丈夫。事務所滞在が一時間と見積もっても、二時には新宿に帰れるさ」

支店長は、そう答えた——。

こんな次第でぼくら三人は、階下のカスタマー室に一旦もどり、大森課長に行先を告げるとエレベーターへと急いだ。

二

池袋で乗り換えた電車はすいていたんで、ロングシートに三人は並んだ。始発駅だし、発車まえから支店長はしゃべり出した。

「室長、何かいい知恵は浮かんだかい？」

「まだ何も。なにしろ、あんたの話だけでは全体の構図がよくわからん。先生に会ってからじっくり考えるよ」

車掌の放送があってゆるゆる発車した。

室長の視線は、目前の車窓に流れる風景にぼんやり向けられている。

電車は各駅に停まる。数人が降り、同じ人数の客が乗り込む。下板橋駅ではドアが開くと、赤旗を持った駅員がホームから車内に入り、下車する車椅子の女性を手伝った。電車はしばらく停止した。すると今度は、赤旗男はホームに待機中の、車椅子の老人が乗車するのをサポートするのだった。乗客は、黙って作業をながめている。終えると駅務員は、ホームに出たが、赤旗を巻き納めると、棒状になったのを最後尾の車輌に向かって大きく振った。多胡支店長は言った。

「ああやってさ、窓から首を出して見守ってる車掌に、発車ＯＫのサインを送っているんだよ。鉄道員も大変だよな」

ドアが閉じ、電車が動きはじめると室長は言った。

「ところでな、支店長、問題の秘書男について、もう少しくわしく教えてくれ」

多胡は、横を見た。

「性格をかい。それとも素行――」

「いや、家族関係や。二人は、どんな経緯で結ばれたの。初婚同士だったのか？」

周囲に乗客はいない。それでも、多胡は声を小さくして答えた。

「彼女は初婚だが、秘書は再婚だ。最初の奥さんは女の子を産んで二、三年後に病気で死んでいる。秘書は実母、女児にとっての祖母、の協力を得て、男手ひとつで娘を立派に成長させた。するうち彼はひょんなことで先生の娘に惚れられ、嫁にもらったんだ。先生は養子を望んだが、うまくいかず、先生の後釜になる条件だけは承知した。このことはカスタマー室でも話したね」

「娘は、よっぽど男にご執心やったんやな」

「うん。結婚後はめでたく男子が誕生している。現在は大学生だ。爺さん、つまり先生にとっちゃ、将来にわたる磐石の後継者が見こめるって寸法さ」

「先妻の生んだ女の子は？」

「長男よか年長だから、二十六、七かな。専門学校を出て、いまは看護師をやっている。母親が若くして死んだから、命を救う職業を選んだのだろうさ」

「感心な娘やな。秘書夫婦とは同居か？」

「住まいのことかい。むろん別居だよ。やっぱし継母との同居はとかく問題がある。いまはたしか、病院の寮に住んでいるそうだ」

「都内のか？」

「くわしくは知らないが、そのようだ」

「先生と秘書の関係は、うまくいっているのか？」

「秘書は、やり手の営業マン上がりだ。先生はその力量を買っていらっしゃる。おれに愚痴や不満をお漏らしになったことは一度もない。男同士の信頼関係は強固と思う」

「では秘書はなぜ、堂々と女を連れて旅行に行けたと思う。ふつうに考えて、発覚したら、破門は確実だろうが？」

「先生の考えはさ、あっちのほうは別なんじゃないかな。先生だって……」

多胡は、鼻で笑った。

「先生だってとは、どういうことや。あんた具体的に知っているのか？」

「あくまで先生の自腹だけど、新橋や銀座のクラブに時々出入りなさっている。おれもお相伴にあずかったことがあるさ」

「銀座なんて、高くつくやろう？」

「値段のことは知らない。おごってくださるんだから。いくらこっちが後援会の団体旅行をもらっていても、収益はしれている。先生を接待するなんて、どだい無理だよ」

「わかるよ。で、先生の遊びぶりは？」

「品行方正さ。越えてならない一線は守っていらっしゃると思う。昔のことは知らないが現在はもういい爺さんだ。アレだって、もういうことをきかないんじゃないかな」

多胡は、笑って顎をなでている。室長は、同調せずに言った。

「今回の事件は、先生にとってきわめて不愉快なはずや。なのにあんたの感触では激高でもないみたいや。その辺がようわからん」

「けさも君に話したが、後継者の不祥事が世間に出てマスコミが騒ぐのを事前に防ぐのが先決だろう。お仕置きはそのあとさ。女性がらみのスキャンダルは女性票を失うから」

支店長のやつ、大学を首席卒業の時にもらったという自慢の金鎖付き銀時計を、ポケットから出してちゃらちゃらもて遊んでいる。

しかしさ、徳丸議員とか志村氏とか洋子さんなど、人物を特定する言葉なんかを出さずに話しているのはさすがは管理職同士だった。狭い車内だし、そのうえ、電車は議員の選挙区付近を走行してんだからさぁ。

支店長は小声で言った。

「とにかく急いで来いと、お沙汰があったからには行かざるを得ない。秘書の旅行にわたしは関与していない。だけれども、関急はまったく知らぬ存ぜぬでは、義理が立たないじゃないか」

「うまく加勢できたらあんたは高く評価され、池袋支店は、磐石の安泰ってことやな」

「そう願いたいもんだね」

多胡は時計を見て、ポケットに仕舞った。

電車は徐々に減速し、目的の中板橋駅が近くなってきた。

三

駅には、タクシーが客待ちをしていた。

「ちょうどいい。これで急ごう」

行く先を支店長が告げ、室長と後部座席に入った。ぼくはやっぱし運転手の横だ。

北へ走るとまもなく石神井川《しゃくじい》が見え、橋で渡って東北へ進む。幅の広い現在の中山道を青信号で北に出た。車はここで徐行すると、百メートルほど進み左折した。商店街が現われた。ぼくになじみのない、昔の歌謡曲が流れている。買物客が大勢で歩いている。

「この辺ですかい？」

答えを待たず、タクシーは停まった。

「ご苦労さま」

多胡は後ろから手を伸べて、メーターどおりに支払った。領収書はきっちりもらった。

タクシーから出て、室長は言う。

「えろう活気があるな」

「駅から少し遠いが、江戸時代から続く人気の商店街だよ」

支店の営業エリアを多胡は自慢するのだ。

先生の事務所は、緑のテントを軒から垂れ、議員の名を書いていた。街の不動産屋ほどの店構えだ。

ドアを支店長が開けた。とっつきに腰高のカウンターがある。その向こうに初老の男性が机にいた。多胡を見るなり立ち上がった。

「おう、多胡くん、待ちかねたぞ」

野太い声が、飛んできた。

「先生、すみません、おそくなりました」

議員は、七十過ぎだろう。背は高く、下ぶくれの油ぎった顔が、いかつい肩に乗っかっている。

徳丸先生は室長とぼくの名刺を見比べた。

「おおぜいで来てくれて、ありがとう」

と、握手を求めた。ぼくの手も握ってくれたけど、握り返せないほど強かったさ。

「先生」支店長が言った。

「いつものお留守番の女性は？」

「都庁へ使いに出した。女はおしゃべりで困るからな。都庁には職員用の安い食堂がある。二時間は帰ってこんだろう」

先生は机の脇の、応接用ソファーにぼくらをすわらせてから腰をおろし、背広を整えてお辞儀した。

「私用に呼びつけてすまなかった」

支店長は狼狽した。

「先生、何をおっしゃいます。非力ながらお役にたてればと、よろこんでまいりました」

「だが多胡くん、今回は君にとくに礼を言わにゃならん。もしもだよ、もしも君が娘の挙動不審を急報してくれなんだら、取り返しのつかない事態に発展していただろう。まことに感謝に堪えない次第だ」

多胡は、繰り返し手を左右に振った。

「しかし実を言うとな、多胡くん」

先生は、両の手のひらを組み合わせた。

「わたしはな、秘書の志村が、女を連れて九州に行っておるのを、とうから知っておったのだよ」

「えっ、まさか。そんな！」

多胡のやつ、ぽかんと口を開け、まぬけづらになっている。

「知っておるどころじゃない。黙認さえしてやったのだよ」

「？」室長も首をかしげ、腕を組んだ。

「話せば長くなるが……」

徳丸先生はテーブルの上の煙草ケースに手を伸べて、室長に言った。

「多胡くんは禁煙中だが、あなたは？」

「根っからの不調法です」

「そうかね。では、わたしは中毒同然なんで、許してもらうよ」

議員は一本を抜き、唇にはさんだ。多胡はすばやくポケットからライターを出して火をつけ、議員の口先へ差し出した。先生はうまそうに一服つけて、灰皿に置いた。

「志村の不貞旅行は、常識ではまったくもってけしからん行為だ。だが聞いてくれ。志村はもと女遊びなどしない仕事一筋の男だった。それだのに、夜の世界へ誘い込んだのは何を隠そうこのわたしなんだ」

「まさか、そんな！」

多胡は、また素頓狂な声をあげた。

「信じられません。先生は女性関係が清潔でいらっしゃり、婦人層の支持票もがっちり固めていらっしゃいますのに……」

「いやいや、多胡くん」

と、灰皿に手を伸ばしてもう一服つけた。

「君は昔のわたしを知らないだけだ。昔は時代もおおらかだった。が、いまはちがう。とは申せ、政治家はやはり女性の研究は欠かせない。そこでわたしは、秘書に据えたばかりの志村に、堅物いっぽうではいかんと考え、わたしの多少の遊び心もあったが時々は志村をクラブなどへ連れ出しておったのだよ」

もうひと息を喫った先生は、灰皿の水に揉み消した。

「ところがだ、たびかさなるうち志村は、ある女性と親しくなりおった。むろん水商売の女だ。一時的なものなら眼はつむってやっていい。深入りをせんのが女遊びの鉄則だからな。相手の女、いやその女性は、当然ながら志村を客のひとりと割り切って冷静な心でつき合いを続けていた。ところがだ、きみ」

先生は、尻を前へずらせた。

「いまの時代は、議員本人だけでなく秘書にまで週刊誌の諸君が道徳方面を嗅ぎ回るようになっている。女性有権者の眼もその影響で厳しくなっている。仕事に有能なだけでは政治家はもたなくなってきた。一流新聞でさえこの問題に寛容でなくなり、当今は得体の知れない雑誌ゴロもネタを求めてわれわれの周辺を徘徊しておる。暗に金銭を要求する手合いも増えた。拒絶でもしてごらん、ゴロ記者は針小棒大に書きたてる。油断もすきもあったもんじゃない」

議員は、灰皿に消したはずの煙草から煙が昇ったので、再び揉み消した
「だからわたしは、志村に、もう女とはきっぱり切れろと、申し渡したんだよ」

「それで、志村さんは？」

と、支店長も、身を前に寄せた。

「やつは素直に承知した。反省の弁も述べた。最近は、妻の洋子にも不審の眼で見られていることも白状しおったわ」

「ですのに、今回のお忍び旅行は？」

訊いたのは室長だった。議員はその顔へうなずきながら言った。

「志村は言いおった。『きちんと清算します。ですが、たったひとつ、彼女と口約束をしながら果たせないでいることがあります。それが実現してから、別れます』とな」

「九州旅行が、それだったんですね。どこまでも先生は人情派でいらっしゃいます」

多胡のやつ、みえすいたおべんちゃらを言った。いつもの手なんだけどさ。

「先生」室長が顔を上げた。

「しかし先生、万が一にも二人が、東京に帰らず、最悪の結末に終わる懸念は、ありませんか?」

「心中のことを、お考えなのかね?」

「まさかとは思いますが」

先生は、ちょっと笑ったさ。

「志村は女に好意はあっても、女は割り切っての交際だ。志村だって、家族を捨てるほどの馬鹿とは思えん。心配はご無用だ」

「もうひとつ」室長は指を立てた。

「もう一点お聞きします。ツアーに疑念を抱かれたお嬢さまは、先生には、いかようにおっしゃっているんでしょう?」

議員の顔が、引き締まった。

「洋子は何も言ってこんのだ。さっきも言ったとおり、わたしは多胡くんに教えられてようやく事態の急変を知ったわけだ」

「なぜお嬢さまは、沈黙なさっているとお考えです?」と、室長。

「あいつはわたしなど信用しとらんのだよ」

先生はきっぱりと言った。でも、眼は笑っている。

「よくわかりませんが……」

「住吉さん、洋子は幼い時からわたしの行状をよく知っておる。昔はカミさんをコレでさんざん泣かせたものだからな」

徳丸議員は、小指を立ててみせた。

「多胡くんによると洋子は、明日、多胡くんを伴って二人で羽田空港に行くつもりでいる。その計画をもし洋子が、父親たるわたしに告げでもしたら、わたしが策を弄して志村を隠すにちがいないと確信しているのだ。母親に似て、気丈な女なのだよ」

「それじゃ先生は」室長は唇を舐めた。

「先生は、志村さんと同伴女性の旅を無事に遂げさせ、なおかつ、お嬢さまへの発覚を未然に防ぎ、丸くおさめたいと？」

「うん、そうだ。洋子には、杞憂だったと安堵のうちに終わらせたいと思っておる」

「失礼ですが、先生」

聞くだけだった支店長が言った。

「先生は、具体策をどうお考えです？」

「どうとは？」

「戦術と申しますか、打開の方法です」

「うむ。戦術ねぇ」

厚い唇が、真一文字に閉じた。十秒ほどだろうけど、沈黙は長く感じられたね。

「たとえばだな」先生は身を乗り出した。

「まず、女を九州の空港に足止めにする。そして志村だけを、帰路便に乗せる。これを最初に考えた」

「しかし先生」多胡は、叫ぶように言った。

「もし志村さんひとりが羽田空港に現われては、まずいでしょう。洋子さまの疑いは、さらに深まりはしませんか？」

「ツアーには単独参加だったと主張させてはどうだろう？」

「無理です。洋子さまは二人分の旅行代金の領収証を握っていらっしゃいます」

「急遽ひとりで行ったと強弁させては？」

　支店長は、先生を両手で押さえた。

「だめです。早晩バレます。洋子さまが弊社へ、ひとり分の返金を請求なさった時に発覚しますから」

「だったら明朝、わたしが急病をよそおい、医者から『お嬢さま大変です、すぐ病院へお越しください』と、言わせたらどうかね。かかりつけの医者だ。診断書など、どうにでも書いてくれる」

「いっ時はしのげても、疑いが晴れることは期待できません」支店長は強く否定した。

　先生は腕を組んだ。眉間が、渋面をつくってヒクヒク動いている。

「君、冗談だよ冗談。苦しまぎれの戯言《ざれごと》を言ったまでだ」そして、腕をほどくと、

「君ら二人を呼んだのは、わたしにいい知恵が浮かばんからだ。まず支店長、君の考えを聞かせてくれ。手立てはあるかね？」

多胡のやつ、内ポケットをさぐって折りたたんだ紙片を取り出し、手元に開いた。

「九州に行かれるとき、志村さんは洋子さまに、同行者は男友達だと告げられたそうです。お名前はたしか……」

多胡は眼鏡をはずして、紙片を見た。

「そう、赤塚さんです。大学の同窓だそうですが、彼にもう一度、協力を求めてはいかがでしょうか？」

「多胡くん、そりゃ無理だろう。赤塚くんはダミーだったはずだ。洋子が同行者に疑念を抱き、赤塚くんの携帯に電話した。すると不運にも、彼の妻君の声が漏れ聞こえた。そうだったろうが……」

「しかし洋子さまは、狼狽して電話をお切りになっています。ですから、あとで、どうとでも誤魔化せます」

「じゃあなにか、君は赤塚の妻君の声は錯覚だったと突っぱねろと言うのかね。赤塚からもう一度洋子に電話をさせ、たしかにいま、志村と共に旅行中だと、偽証させろと言うのかね？」

「とんでもありません」

支店長は、議員を押し返した。

「そんな小細工じゃありません。ここはひとつ、赤塚さんに、おくればせながら九州に飛んでもらうんです。そしてツアーに合流してもらい、二人そろって羽田空港に帰ってきてもらうんです」

先生は、目くじらを立てたさ。

「馬鹿な。何を言う。そんなの不可能じゃよ。現に赤塚は、東京都内か、その周辺の会社に勤務中だろうが……」

まったくもって多胡は、とっぴょうしもないことを口走っている。気でも狂ったか、それとも、脳味噌が少々足りないのかね。ところが、彼は紙片のメモを、嬉々とした顔で読み上げたんだ。

「宮崎行き全日空××便。これは羽田発が十七時です。日航なら三十分後にも、フライトはあります。いずれも、今夕の便です」

そう言って、近眼の奥を光らせた。

「なんだと。これから赤塚を宮崎に行かせようと言うのか?」

「もしも彼に今夜、支障があるなら、明朝であっても間に合います」

先生の眼が、光った。

「そうか、宮崎空港で明日、女と赤塚を入れ替えるんだな?」

「べつに入れ替えなくてもいいんです」

多胡のやつ、得意満面だったね。悪知恵だけは誰よりも働く野郎だ。

「予定の帰路便に女性が乗ってもいいのです。三人は共に羽田に着きます。到着ロビーには、洋子さまとわたしが出迎えます。そこへ志村氏と赤塚さんが共に現われます。疑いは晴れ、しばしの談笑。疑惑の女性は降機後に、トイレに入り、時間をつぶします。そして時間をずらして出てきます。それでも万が一を考え、彼女には、帽子とサングラスを着用させておきます。それらは、宮崎空港の売店で手に入ります。いかがでしょう？」

議員の両眼は、支店長にも増して、輝きが強くなっていた。

「多胡くん、見事だ。伊達に支店長はやっておらん。すぐその線で進めよう」

この案に何か瑕疵はないかねと、先生は住吉室長の顔をうかがった。

「ご友人の快諾を期待します」

と、いちおうは賛成したが、

「ですが先生、赤塚さんの勤務先をご存じでしょうね？」

「うーん」先生は絶句した。が、しばらくして、ポンと手を打った。

「わかると思う。卒業者名簿だ。何かの用にと、二人が卒業したW大学経済学部の卒業者名簿の最新版を購入している。この奥のわたしの執務室の書棚にあるはずだ。確認してこよう」

先生は靴音を鳴らして奥の執務室のドアを開け、中へ消えた。

ドアはすぐに開き、満面笑みの顔がもどってきた。

「あったぞ。赤塚の会社も載っている。急いで交渉しよう。ちょっと待っていてくれ」

油ぎった顔が再び隠れて、ドアも閉じた。

四

議員はドアの上半分が透明ガラスの執務室に消えて行き、ただちにデスクの黒皮椅子にすわった。手が、受話器をつかむのがガラスごしに見える。声もわずかだが聞こえた。時に声はやんだ。相手が一方的にしゃべっているみたいだ。その空白の時間は、議員の声よりも強い印象をこちらに与えている。

十分が過ぎた。議員は帰ってきた。しかし顔を悄然とさせている。力なくソファーにかけると、苦虫を噛みつぶしたように言った。

「拒絶しおったよ、赤塚くんは」

「なぜです?」と、支店長。

「やつが言うに、志村の依頼を気軽に承諾したが、いまは後悔している。志村とは家族ぐるみの仲だが、よく考えてみると、志村の妻君も自分の友人である。ここに至って大芝居を打ち、彼女を二回も裏切ることは、とてもじゃないが無理だ、と」

先生の眼の下には窪みができ、唇のまわりにはたるみのようなものがあったさ。

「けんもほろろですね」

支店長は、眼をぱちくりさせている。

「いやだと言うのを、無理強いはできん」

気を静めて先生はつぶやいた。そして「住吉さん」と、顔を上げて言った。

「旗色が悪くなったが、ほかに何か妙案はありませんかね。ダイナマイト級の特効薬はないものかね？」

室長は、組んでいた拳を解いて無言だったが、やがて決心したように言ったんだ。

「少々ヤバイ方法ですが、あります」

「なに、少々ヤバイ方法ですと！」

先生は眼を剥いた。

「どうするんだ？」語気は強かったね。

「お嬢さんに、お時間をいただくんです」

「なに、娘にだと？」

「はい。娘さんにご協力ねがい、ちょっとしたトリックを仕掛けます」

室長は、いたずらっぽく含み笑いをした。

「トリック？　さっきヤバイ話と言ったが、わたしにだけこっそり教えてくれんか」

室長はうなずき、立ち上がって先生の横へ回りこみ、しゃがむと、唇を両手でラッパ型に囲んで先生の耳へ吹き入れた。

「お嬢さんを…………」

声は漏れたが、密着させているから、よくわからなかった。

「ははーん、なるほど、娘をな。ふふふ、娘をか……。そんな手があるのか」

「ただし、ご本人の承諾が必要です」

と言い、先生から離れて室長は席にもどってきた。先生は、眉根に皺を寄せて言った。

「しかし住吉さん、その方法は、法律に触れる心配はないだろうね？」

「たぶん大丈夫でしょう」

「たぶんじゃ困る。まさか手が後ろに回って逮捕される危険はないだろうね？」

「おそらくは」

「おそらくでもいかんのだ。法に触れないと明言できんのかね？」

「決して、法律は犯しません」

「そうかね……それで安心した」

議員の顔にうっすら笑みが浮かんだ。

「君には十分な勝算があるようだが、一か八かの心配もあるな」

「すべては、お嬢さんの決意次第です」

「よしわかった、わしは腹を決めた。住吉さん、あんたの考えに賭けてみよう」

室長は、唇をきゅっと結んでうなずいた。先生はテーブル越しに室長の手を求め、力強く握手したさ。しばらく間をおいた室長は、その先を説明しようとした。

が、そのとき、電光石火、先生のするどい眼が、室長からぼくに移ったんだ。

「君、越生くんと言ったね。君は労働組合に加入しておるのかね？」

突然だったし、どぎまぎして黙っていた。

「越生くん、わたしは、君が関急の労組の組合員かどうかを質問しておるんだ」

「えっ、は、はい」

「ならば、すまないが、この場をしばらく遠慮してもらえんかね」

「？」室長も、先生を見たんだ。

徳丸議員は、ぼくにきっぱりと言ったさ。

「わたしは保守党の議員だ。だからはっきり言って、社会主義とか労働組合とかに軸足をおいている人間は苦手、いや、正直言って、信用しとらんのだよ」

多胡が「クスッ」と笑いやがった。徳丸先生は、ぼくに眼を据えたまま、告げた。

「この商店街を西へ五分ほど歩くと、茶房若木という喫茶店がある。若木はマスターの名前だ。そこにわたしはコーヒー券の綴りを置いている。その券でジュースでも紅茶でも飲める。腹がすくならサンドイッチを注文してもいい。伝票にサインすれば金はいらん。もしマスターが不審がれば、徳丸はいま事務所にいる、電話で確認してくれと言えばいい。すまないが、時間をつぶしていてくれ。こっちの相談が終われば、すぐ電話する」

こうしてぺいぺいのぼくは、不当にも完膚なきまで無視されちまったんだ。

三十分が過ぎたころ、おいしくもないハムサンドをぼくがかじっていたら、レジ付近で電話が鳴った。若木マスターはぼくのところへ走ってきた。

「徳丸先生の伝言です。もう事務所にお帰りください」

彼は、ぼくにサインをさせ、伝票を握ってレジへもどった。

駆け足で帰ると、謀議がととのったらしく、三人は談笑中だった。

徳丸議員は、ぼくを見るなり言った。

「これにて解散だ。ご両人には、くれぐれもよく持ち場を分担して、よろしくおねがいするぞ」

彼はソファーから腰を上げた。

帰りの電車の中で、多胡は楽しげに室長に言った。

「徳丸先生が選挙民でもない君に、みずから握手を二度も求めたのは、めったにないことだよ。恩に着る」

両手をすり合わせて多胡は、室長をおがんだ。

五

あくる日になった。その夕刻のことだ。

羽田空港は旅行客と出迎えの人々でごったがえしていた。ぼくと室長は、到着ロビーにいたけれど、出迎えの集団から少し距離をおく後方に立っていたんだ。

「見ろ、あそこに支店長も来ている」

室長は、背広の背中を見せている前方の男を指差した。

「あいつ、猫背やし、すぐわかるな」

多胡は、英国製が自慢の背広を着、例の大学首席卒業の銀時計を手にぶらさげている。彼の横には洋装の婦人が寄り添っていた。彼女も後ろ姿だけだけれど、髪型から若くはないと思えた。

「やっぱし、先生のお嬢さんの洋子さんでしょうか?」

「たぶんな」室長は小声で答えた。

「それよか越生」彼は続けた。「もし支店長が振り返っても、こっちは知らんぷりしてろよ」

前方の上方に電光掲示板がある。到着便の予告と遅延見込み、既着などの報告が次々と入れ替わって点灯している。掲示板の変化を見てぼくは小声で言った。

「宮崎からのは十五分の遅れですね」

同時に空港構内のアナウンスも、宮崎からの便が十五分遅れると告げた。

室長は、腕時計を気にしていた。

すでに到着した便の客たちが、途切れなくロビーに吐き出されてくる。

周囲を見回して、ぼくは訊いた。

「徳丸先生はいらしてないんですか?」

「洋子さんと顔が合うとまずいから、事務所で待機しておられる」

電光板に《宮崎便到着》の文字がようやく出た。

「よっしゃ。もう十分か十五分もたてば出てくるぞ」

出迎えの人たちが、前方に寄って行く。室長は両手を腰に当てて深呼吸した。

長い十五分が過ぎた。

透明ガラス壁面の向こうで、小旗を掲げた男性添乗員が、ロビーへ出ようとする客と別れのあいさつを交わしている。握手を求めるお客もあった。

「関急の添乗員です」

旗印を見て、ぼくは言った。いよいよだ。

しかし添乗員は、なかなか出てこない。出口の向こう側に立ったままだった。

「なんで彼は出てこないんでしょう?」

ぼくは、そうつぶやいた。

「君、知らんのか」

室長は眉をひそめた。恥ずかしながらぼくはまだ、添乗員の経験がなかったのだ。

「到着便に客が預託した大きな荷物は、ぐるぐる回るターンテーブルから出てくる。たまに取り違える客がいる。添乗員は自分の客に被害者がいないかどうか、客ごとに確認をする。だから、添乗員は最後に出てくる」

「すみません。勉強不足です」

「わかればよろしい」

しばらくして、ツアーバッジを胸に付けた一組の男女が、先行の一群より遅れて姿を見せた。添乗員は最後の客であろうその二人に挨拶したが、二人より先にロビーに出て、足早に空港バス乗場の方角へ走り去った。

ぼくはあとで知ったんだけど、添乗員が逃げるがごとく消えたのは、洋子さんが彼を引き留めて、言葉を交わすのを避けようと仕組んだ室長考案の計略だったんだ。

その最後の男女客がついにロビーへ出た。

男性はコマ付きのトランクを引いている。白い上下の華やかなスーツの女性は、小さなバッグを手にして、ふちの広い帽子をかぶっていた。

洋子さんが前へ駆け寄った。そして女性の顔半分を見て、あっと叫んだ。

「まあ、美禰さん。あなた、あなただったの！」

驚く声は、こちらにも届いている。

ややあって洋子さんは、夫をにらんだ。

「あなた、それならそうと、はじめから正直におっしゃればよかったのよ。わたし、どんなにやきもきしたか知れないわ」

「悪かった。すまない」

帽子の女性は、洋子さんに頭を下げた。

「お義母《かあ》さま、ご免なさい」

志村氏は妻に言った。

「実は、君に素直に言い出しづらかったんだ。それで赤塚をダシに……」

「いやだわ。いくらなさぬ仲でも、美禰さんは、わたしの娘に変わりないのに」

美禰と呼ばれた女性も、微笑を返した。

「お義母さま、わたしがいけなかったんです」

ぼくはようやく知った。きのう、議員事務所で室長が『お嬢さまを利用しましょう』と提言したのは、洋子さんでなく、志村氏の娘のことだったのだ。先生はそれを『洋子のことか？』と勘違いしたが、室長はただちに先生の耳にそっと訂正していたのだ。

蚊帳のそとだったのは結局、労働組合員のぼくひとりだったってわけだ。

ロビーでは、三人のにぎやかな立ち話が続いている。志村氏はトランクを開いて妻への土産品を披露している。ちらりとトランクの中が見えたが、若い女性向きのジャケットも入っていた。

おそらく娘の美禰さんは、さっきの到着便（宮崎へ折り返す）の降機ゲートに駆けつけ、持参したジャケットを父に託し、父はそれを、ターンテーブルから引き取った旅のトランクに詰め入れたのだろう。

多胡は三人の横で揉み手をして、お追従をべらべら述べている。室長は、小声で言った。

「あいつ、いつまでやっとるんや。ええかげんにせい」

聞こえたのか、多胡がこっちを見た。そして、万事解決と、片目をつむってみせた。

「よっしゃＯＫやな」

背広の内ポケットをさぐった室長は、スマホを出した。

「ここではまずい。あっちへ行って先生に報告してこよう」

室長は、ぼくを置き去りにすると、遠くの柱の陰へ消えて行った。

志村氏父娘《おやこ》と洋子さんの姿がタクシー乗り場へ去ったころ、真っ黒なサングラスの女性が、小さな旅行かばんを下げてロビーへそっと出た。そしてあたりをうかがい、志村氏らと反対方向のバス乗り場へ向かって悠然と去って行くのだった。

六

帰りみちに、ぼくと室長は浜松町までモノレールに乗った。相変わらず座席は満員だった。それで、どうしたかというと、ぼくらは出入口の窓に立って外を見ていた。風があるのか、多摩川の河口は三角波が騒いでいる。

ぼくはここに至っても、心にひっかかる疑問があった。室長に思いきって訊いてみた。

「女性二人の入れ替わりは、どうやって実現できたのですか？」

「こら、大きな声を出すな」

室長は、あたりをうかがいながら、

「決して法律には触れていないよ」

議員への説明と同じだった。

「君は池袋支店で、国内航空券を売った経験があるよな？」

「わずか一年足らずでしたけれど」

「だったら、自分で考えてみろ」

しばらく考えたが、結局、降参した。

室長は、ぼくに身体を寄せて言った。

「志村氏の到着便は、直後に宮崎へ折り返す。そこで美禰さんに昨夜、その宮崎便を予約させ、宮崎からの便が到着するころ、美禰さんを搭乗ゲートに待機させた。やがて飛行機は着陸し、地上を移動して、乗降ブリッジに接続する。ブリッジを伝って乗客たちが出てくる。美禰さんはそこに父親と連れの女を発見する。そこで美禰さんは急用ができたと申し出てその場で予約の航空券をキャンセルする。一方、志村氏は出発の宮崎空港において、女から預かっていた雑多な小物を女に返却しておく。羽田に降りた志村氏は、娘の美禰さんを伴い、宮崎で預託のトランクをターンテーブルから引き取って、娘が持参した旅の支度一式をトランクに詰める。あとは両人がお手手つないで到着ロビーに出るだけや。二人が、ツアー一行の誰よりも遅れて出てきたのは、一連の偽装工作のためや」

「でも、きのうの時点で、折り返し便が万が一、満席だったら？」

「オープンチケットを買うという、次の手があるやろう」

オープンチケット。それは、区間は決まっていても予約のない航空券のことなんだ。満席であってもこの券を買い、とりあえず搭乗口で待機する。もし予約客がチェックインの締切時刻に現われない場合、予約は自動的に取り消され、権利は待機の人に移る。そういう決まりがあるんだ。なので、搭乗口へは、行くことができる。しかし――。

「でも室長、到着便のゲートから出迎えロビーへの途中に、関門はないのですか。つまり、乗るつもりをよそおい、実際は搭乗しなかった人が、到着客にまじって出迎えロビーへ出てくる事は、可能なんですか。でないと、犯罪者に悪用されちゃうかもしれません。地方空港ならいざ知らず、羽田は警備が厳重と思いますが」

一瞬、室長は眼をギョッとさせた。が、

「万事の手配は多胡が行なった。背後には有力な議員がいる。必要な工作は先生の政治力がものをいうさ。つまらん想像はよせ」

室長は、そっぽを向いてしまった。

窓の外は相変わらず三角波が立っている。ぼくは、質問を変えた。

「トリックは室長の発案でした。どうやって思いついたんです?」

「昨日、先生を訪問するのに東武電車に乗ったね。よく思い出してみろ。途中駅で車椅子の人が降り、同時に別の車椅子が車内に入っただろう。とっさに思いついたさ」

室長は、誇らしげに答えた。しかし、ぼくはちょっぴりいじわるな質問を投げてみたんだ。

「今度の事件で室長は、日ごろの信条を破ってはいませんか。いかがです?」

「ん?」

ぼくは、直立不動になって、

「一つ、真実かどうか」と唱え、「室長はこの第一項に違反なさっていませんか?」

しばらく彼は瞑想したが、笑い返した。

「わたしは違反していない。知恵は与えたが、志村氏の娘を実際に動員した張本人は多胡支店長で、総監督は議員先生だよ」

それにつけても多胡ってやつは、こせこせ立ち回る野郎だ。室長は、胸を張ってさらに言った。

「当社の真の顧客は誰か。洋子さんじゃない。志村氏でもない。真のお客さんは徳丸先生だ。客の利益を第一に考えるのが企業人の責務である。また、この結末は洋子さんにとっても幸いだった。すなわち四つのテストの第四項《みんなのためになるかどうか》。これが充たされた。美禰さんもだ。愛する父親を、横から義母に奪われた鬱憤が、日々につのっていた。その鬱積を『ざまーみろ』と晴らせて胸のすく思いだったろうさ。志村氏に再犯の意志はないやろう。最初で最後の不倫旅行だし、先生も認めたんだろうしね」

さらに住吉室長は、ぼくの眼を見た。

「この一件はクレームでもなんでもない。事例集の冊子とは無縁や。君がこの二日間に見聞きしたことは、誰にも漏らすなよ」

室長は、指で自分の唇を封印してみせた。

満員の車輌は揺れている。浜松町にはまだ着かない。ぼくには、もうひとつ知りたい疑問があったんだ。

「室長、別な話ですが、おたずねしていいですか？」

「なんだね？」室長は、あたりをはばかるように、東京言葉で返した。

「志村さんはなぜ、ツアーなんかでお忍び旅行をされたのか、よく理解できません」

「いい質問だ」室長は笑って答えた。

「事件の当初から、わたしも同じ気持だった。それで昨日、君が喫茶店に追いやられているあいだに、先生ら三人とで相談がまとまったとき、先生に訊いてみた。先生は苦笑いして教えてくれたさ。最初、志村氏は、九州へは二人で行き、レンタカーで巡るのを希望した。だが先生は反対された。なぜか。九州の道路は志村氏にとって不慣れだ。霧島高原など山岳地帯をも走る。二人がじゃれ合い、事故でも起こせばどうなるか。ツアーならその心配はない。バスガイドも付く。民謡のひとつも歌ってくれる。他の客とも触れ合い、リアリティ豊かな土産話になる。ツアーなら洋子もお忍び旅行とは夢思わないはずだ。先生は志村氏をそう説得なさった。池袋支店の利用を避けたのは、支店長をも巻き込むと危険とお考えになったからさ」

モノレール電車は減速をはじめた。室長は窓に広がる都心の夜景を注視した。

「もうすぐ着くぞ。無駄話はよして、下車の体勢を整えないと、出るときに押し倒されるぞ。これにておひらきにしよう」

第七章　おひとりさまの高齢夫人

一

年が改まった三月下旬。平日。

来月になると、関急旅行社にも新卒社員が入ってくる。マリアさんと昼食を共にした社員食堂でも人事異動を話題にする人が多かった。

「越生くんさぁ、カスタマー室は残念だけど増員はないわよ」地獄耳の彼女が言った。

「転出もですか？」

「ないわ。プラスもマイナスもなし」

実のところぼくは、この数日間、戦々恐々の気分だったんだ。去年のいまごろに左遷されたのがトラウマになっていたから。その心境をマリアさんに告げると、

「馬鹿ねえ、あなたは遅刻はしないし余計な口はきかないし、上司の命令に忠実だし、室長は、あなたのことを買っているわよ」

と、ぼくの危惧を払拭してくれたんだ。

「それよか越生くんさ、月末最後の金曜の夜だけど、新宿御苑でお花見会をやらない？」

室長も大森課長も賛成だそうだ。

彼女が幹事になり、ぼくが補佐役をするのが内定しているという。

翌日の朝礼で、花見は正式に決まった。

「冬は白雪の富士山。春は御苑の花吹雪。楽しみが多いね」室長の顔はなごんでいる。

四つのテストも終わり、室長が肘かけ椅子に着くやいなや、電話が鳴った。マリアさんは炊事場にいたからぼくが取った。

『秘書課の水上です。室長はご在席でしょうか?』

ぼく、心臓がドキンと鳴ったね。なにしろあこがれの水上衣里さんを、もうぼちぼち昼食にでも誘おうかとタイミングをねらっていた矢先だったものだから。

『室長はいらっしゃいます?』

彼女は、繰り返した。

「すみません、いま替わります」

冷汗が流れちゃった。

『いいえ、それには及びません。在席なら社長室へすぐお越しくださるようにと、滝沢社長の指示です。いかがです?』

ぼくは手短に室長に伝えた。室長は二本の指でマルをつくった。

「はい、ただちに社長室へ行くそうです」

それっきり、電話は切れた。

「急な呼び出しとは、気になりますな」

大森課長が不安な顔を室長に向けている。

炊事場から帰ったマリアさんが言う。

「まるで、風雲急を告げるみたいね」

「とにかく行ってくる」

室長は、大森さんにそう言うと、背広を整えて専用ロッカーを開き、付属の鏡でネクタイをなおし、部屋を出て行った。行動予定ボードに行先を書くのも忘れたままでさあ。

ドアが閉じると、大森課長は、

「大将、大あわてだったね。お目玉でも食らうのかしら」

三十分が過ぎ、ドアが開いて室長は席に帰ってきた。黙っているが、表情に曇りや影はなかった。彼の右手は封筒を握っていたが、そっと机上に置き、腕組みして天井をにらんでいる。沈黙が続いた。

心配そうに、大森課長が寄って行った。

「どんな用件でした?」

「しかられたわけやないよ」

室長は苦笑いを見せている。

「ただ、面倒な宿題を押しつけられたよ」

そして腕組みを解き、「越生くん、こっちへ」と、手招きした。

大森課長が去るのと入れ替わりに、ぼくは室長のまえに立った。机上の封筒を彼はぼくに差し出し、中身を少し見せて、言った。

「これを社長から預かってきた。席に帰ってじっくり読んでくれ。その間にわたしは、この手紙に関係する別件をかたづけるから」

渡された封書は厚く、中身が詰まっていそうだった。宛名は滝沢太郎様とあり、宛先の住所は会社の新宿区でなく、杉並区××町となっている。社長の自宅なんだろう。次に裏面を見た。差出人は女性の名だ。住所は練馬区石神井町〇〇番地とある。両面ともに練達の毛筆書きだった。

ぼくが室長を離れる直前に、彼は加えて言った。

「差出人は滝沢社長と昵懇《じっこん》らしい。その縁もあって、我が社のスペインツアーに参加してくれたそうや。手紙は帰国後に書き、社長の自宅へ送りつけている」

「やはり、クレームですか?」と、ぼく。

「まあ、いちおうはな」

しかし室長は、うす笑いをしたままだ。封筒はどこででも買えるありふれたものだった。

「それにしても」と、ぼくは封筒の表と裏をしげしげ眺めて室長に言った。

「いまの時代に、毛筆なんて古風ですね。小学校の習字の時間を思い出しちゃいます」

「昵懇といっても受取人は大企業の社長。走り書きでは非礼と考えたんやろう。年齢は社長より少し下らしい。読めばわかるが、中身の文章は毛筆でなくペンで書いている。難しい漢字はない。君でもすらすら読める」

「汚すといけないので、本文はコピーをとり、それを読もうと思いますが……」

近ごろはぼくも、そんな配慮ができるようになっていた。

「うむ、そうしてくれ」

白い歯で彼は答え、続けた。

「複写は君のと、わたしの二部をたのむ。原本は秘書課へ返却に行ってくれ。ただし、午後からでいい」

胸が、またドキドキしたさ。水上衣里さんへアプローチのチャンスなもんでね。ただ、昼食後に行けというんだから「お茶でもいかがです」と、声をかけるのがいいんじゃないかな。

赤らめていたぼくの顔へ、

「以上だ。さっそく実行してくれ」

ぼくは、妄想を頭に浮かべたままコピー機へ急いだ。

手紙は、薄手の用紙に、でっかい文字で書いている。鼻に老眼の眼鏡でも乗っけて書いたみたいだ。枚数は、かなりありそうだった。

《謹啓　いよいよ春めいてまいりました。滝沢様には益々ご健勝の段、お慶び申し上げます。過日は貴社スペインツアーに友人と二人で参加しましたが、女性添乗員さんをはじめ現地駐在員の方々、各都市のガイドさんらには、たいへんお世話になり、おかげで生涯の良き思い出となりました。八泊ともホテルが同室だった友人の大泉さんも、おおいにご満悦で、ツアーに彼女を誘ったわたくしは鼻高々です。さすがは一流の関急旅行社と感服いたしております》

これが一枚目だった。だいたい女性からの手紙は、最初は美辞麗句で誉めちぎるんだ。

《さて、出発の数日前に滝沢様は、『旅行中に感じたこと、ことに不満に思ったことを率直に知らせてほしい』とおっしゃいました。『どんな些細なことでもいいから』とも。わたくし、その課題を果たすべく、一点だけを書かせていただきます。この件は、参加されていた他のお客様も時には顔をしかめていらした問題です。それは、おひとり参加の女性がいらっしゃり、しかも、かなりご高齢の方だったのです》

三枚目。

《とにかく彼女は、わがまま。お歳は八十に近いとか。旅行中はいつも添乗員さんに厄介をかけ、まるで召使い扱いでした。そのいちいちを目撃したわたしたちは、いらいらしたり、はらはらしたりで、時には忿懣《ふんまん》すら覚えました。具体的に述べます。現地二日目のことです。この日は朝食後にバルセロナ観光に行きました。貸切バスがホテルを出発するのは九時の予定でした。ところが定刻になっても、彼女だけが一階のロビーに姿をお見せになりません。ほかの全員は十分前にはお揃いでした。『お寝坊かしら』『いいえ、朝のバイキング会場にはいらしてたわ』》

四枚目。

《『あの婆さん、きっと化粧に手間どってんだぜ』『あの年の、あの顔でかい。もう手遅れだよ』。腕時計を見て、悪口を言う男性がいます。添乗員さんが、婦人の部屋に電話をなさいました。理由は不明ですが、つい九時のことを忘れていらしたとか。彼女は客室をおひとりでご利用でした。ですから遅刻は理解できます。その朝は笑い話ですみました。貸切バスは二十分遅れで出発しました。ところがどうでしょう。次の朝もロビーに姿がありません。再び添乗員さんは部屋にお電話したのです。今度は本物の寝坊で、朝食抜きでロビーへ走ってこられました。『おなか、ぺこぺこなのに』と、愚痴を言いながら》

五枚目。

《朝食抜きは自己責任です。四日目の朝には添乗員さんは、前もって女性の部屋を訪れ、お起こしになったとか。添乗員さんはその事実を、わたしたちみんなに黙ってらしたけど、ご本人が自慢げに吹聴していたから、本当なんでしょう。迷惑をかけるのは朝ばかりではありませんでした。観光中もです。一行が一時間を解散した自由行動のとき、約束の一時間が過ぎても、彼女だけがバスの駐車場に帰ってこないのです。『またかい』『大丈夫かよ』『チェ、いいかげんにしろよ』と、お顔をしかめられる男性も出る始末》

指が六枚目に触れた時だった。ぼくは室長が、誰かと電話で話しているのに気づいた。相手はどこかの支店長のようだった。グラナダだの、アルハンブラ宮殿なんかが話題になっている。どうやら苦情の手紙にある、高齢女性がツアーを申し込んだ支店へ、彼女の身上を問い合わせているみたいだった。

六枚目。

《そんな事件があってから添乗員さんは、女性のお尻に付いて回っておられました。それに甘えたか、その女性は、恐縮するでなく嬉々として、まるで秘書でも雇っているかのように彼女をこき使うのです。駐車場にバスを降りて徒歩でアルハンブラ宮殿へ向かう時にも、ひと騒動でした。

宮殿入口まで少し登り坂があります。距離もあります。問題は、彼女ひとりが途方もなく、のろのろ歩くことでした。わたしたちは、途中で何度も立ち止まって、彼女を待ちました。彼女は添乗員さんにお尻を押してもらい、大仰にふらつきながら一歩一歩、追いついてくるのでした》

七枚目。

《追いつき、また遅れ、ようやく見学をすませてバスにもどると、彼女は添乗員さんに高々と宣言したのです。『登り坂はもういやだ。恥ずかしいけれど、車椅子を用意してちょうだい』と。添乗員さんは貴社の駐在事務所に電話をなさり、翌日には車椅子が観光バスの格納庫に積まれました。これ以後、彼女は、登り坂や距離のある見学地では、添乗員さんの支援を受け、車椅子を利用しました。しかしですよ、添乗員さんは女性専属の介護人ではありません。あくまでも、わたしたち旅行団員の世話係なのです。つまり、均等平等の奉仕が求められているのです》

八枚目。まだ数枚はありそうだった。

《日程の途中からは運転手さんも、バスに鍵をかけて観光団に加わり、彼女のサポートをされていました。わたくし思いますのは、なぜ、こんな世話の焼ける人が、たったひとりで団体ツアーに参加なさったんでしょう。わたくしはある理由で、彼女とは距離を置いていましたが、一行中のある人のお話では、彼女は二年まえにご主人を亡くされ、以前は二人で旅行した思い出の地スペインを、追憶のため、今度は単独で来られたとか。ご主人の遺影写真を持参されていて、わたくしにも見てくれと懇願されました。ですが遺影の老人なんて、わたくしに無関係の他人です。正直申して、気分がよくありませんでした》

九枚目。
《彼女に同情はします。が、ぞっとしない遺影でした。一行が顔をしかめたのは昼食のレストランでのことです。主菜がお魚の料理であることを、添乗員さんが到着前にマイクで説明すると、バス最前列の席を独占していた彼女は挙手をし『魚は飽きた。お肉に変更できないの？』『奥様ご辛抱ください。お口に合わなくてもお話の種になりますわ』と、添乗員さんは言い、『ご免なさいね。団体用のメニューなので、おひとりごとのご希望はお聞きできないのです。ご理解ください』と、やんわりお断りになりました》
十枚目。
《すると『そうだよお婆さん。わがまま言っちゃいけないよ』。男性の声が彼女の背後から添乗員さんを応援しました。するとお婆さん（未亡人）は、振り返り、『わかっているわよ。もしかしたらと、ちょっと言ってみただけよ』と、あっかんべえの顔でにらみつけたのです。そんな彼女ですが、高齢を理由に同情の眼でご覧のお客様もおられたようです。でも、わたくしは不愉快な思いが続き、添乗員さんをお気の毒とも思いました。いよいよ最後の日です。マドリードを飛行機で発つとき、貴社の現地スタッフの男性が、空港に先着していて、一行のバスを迎えてくださいました》
十一枚目。
《彼は団体バスから降りるお婆さんを車椅子に乗せました。そうしてお婆さんは航空会社のチェックインカウンターまでの長い距離を特別扱いで運ばれて行きました。男性スタッフに彼女は『ほんとうにご免なさい』と、口では謝っていらしたけれど、見せつけられるわたしたちに微笑ましい印象はありませんでした。と申しますのは、一方で心身は弱っているのに、他方で、わたしたちに強引なふるまいをなさる場面が多かったからです。観光のためバスを降りるごとに彼女は、持参のカメラを見せびらかし、勝手にわたしたちを撮るのです。なんの承諾も得ずにですよ》

ついに眼が疲れてきた。文章から眼をそらすと、室長はまだ電話にかかりきりだった。しかしその口調から相手は、支店長でなく、別人に変わっているみたいだった。

十二枚目。

《旅の初日や二日目こそ一行はお婆さんの好意に甘えてスナップ写真を撮ってもらいました。でも毎日毎日となるともう閉口。同室の大泉さんも『充分に撮っていただきました。以後はご心配なく』と謝絶しました。露骨に拒否しないわたくしには強引でした。『いいからいいから。この場所は背景が最高なんだから』と。気の弱いわたくしはまさか『余計なお世話はやめてよ』とまで声を荒らげることもできず、言いなりになっていました》

十三枚目。

《わたくしに教えてくださった男性客によりますと、これほど写真に執着のお婆さんは、亡きご主人が、職業写真家であったとか。それを知り、なるほど彼女は夫に感化されてカメラにご執心かと、納得はしました。しかし、そもそも団体旅行に不向きな彼女がなぜ、単身でツアーに参加できたのか。また貴社は家族など、サポートのできる同行者を条件に承諾するべきでなかったか、

疑問に思いました。同室の大泉さんも、他のお客様も多くがそう感じておられたようです》

十四枚目。ようやくこれが最後だった。

《思いつくままを、だらだらと綴りました。すべてはわたくしの愚痴です。ただ、滝沢様のお求めに応じ老婆心ながらご参考までに書いたのです。昨今は、高齢化社会の到来とか。右に述べました問題は、将来も増加が見込まれます。老境に入りかけたわたくしも他人事とは思えませず、内心忸怩《じくじ》たるものがあります。生来の悪筆、また無礼な表現もあったかと反省しきりですが、滝沢様の知己の末席に連なる者としてどうか、ご寛恕くださいませ。最後になりましたが呉々も御身お大切になさいませ　かしこ　中村明子　》

やっとの思いで十四枚を読みきった。封筒にもどしたオリジナルと、室長用のコピーを手にぼくは、彼のデスクのまえに立った。

「よく理解できたかね？」

室長はすわった姿勢から、見上げて言った。

「理解できたなら、そっちで話そう」

二人は、応接のソファーで向き合った。

彼は、メモ用のノートを手にしていたが、テーブルに広げて言った。

「君が手紙を読むあいだに、婦人の情報を集めておいた」

「クレーマーの中村さんのですか？」

「いや、手紙のぬしやない。文中で非難されている、ツアー客の高齢女性に関する情報だ。申し込みを受けた上野支店によると——」

なぐり書きの文字が、あちこちノートに踊っている。ノートから眼を離すと、

「気になったのはなぜ、団体旅行に支障ある単身の客を、上野支店は引き受けてしまったかということや」

その疑問は、ぼくもすでに抱いていた。

「上野の店頭係によるとやね」

室長は、ぼくの眼を見た。

「新規の客じゃない。十年来の常顧客《リピーター》だ。一年間に三、四回も利用歴があるという」

「ありがたいお客さんですね」

「うん。三、四回のうち一回は海外旅行で、いつも夫婦で参加されていた。だが、旦那は二年まえに病死している。今回のスペイン行きは、残された夫人のセンチメンタルジャーニーだったと思われる」

それは、中村明子さんの投書にも触れられていた。夫人はご主人の没年の少しまえに、二人でスペインへ行っていた。

「でも夫人は、スペインは二度目だし、現地に慣れていらしたんじゃないでしょうか?」

「しかしなあ越生、夫を失った後の二年のあいだに、夫人の心身は急速に衰えていた。上野の担当社員は、その変化に気づいていなかったんじゃないか」

「ご主人は、急死ですか?」

「うん。心臓発作だったらしい」

「夫人は、ショックだったでしょうね」

「認識力と体力の急速な減退は、高齢者によくある。夫婦をいつも担当していた上野の社員は、『兆候に気づいてあげられなかったのが残念』と、悔やんでいる」

「わかっていたら、参加をお断りしていたでしょうか?」

「君は勉強がまだ足りんぞ。パンフレットラックから、任意の一冊を持ってこい。国内でも海外でもいい。行先は問わない」

室長は壁ぎわにならぶ、パック商品収納ラックを指差した。

取ってきたぼくに室長は、巻末の、お客に告知する重要事項を示した。

「読んでみろ」

ぼくは、声を出して読んだ。

《歩行や視聴覚に不自由なかた、妊娠中のかた、補助犬使用のかた、その他特別な配慮を必要とするかたは、申込時にお申し出ください》

これは最近になって加わった条項だった。ハンディのある人も、受け入れ側が配慮すれば旅行は可能だ。ただしサポートに必要な合理的な追加経費は収受することがある。今回の高齢夫人は、この条項の対象者とするべきお客さんであったのだ。

二

その日の午後だった。ひとりの男性がカスタマー室へやってきたんだ。ぼくの知らない人だった。年まわりは、そうだな、まもなく定年を迎えるという感じだった。八の字の眉毛に白いものがまじっていたりでさぁ。

立ち上がった室長が「社長、どうぞ、そちらへ」と、応接ソファーに手を向けた。でも、お客はぼくが知っている滝沢社長なんかでなかった。彼がソファーに落ち着くと室長は、ぼくを呼んだ。

「うちのグループ会社の、添乗員派遣専門会社の須賀社長だ」

なるほど、お客の背広の襟に、ぼくと同じ関急の社章が光っている。ぼくはいそいであいさつをして社長に正規の名刺を出した。室長は社長と旧知のようだった。室長の横にぼくがすわると、室長は、社長に頭を下げた。

「わざわざお越しいただき、恐縮です。本来でしたら、こちらから――」

「いやいや」社長は押さえた。

「住吉さん、あなたは昨春、東京に着任の際、当方にあいさつにおみえでした。なのにわたしは答礼におうかがいもせず、長く失礼をしておりました」と、頭を下げ返した。上げると、

「で、住吉さん、さっそくですが、さきほどのあなたのお電話によると、本件は本社の滝沢社長

の案件だそうですな。だから、わたしめが馳せ参じたしだいです」

　マリアさんがお茶を出した。

　彼女に会釈してひと口飲んだ須賀社長は、茶碗をテーブルに置いた。

「さてと、住吉さん」

　彼は、膝に抱えている黒の手さげかばんを開いた。一枚のファイルが出た。

「これがですね」彼はそこから、書類の束を抜き取り、テーブルに広げた。

「これが、例の女子添乗員が帰国便の機内でお客から回収した、スペインツアーのアンケート一式です。十九枚あります」

　室長はうなずき、社長が言葉を継ぐ。

「参加人数より枚数が少ないのは、ご夫婦で一枚というのが多く、したがって十九枚は全員と考えてもらってけっこうです」

「はい、わかります」

　アンケートの設問はホテルの満足度から食事、貸切バス、観光地、通訳ガイド、さらには添乗員などに及び、五段階評価を求めている。でも室長とぼくは、それらは流し読みした。最下段の〈お客さまの任意のご意見〉をこそ知りたいのだ。意見はさまざまだったけれど、高齢夫人に関したのは六枚だった。

　その一枚目。

《時間を守らない高齢女性には困った。集合時刻によく遅れた。お孫さんへの土産を吟味していたとか。年寄りを責めるのは心苦しいが、十日間も海外へひとりきりで送り出した家族もどうかと思う》。男性客だった。

二枚目から五枚目が次のとおり。

《心身の弱っているお年寄りの女性がひとりで来ていた。世話をされていた添乗員さんがお気の毒でした。関急さんは、こんな人でも参加を許すのでしょうか》。女性。

《認知症の疑われる婦人が参加。単身での参加は心身とも問題ない人に限定するべきと思います。でないと見ているこっちもハラハラドキドキ。正直疲れます。でも愛敬はあり、スナップ写真をたくさん撮ってくださいました。お忘れでないのを祈っています》。女性。

《客に自立困難な高齢女性がいた。住所を交換しました。しかもひとりだ。きつい言い方だが、そういう非健常者専門のツアーもあるのだから、貴社はその方面の旅行に誘導するべきだった。ただ救われたのは彼女が陽気で、親切で、憎めないお婆ちゃんだったことです》。男性。

《身体と精神が弱られた女性が来られていた。お連れはなく、お気の毒と思った。でもお年寄りだし、多少の遅刻も少しは我慢しないとね。自戒も含めて》。このお客さんは自分を高齢老女とわざわざ付記している。

最後の六枚目。

《添乗員さんに対し、わがままな高齢婦人客がいました。連れがいないと自我が強く出るようです。団体行動が時々乱されました。でも、お人柄は悪くなく、写真がご趣味とかでたくさん撮ってくださいました。入手はどうすればいいのでしょう。もちろん実費はお支払いします》。女性。

読み終えた室長は、滝沢社長宅へ送りつけた中村明子さん直筆の投書のコピーを、内ポケットから取り出し、筆跡をご意見欄のそれらと比較していたが、首をひねって須賀社長の顔に言った。

「どうやら中村さんは、アンケートのご意見欄にはコメントしていませんね」

「三行や四行じゃ物足りなかったんでしょうな。だから手紙を……」

室長はうなずき、十九枚を社長に返した。

かばんに仕舞う社長へ、室長は言った。

「お手数をおかけしました。これで客観的な裏付けは取れました。さっそく滝沢社長に報告します」

「今後は、どうなりますかな?」

「わたしが滝沢社長の使いで中村さん宅を訪れ、手紙のお礼を伝えて、お詫びもすることになると思います」

「はあ?　お詫びですと?」

八の字眉毛が動いた。不満そうだった。室長は、理由を述べた。

「高齢夫人は、上野支店へ出向いて旅行契約を締結しています。長年のお客なのに支店は夫人の変容に気づけなかった。よって投書の中村さんに会い、率直に謝罪するのが順当と考えます。滝沢社長もそうお考えと、秘書課長がわたしに内々、漏らしてくれました」

「そこまで進んでいるなら、ちょっとお伝えしておくべき一件があります」

須賀社長は、尻をまえにずらした。

「帰国後に、添乗員が口頭で報告したのですが、ツアーが終わって、成田空港で解散したとき、例のお婆さんから、チップとしてポチ袋を渡されたと言います」

「添乗員に面倒をみてもらったという自覚から、そうなさったんでしょうね」

「しかし、金額がちょっと法外で」

「法外とは？」室長の眉根が動いた。

「これですよ」

社長は、五本の指を立てた。

「五万ですか？」

「さよう、五万円です。一行が解散するとお婆さんひとりが残り、そっとお渡しになったそうです。もちろん即座に辞退しました。ですがお婆さんは強引で、押し問答の繰り返しが続いたそうですが、ついにやむなくポチ袋を受け取り、別れたあとトイレに入ってお札の絵柄を見て、驚いたと申します。もらった時は、千円札だと思っていたからです」

五万円だなんて、ぼくの二か月分の小遣いより多いじゃん。たいした別途収入だ。

社長は、語調を改めて言った。

「お客からの心付けに関しては、添乗中にお客個人の用件の手伝いをしたとき、お茶でも飲みなさいと、三千円やそこらをいただくことはあるようです。ですが当社では、一度は辞退しなさいと添乗員を指導しています」

「杓子定規《しゃくしじょうぎ》の辞退では、お客と気まずくなりませんか？」

「あくまで原則論です。実態まではわかりません。ただ言えるのは、ほかの客が見ている場面では絶対に受け取るなと……」

「それにしても、五万円とは……」

「渡された時の口上では『世話をかけたのはあなただけじゃない。バスの運転手さんや現地の職員さん。その人たちともお分けなさい』と。しかしまさか五万円とはわたし自身も驚いています。添乗員も驚いたからこそ、うちの担当課長に報告しました。課長は当分のあいだ、ポチ袋を預かることにし、いまは事務室の金庫に保管しております」

「添乗員は、納得していますか？」と、室長。

ぼくも知りたい質問だった。せっかくもらっちゃったんだからさ、惜しいじゃんか。

「彼女は申します。格別自分は高齢者に親切だったわけじゃない。ツアーにイレギュラーを持ち込まれて、進行が順調にいかないのを恐れただけだ。だから、旅行中の彼女の要求をさっさと処理しただけです、と」

「まさに、プロ添乗員の謙虚さです。たのもしいと思います」

それから室長はぼくを見てニヤッと笑い、

「な、越生、そうは思わんか。職業人とはかくあるべし、と」

ちょっとぼくにはイヤミな表情だった。

「それとですな」

社長は、ぼくを救ってくれた。

「添乗員が申すには、お婆さんは認知症が疑われる。あるいはご家族から、あのチップは金額が誤りだった、返してくれと、申し出があるかもしれない。だからこそ、自分は上司が保管するのに異義はありません、と」

「わたしも同意見です。その預かり金のことも含めて滝沢社長に報告いたします」

「では、わたしは、これくらいで――」

社長はソファーを立った。室員のみんなに一礼し、マリアさんには軽く会釈を残して出て行った。

三

店頭で面談のうえ旅行を引き受けたのに、夫人の変化を見落とした上野支店の支店長が、室長へ電話をかけてきたのは、その日の夕暮れに近かった。

用向きを聞いた室長はみんなに予告した。

「上野の支店長がいま、ここに来る。高齢夫人につき新情報があるらしい」

大森課長は、皮肉顔に言った。

「誰も彼もが押っ取り刀で駆けつけるなんて、まるで江戸時代のお家騒動ですな」

その顔へ、室長は苦笑して訊いた。

「上野の支店長ってどんな人なの。君、知ってるの?」

課長は、パソコンの手を休めた。

「年齢は四十二、三で、いかつい身体の男です。学生時代はラグビーの選手でした。まあしかし、馬鹿正直だけがとりえの人間ですよ」と、辛辣《しんらつ》な評価を下した。

その人ならぼくも知っている。二年まえの春だ。新入社員教育に講師をつとめた人だ。馬鹿とは知らなかったけどね。でもさ、陰険まみれの下衆野郎の多胡支店長よか、普通につき合える人なんじゃないかな。

四十分もしないうちにドアがコンコンと鳴った。

「遅くなりました」

覚えある上野支店長の顔が入ってきた。汗で、顔はびっしょりだった。

「山手線で半周して、新宿駅からは走って来ました」

さすがは、ラガーマンだけはある。

彼はハンカチで顔じゅうをぬぐった。もう一方の手にはボストンバッグを握っている。

室長は、デスクを立った。

「阿部くん、お茶を」

彼女は、アコーディオンカーテンの奥に消えて行った。

支店長はソファーにかけるより先に名刺を室長に出し、来客席におさまった。

室長は、いつものようにぼくを呼んだ。

「越生もいっしょに聞かせてもらえ」

来客があると、例外なくこれなんだ。名刺を一枚持って、ぼくは室長の横に並んだ。もちろん、今度もインチキな〈室長席付〉じゃなく、人事部認可の正規なのをさ。

上野支店長は脇にバッグを置いて言った。

「さっきの電話でお話ししたお婆さんが、三時ころに、息子さんとおっしゃる人を連れて二人で、上野支店に来られたんです」

その眼が、室長とぼくを往復している。

「息子さんは恰幅のいい紳士でした。『母は今度の旅行でいろいろご迷惑をおかけしたそうですが、実は父の死後、母は日々に動作が緩慢になり、物忘れが進行してきました。それで今回の単独参加をあやぶんだところ、大丈夫よ、添乗員が同行するんだからと、自信たっぷりに申します。それで、半信半疑ながらも送り出しました。ですのに帰国後の土産話を聞くにつれて、わたしの判断の誤りを後悔しております』と、まあ、こんなごあいさつでした。それで、ですね――」

と、運ばれたお茶をひと息に飲んで、

「わたしは、紳士に言いました。『とにかくご無事のご帰国で、ほっとしました。ごていねいなご報告、恐縮です』と。すると息子さんは持参のかばんから大きな茶色の封筒をお出しになり、『これをどうか、お納めください』と、わたしに託されたのです。これがそれです」

そう言って彼はバッグから出し、テーブルに茶色の大封筒を置いた。その手が大封筒を斜めにすると、小型の封筒が何枚も、ぞろりと出た。それらを彼は右から左へ、順に間隔をあけて並べた。

「全部で十袋あります。旅の初日から最終日までのスナップ写真で、すべて高齢のご夫人がお撮りになったそうです」

支店長は右端（初日）の小封筒から一枚をつまみ出し、室長に渡した。

室長は、両手に受けて凝視している。

「お手元のは」支店長が言った。「成田国際空港での集合写真です」

室長は、そっとテーブルに返した。

「二袋目のこれは」と、二番目の封筒を支店長が傾けると、スペイン特有の風景が次々に出た。

「これが二日目のです。ガウディの建造物を背景に撮っています」

「バルセロナだ！」

嬉々として、ぼくは言った。

「そうだよ。バルセロナの市街地だ」

支店長は、生徒のぼくを満足気に見た。

大封筒には、ほかにも大きく引き伸ばした全員の名所での集合写真が入っていた。

「ほお、これは見事ですな」と、室長。

「ええ、背景の城壁と人物の枠取りのバランスが絶妙です。とても老人の作品とは思えません」

「亡きご主人の薫陶なんでしょうな」

大森課長をはじめ、室員も席を立って見にやってきた。回しながら、批評している。

室長が続けて言った。

「で、先方はこの写真を、どうしろと？」

「息子さんは『母が申しますに、ツアーのみなさんにさしあげてくれ、と。ですが母は写した相手が、どこのどなたか覚えておりません。一部のかたとは住所を交換したそうですが写真と人物の特定ができません。誰がどなたなのか、わからないのです。母にわたしはあきらめろと申しました。ですが母は、そこをなんとかしてくれと駄々をこねます。まことに恐縮ながら、御社のお力で母の願いをかなえてやっていただけないでしょうか』と。そのほかにも息子さんはお客各人への送料をみなしの現金で預けたいとおっしゃいます。ですがそんなお金は会社へ入金できません。とりあえずわたしの名刺の裏に金額を書き、その旨を付記して、お渡しした次第です」

　室長は腕を組んで、唸《うな》った。

「たいへんな注文ですな」

　腕組みは、さらに強くなった。

「いやぁ、まいりましたな」

「無理は重々承知しています」

　支店長は、巨体を小さくしている。室長は、黙りこんでしまっている。

　沈黙を破る責任は、支店長にあった。

「息子さんは、スナップのは写っている人数分を用意するとおっしゃっています。わたしとしてはなんとか、母子《おやこ》の希望にそいたく思うのです」

「ちょっと待ってよ、支店長」

室長は、手で押し返した。

「母子の気持はわかります。あなたの熱意もよくわかる。全員の住所録は海外旅行部が握っている。だけど、我が社が勝手に参加者へ送りつけるのは、無理というものです」

「やはりプライバシー問題が壁ですか」

彼は、こぶしで手のひらを叩いた。

室長は言った。それも、完全な真顔で。

「顧客が我が社に提供したデータを、当方が利用できる範囲は限定的です。いかに好意からでも、当社の恣意的利用は顧客との約束違反であり、信頼をそこなう。場合によっては民事訴訟を提起されかねません」

室長の声は、容赦なかった。支店長は黙るほかないみたいだった。沈黙がまた続いた。

でも、ややあって、室長の顔は、ひそかな笑いに軟化していったんだ。

「支店長」笑顔がふくらんだ。

「わたしが言ったのはあくまで社の公式見解です。原則はまげられない。しかし、打開策を考えるのも顧客第一主義というものでしょう」

支店長の眼が、なごんできた。

「つまりですな」室長はテーブルを指でコツコツ叩きながら、区切り区切りに言った。

「つまり、あなたは、写真集が、円滑に、参加者に、渡るように、カスタマー室が、全面的に、協力しろ、と」

「図星です。どうかよろしくおねがいします」

巨漢が、深々と頭を垂れた。

「まあ、ゆっくり考えてみましょう」

室長は、しきりに顎をなでている。するうち、終業のチャイムが鳴った。

「もうこんな時間ですか。おそくまですみません」と、支店長は壁の掛け時計を見た。

マリアさんが湯呑を引き上げに来た。

「よし、本日の業務はこれにて終了。みなさん、帰宅、帰宅」

室長がそう告げた。去年の住吉室長の着任以来、サービス残業を発生させていないのが室長の自慢だったんだ。

ソファーから三人が立ったとき、支店長の肩を、室長は叩いた。

「この午後一番に、派遣の須賀社長がおみえになり、その時のお話と、今のあなたの話を突き合わせ、ふと、ある考えが浮かんでいます。あなたとわたしが、その息子さんと今夜、どこかで会えませんかね。母子の希望の実現には、ぜひとも会って話し合う必要があります」

四

手紙を寄越した中村さんちを訪れるのは翌々日になったんだ。ぼくと室長は、新宿駅発の関急電車の準急に乗った。電車は西へ西へひたすら武蔵野台地をつっ走る。

揺れるロングシートで室長は、ポケット版地図帳の練馬区を開いていた。

ぼくは横から尋ねた。

「少し、いいですか」

室長は地図を閉じ、膝に置いた。

「中村明子さんですが、ぼくたちは彼女ひとりに会うのですか？」

「滝沢社長の話では、ご主人は現在大阪に単身赴任らしい。東京に帰られるのは一か月に一、二度なんだとか。大学を卒業したお子さんらは家を出て独立しておられる。だから明子さんはお手伝いの女性と、ご主人の母親、つまり姑との三人暮らしらしい。義母は高齢だろうし、たぶん奥の部屋にでも引っ込んでおられるだろう。だから、応対されるのは、明子さんひとりだろうね」

「安心しました」

「おおぜいだと苦手なのか？」

彼は、ニヤリと笑った。

「参考に聞いたまでです」

二十分後に石神井《しゃくじい》公園口駅に着いた。駅前にはタクシーが行儀よく並び、客待ちをしている。

「なんでや知らんが東京は、緑や青や黄のカラフルな車体のタクシーが多いな」

室長がそうつぶやくのは、去年に、徳丸議員の板橋のオフィスへ行った時も、同じウンコ色のタクシーに乗ったからだった。

今回も、黄金色のタクシーで北へ向かう。住宅街を抜け、やがて武蔵野特有の緑の林のなかを直進すると、いきなり右手に、細長く石神井池が出現した。ほんとうに突然だった。

水面が、池畔に並ぶ木々を反映している。

何年か前にぼくは、学友らと魚釣りに来たのを思い出した。

運転手さんが言った。

「ここら辺でいいですか？」

ぼくが料金を払って、二人は下車した。

石神井池は東へ遠く長く伸び、南岸だけが森林公園になって、ひっそりしている。

他方の北岸は高級住宅街だ。池畔に庭を張り出した邸宅群が、池に沿って遠く東へ延び、池と南岸の森を借景にしている。

「新宿から四十分足らずで、風景がこうまで一変するとは、うらやましいね」

うれしそうに言って室長は、深呼吸した。

約束の時間にまだ早かった。

「すこし散歩しよう」

室長は、北岸ぎわの遊歩道にそって東へ歩きはじめた。散歩の人は、ほかにいなかった。

土日祝は、こうもいかないだろう。

カップルの乗った貸ボートが遠くに小さく見えて移動している。男性が漕ぎ、白銀に光る航跡を引きながらゆっくり進んでいる。

ぼくたちのそばには、孫らしい幼児と老人が、水際に釣糸を垂れている。静かな水面にときおり魚が跳ねて、波紋を描いた。しかし赤いピンポン玉浮きに引きはなく、退屈した幼児が沖に石を投げた。でも、老人は叱るでなく、じっとピンポン玉浮きの動きを待っている。

豪邸群を眺めた室長が、溜息をついた。

「越生、定年まで飲まず食わずに働いても、こんな邸宅は、関急の社員に買えやせんな」

二人は池のほとりのベンチに腰をかけた。

ぼくはふと、疑問が蒸し返した。

「けさ、室長がぼくに話された考えに、中村さんは賛成してくださるでしょうか？」

「滝沢社長は、明子さんは良識ある人とおっしゃっている。彼女への回答は派遣の須賀社長とも相談し、チップをもらった女子添乗員にも了解をもらった。渋々だろうが高齢夫人も受諾している。それやこれやをけさの一番に滝沢社長に説明して、決済をもらった」

腕時計を見た室長はもう一度深呼吸した。

「少し早いが、行こうか」

言うのと同時にポチャンと、水面に魚がまた跳ねた。ぼくたちは、池畔小道の一筋北の、邸宅正面側の道をゆっくり東へ進んだ。どの家もが、ふんだんにお金を注ぎこんで頑丈そうな高い塀をめぐらせている。中村邸はX軒目だった。

あけ放たれた門を入った。家の玄関は近かった。室長がブザーを押した。インターホンの反応は早かった。

「どちらさまでしょう？」

室長は社名と自分の名を告げた。待つほどもなくドアが開いて、女性が顔を出した。

「奥さまから、うかがっております。どうぞお上がりくださいませ」

上がり口への平土間は広かった。式台へ上がるとぼくたちは、脱いだ靴を逆向きにし、しゃがんでそっと土間へ並べた。その上がり口横に靴箱があったが、豪勢な水槽がデンと乗っかっている。高級そうな赤や黄の金魚が悠々と泳いでいた。

スリッパの準備があった。

彼女の先導で二人は南へ廊下を歩いたが、廊下はやがて右に折れ、硝子戸《がらすど》の和室に沿って続いた。左は灯籠の立つ庭。庭の垣根越しに石神井池と対岸の森林が見えている。

女性は、しゃがんで硝子戸《がらすど》を引いた。

「ここで、すこしお待ちくださいませ」

十二畳くらいありそうだった。中央に座卓を置き、床の間を背に座布団が二つ見える。手近の座布団は、一つきりだった。

室長は当惑した。

女性は、手のひらをそえて言った。

「どうぞ、あちらのほうへ」

室長は、なおも躊躇している。すると、

「奥さまからそう言いつかっております」

と、強引に奥へ引っ張っていった。

座布団はたいそう厚みがあったさ。普通のより二倍はあるね。尻の感触もふんわりだ。もし脇息というか、身体を安楽にする肘掛けが横にあれば、殿様になった気分だろう。

女性は敷居ぎわへ下がると畳に膝を突き、

「奥さまは、すぐまいります」

そう言って消えた。

五

「ご免くださいませ。失礼します」

そっと硝子戸が開いた。

和装の女性が入ってきた。うちの母ちゃんとおおちがいのすげえ美人だ。年まわりは五十くらいだろう。着物は、薄緑の生地に、黄色い蝶々が何匹もあざやかに飛び交っている。

彼女も膝を屈して畳に手を置いた。

「お忙しいでしょうに、ご免なさいね」

あわてて座布団から横にすべり出た室長は、彼女に負けじと、畳にへばりつこうとした。

「あら、そんな……困りますわ。どうぞ、そのままで、お楽に」

物言いも、とても上品だったさ。着物だってきっと普段着じゃないのだろう。

彼女は、女性の盛りをやや過ぎているが、髪型は美容院から帰ったばかりのように整い、顔は艶を失わず、ふっくらした唇に薄くルージュを引いている。

「お言葉に甘え、失礼します」

室長は、座布団に再び乗っかった。ぼくひとりは下りたり乗ったりは面倒なんで、じっとしてたんだけどさ。

明子さんは座布団に尻を乗せる、着物さばきも優美だった。初対面のあいさつが終わると、彼女は言った。

「滝沢さんには、あけすけに書いて、ご迷惑をおかけしたと後悔しておりますわ」

でもさぁ、顔色にそんな反省の気配は微塵もなく、眼は笑っている。

室長は姿勢を正して、言った。

「率直なご意見を、ありがたく拝読いたしました」

頭は下げたが、謝罪はしなかった。このへんの呼吸ってのが、苦情処理に大切なんだ。だって、うちの社に、重大で決定的な過失があったとまでは言えないからだ。

室長は、重々しさを失わず続けた。

「滝沢社長は『明子さんに会えばわかるさ』と言って、くわしく教えてくれないのですが、どんなご関係なんです?」

「おほ、おほほほほ」

明子さんは手で口を隠して、眼で笑った。

「滝沢さんらしい寡黙ぶりね」

「社長はおそらく、勝手に個人情報を漏らしちゃいかんと考えているんでしょう」

室長の表情もなごやかになっている。

「そうね、滝沢さんとは小学校が同じでした。学年もね。でもクラスは六年間に一度もごいっしょしたことはありませんでした」

「面識は、おありでなかった？」

「ええ。わたくしの主人が数年まえに重役に昇進しまして、翌年のお正月に、財界人の新年互礼会というのがありまして、主人は初対面の滝沢さんと意気投合したそうです。それがきっかけで、家族ぐるみの交際がはじまったのですが、あるとき、年齢の話から、滝沢さんとわたくしが同じ学年で、奇しくも小学校が同じだったことがわかり、交際はいっそう深まったのです」

「それはそれは。いや、奇遇ですな」

室長は、顎をなでている。

お手伝いさんが来て、お茶やお菓子なんかを出してくれた。

茶碗に口をつけた室長は、ハンカチで唇をぬぐって言った。

「お手紙にお書きになった高齢夫人の健康状態に気付かず、旅行団のみなさまにご迷惑をかけてしまったのは、彼女の申込を受け付けた弊社の支店に不注意がありました」

室長は、上野支店の名は伏せて説明した。

「でもわたくし、衝動的に思いっきり書いて、投函後に猛省したのも事実ですわ」

と言い、「ふふふ」とほほえんだ。

「でもね、楽しい思い出もたくさんできましたわ。大泉さん、ツアーにごいっしょだった友人ですが、彼女も満足してくれました」

明子さんは、お茶を一口飲んで続けた。

「旅行代金はお安くなかったですが、ホテルはみんな一流。お食事も豪華。奮発した甲斐はございました。添乗員の女性もよく気のつくかたで、一行の皆さんは頼りにしていました。とくに高齢のお婆さんへのお世話は大変で、くたくたになっていらしたわ。よく辛抱したわねと、誉めてあげたくなるわ」

「恐縮です。必ず添乗員に伝えます」

室長は軽く頭を下げた。すると突然、彼女の顔が曇った。微笑は消えていた。

「それで、あのお婆さんのことですが……」

いよいよ本題だ。ぼくは身を堅くした。

「あのお婆さんは、出発の日、成田空港に中年の男性がご一緒のようでしたわね」

「息子さんと聞いています」

「お会いした当初は、旅行に同行されると思っていました。ですが、見送りに来ただけだとおっしゃり、わたしたちひとり一人に『高齢なものでご厄介をかけるでしょうが、どうか母をよろしくお願いします』と、ごあいさつされていました。その言葉を聞いてわたくし、すこしいやな予感がしましたのよ」

明子さんは、鼻がむずむずするような声で続けた。

「あの息子さん、高齢の母親を添乗員さんに押しつけて、ご自分はお逃げになったにちがいないわ。きっとそうよ」

ほっぺたを、彼女はふくらませている。

「お逃げかどうか、わたしは存じません。ただ、ご母堂が『ひとりでも大丈夫よ』と強く主張なさったので息子さんは半信半疑ながらも送り出したそうです。しかし彼女の認知機能は刻一刻、変化していたようです」

「息子さんは、お母さまの普段の生活ぶりを見ていて、気づかなかったのかしら？」

「世帯は、別々でした」

「同居じゃなかったのね」

彼女は、ふうっと溜め息をついた。

室長は、言った。

「一昨年まではずっと亡きご主人とお二人の生活でした。息子さんは、そろそろ母親を引きとる計画の最中でした。夫の世話から解放された夫人は、夫のための買物に出ることや台所に立つ機会が減り、食事は近所のコンビニで出来合いの惣菜を買ったり、外食も多くなったそうです。『これはいかんぞ、母がスペインから帰ったら、同居計画を早めなければいけない』と、息子さんは――」

「あなた、妙にお詳しいのね」

「実は一昨日に、弊社のその支店へ、息子さんが来られまして……」

室長は、息子さんの来訪だけでなく、自分もその夜に都内で彼に会い、互いに意見を交換した事実を語った。それに加えて、支店の力量不足が、明子さんの不愉快につながったことをあらためて詫びた。

「それにつけても、あのお婆さん」と、明子さんは言った。

「口だけは達者でした。他人にあれこれお節介するより、ご自分の行動をもっときちんとしてもらいたかったですわ。誰だってお年を召すと、ああなっちゃうんでしょうけれど」

と、眼を細くして言った。

「ご免なさいね。愚痴ばっかしで……」

室長は、その沈黙を待っていたように、

「話は変わりますが」と切り出した。

室長の手が、座卓の下をさぐった。かばんを隠していたんだ。大きな封筒が、かばんから出た。

室長はそれを卓上に置いて言った。

「これを、息子さんから託されました」

大封筒から小封筒がぞろりと出た。

「それ、なんですの？」

彼女の眉根に、皺が寄った。

「写真集です。スペインでの」

眉根は、やや開いた。

「拝見していいかしら？」

「最初に、これをご覧ください」

室長から彼女は一枚を受け、手に乗せた。

「あらいやだ。これって大泉さんとわたくしだわ。街路へ張り出したテーブルで、二人でチュロスを頬張っていた時ね。ことわりもなくお婆さんが撮ったんでしょう」

言っておくと、チュロスってのはリング状の揚げパンなんだ。スペイン人はコーヒータイムなんかによく食べるそうだ。

彼女は、別の一枚を手に取った。

「これは覚えています。お婆さんが、こっちを向きなさいと、声をかけて撮ってくださいましたから」

室長も、顔を寄せて眺めている。ぼくらから見て、画像は真逆だけれど、糸杉とわかる高木を背景に女性二人が笑顔を見せている。

「この日は風が強くてね、お婆さまは『髪をしっかり押さえていなさい』って、大声でおっしゃったんだわ」

彼女は一枚一枚を繰り出していった。

「ねえ、これって、実費をお支払いすれば、いただけるんでしょうか？」

「費用はお受け取りになりません。また、ここにわたしが持参したのは見本というべきもので、必要な枚数はプリントするとおっしゃっています。そして全員のかたに、差しあげたいと」

「まあ、あのお婆さまが？」

「みなさんにご迷惑ばかりかけた、そのせめてものお詫びとお礼のしるしに、と」

小封筒が終わると室長は「まだあります」と、別の大型封筒から、大きな三枚の集合写真を卓上に乗せ、彼女に向けた。

明子さんの手が伸びた。

「覚えていますわ。グラナダのアルハンブラ宮殿です。みなさん、お顔が鮮明に撮れています。ほんとうにすてきなお写真だわ」

明子さんは、ぼくにも見ろと言った。人物だけでなく、背景の城壁とのバランスも絶妙だった。背後の、さらに遠くにうっすらと見えるのは、シェラネバダ山脈だろうか。

二枚目は、バスでホテルを出発する時の集合写真だった。

「これは、お婆さまも写っているわね。構図を彼女が決めて、シャッターは添乗員さんにおまかせになったのよ。あらいやだ。わたくしの顔は皺がくっきり出ているわ。上等の写真機は、やはり正直なのね」

と、彼女は、ちょっぴり笑った。

室長が言った。

「亡きご主人がプロの写真家でいらしたので、夫人は、薫陶を受けられたそうです」

「知らなかったわ。わたくし、あの人を敬遠していましたから。呼びかけられても、いいかげんにお返事したりして。いま思うと、こっちがいじわるだったのかもしれません」

明子さんと大泉さんのスナップは、全部で三十枚に及んでいた。

室長は言った。

「お受け取りいただけますか？」

彼女は、無料というのに抵抗したが、ついには室長の説得を受諾した。

「せっかくのご好意だし、いただくことにします」

でも、心から歓迎の声でもなかったんだ。

「ただですね」室長は言った。

「きょうのところはいったん回収させていただきます。息子さんのお話では、風景だけの写真がまだあるそうで、お母さんと協議のうえ、厳選して弊社へ届けるとおっしゃっています」

「わたくしだけ特別扱いはいやだわ」

室長は、手を振って制した。

「他のお客さまには、旅行受付支店が受納の諾否につき、お考えを確認します。そのうえで発送する予定です。なお、スナップ写真は小さなアルバムに入れて、体裁をよくすることになると思います」

「まあ、アルバムまで！　全部の費用を、あのお婆さまが負担なさいますの？」

室長は、笑顔で軽くうなずいた。

「お気の毒じゃないかしら？」

「ご本人と息子さんのたってのご希望です。ご遠慮なさることはありません」

言っておくけど、室長は必ずしも真実を語っていなかった。なるほど写真はお婆さんの提供なんだけど、アルバムの購入は別の財布になるんだ。アルバムに入れて配布するのを提案したのは、上司から詳細を聞いた女子添乗員だったんだ。お婆さんにもらった五万円の拠出を申し出たわけさ。発送に予想される送料の不足分も五万円からまかなわれる。なお加えると、スペインのドライバーとガイドには関急の規定を超えるチップが添乗員の判断で現地で支払われていたし、車椅子のレンタル料に至っては、手配の段階で、お婆さんから添乗員が実費を収受していたのだった。

するうち、コーヒーが来た。からになった湯呑はお手伝いさんが盆に乗せて引き上げていった。

その、すぐあとだった。廊下を走って引き返してくる、騒がしい足音が近づいたんだ。

硝子戸が、ノックもなく、サッと開いた。

「あの、奥さま、ちょっと」

お手伝いさんは部屋に入らず、女主人を手招きした。声が少し、動揺している。

「ノックもせず、お行儀が悪いじゃないの。いったいどうしたっていうの？」

明子さんが腰を上げて寄って行くと、お手伝いさんは、女主人の耳に小声で言った。

「たったいま、大奥さまが……」

一瞬、女主人の表情がけわしくなった。

「なんですって。お義母《かあ》さまが！」

「はい。予定時間より早く、介護施設からお帰りになりました」

女主人の眼が、壁掛けの時計を見た。

「いやだわ、まだ四時半じゃない。それでお義母さまは、おひとりなの？」

「いいえ、いつもの送迎車でホームの女性が付き添ってこられました」

「二人は、いま、どこにいるの？」

「お玄関です。大奥さまを送迎車から車椅子にお移しして、待機中です」

「わたし、行くわ」

明子さんはすっくと立ち上がった。そして、ぼくたちに頭を垂れて、

「ご免なさい。ちょっと失礼します」

そのあとを、お手伝いさんが追った。硝子戸をきちんと閉じるのも忘れるあわてぶりだった。

室内は、ことりともしなくなった。

完全に閉じていないから、玄関の様子が小さくとも明瞭に届いてきた。

「サトミさん、きょうは、五時半まで預かってちょうだいって、わたくし、たのんだでしょう。なのに　どうしてこんな早くに？」

「若奥さま、たしかにうけたまわっておりました。ですが……」

声は、お手伝いさんのものでなかった。

「ですが若奥さま、大奥さまが強引にいつもの四時半に帰りたい、こんなところに長く閉じこめられているのはいやだと、駄々をこねられまして、それで、しかたなく」

このとき、突然、皺のある濁った声が絶叫した。悲痛な響きだった。

「明子さん、あんたに言っておくわ。あたしゃ駄々なんかこねてやしないよ。お風呂に入れても

らって休憩してたらさ、急におなかがくちくなってきたんだ。サトミさんに何か食べたいって言うと、お三時におやつを召し上がったばかりですよと、いじわるを言うんだよ。だけど、わたしゃ正真正銘、お夕飯が恋しくなっちまってさ」

「ほんとうに困ったお義母さまね」

サトミさんは、無言らしかった。ぼくの脳裏にその情景は、鮮明に浮かぶのだった。

明子さんの声は続いた。

「お義母さまはいつも、お昼食を早めに召し上がるから、もうおなかが反応したのね」

「うん、そうだ。おまえの言うとおりだ。早くご飯にしておくれ」

「困りますわ。いま、お客さまがいらしてるんです。だからわたくし、まえもって施設のかたに時間延長をお願いしていたのに」

だみ声が、再び叫んだ。

「あんた、あたしがそんなに邪魔っけなのかい?」

「邪魔だなんて、そんな……」

沈黙が続いた。気詰まりな様子で、三人の女性が、頭を垂れている風景が浮かんだ。

「いいえ、わかっていますよ。あんたは、あたしを厄介払いしたいんだ。あたしはいつだってお邪魔虫なんだよ。明子さん、こないだも、あんたが、外国に行くため、あたしを十日間もあちらで寝泊りさせたじゃないか。ようやく帰国したと思ったら、またぞろ時間延長だ。やっぱしあたしが邪魔なんだ」

「誤解です、お義母さま」

「もういいよ。そんなに邪魔なら、観念して施設にもどります。サトミさん、あたしを、もういっぺん介護車に乗せて連れ帰ってちょうだい。いやなら、あたし、ひとりでも帰れるから」

車椅子が揺れ、軋《きし》む音がした。

「若奥さま、どうしましょう？」

「だめよ、サトミさん、お義母さまを車椅子からお降ろしして、離れのお義母さまのお部屋にお連れします。お義母さまを車椅子からおろすのを、少し手伝ってちょうだい」

「わかりました」

「いやだよう、いやだよう」

泣くような、歌うような声が聞こえる。

「あたしゃ、施設にもどるんだあ」

「お義母さま、わたくしが悪うございました。謝ります。どうか、お部屋で少しお待ちくださいな。お食事はいつものように、六時にご用意いたします」

「ふーんそうかい」

姑が嫁をぎろりと見る――そんな映像が手に取るようだった。

「そうかい。なら明子さん、あんたの言うようにするよ。でないとあとで、どんないじわるされるかわかったもんじゃないからね」

「困ったお義母さまね。わたくし、いじわるなんかしませんわ……」

ため息までが届いた。

サトミさんの声が続いた。

「では、若奥さま、大奥さまを式台にお上げするため、わたしは車椅子の右側にいて、大奥さまを支えます」

「手助けなんかいらないよう。いつものように自分で上がれるんだぁ」

「危険です、お義母さま。もう、わたしたちにおまかせください」

「そうかい。じゃ好きにしておくれ」

『せいのぉ、よいしょっと』

介助者二人の声が重なった。

「わたしは、どうしましょう?」

お手伝いさんが、指示を求めている。

「あなたは先に、離れのお義母さまのお部屋へ行って、ドアを開けておいてちょうだい。お座布団の用意もね。早くしてね」

あわただしいスリッパの音が遠ざかって行く。離れというのは、こちらと反対の西南の方向にあるんだろう。

ああ、そうだったんだ。ぼくはここに至って理解できた。明子さんが、封筒にあふれるばかりの枚数の手紙を寄越したわけを。長い投書となって爆発した、マグマのきっかけを。

彼女の気持ちはよくわかる。たとえ十日間にせよ、忘れることができるはずだった日々の欝屈が、遠く離れたスペインの地まで彼女を追いかけ、まとわりついてきたのだ。まさに、飛行機に乗って付いてきたのだった。介護の毎日の疲労は、癒されるどころか、高齢夫人との出会いによって、いっそう深くなったのだ。何重もの輪をかけるように明子さんの心を、ぐるぐる巻きにして――。

女性たち四人の声は、しばらく途絶えていたが、やがて施設のサトミさんの声が、ていねいに辞去のあいさつを言った。

「はい、ご苦労さまでした。明日もよろしくね」

そして玄関のドアの閉じる音。ぼくは、室長の指示で、硝子戸の隙間をそっと閉じた。

明子さんは足音もなくもどってきた。声を盗み聞かれたとも思わない、平然とした顔だった。しかし唇をきゅっと結び、興奮を噛み殺している様子は、いかに鈍感なぼくにもはっきりわかった。

「失礼しました」

彼女は、再びぼくたちの前に着物の裾をさばいて正座した。

「コーヒーが冷めましたわね。すぐ替えさせますわ」

しかし、室長は謝絶して、もう辞去すると告げた。

心を静めると明子さんは、少し笑って言った。

「お恥ずかしい醜態をお聞かせしました。滝沢さまにはおっしゃらず、お二人きりの胸におさめてくださいね」

彼女は、ぼくたちの盗み聴きに気付いていたのだろうか。

彼女の先導で、廊下を無言で歩いた。

玄関まで見送ってくれた彼女の眼鼻は、輪郭が崩れ、涙の流れた跡があった。

靴箱の上の水槽の横で、室長は言った。

「おりこうさんたちに餌をあげさせてもらっていいですか?」

明子さんは、目尻を指でぬぐい、にっこり笑い、水槽脇の餌箱から丸い三、四粒を取って室長の手に乗せて言った。

「おやつですから、これだけにしてくださいね」

そして、自らもひと粒を水面に浮かべると、二、三匹が顔を出し、パクリと食べた。

「お魚さんたち、こんなにおとなしくお留守番をしているのにねえ………わたくしは今夜から、また大変ですわ」

室長は、無言でうなずいている。

顔に涙のあとが残る明子さんは、こんどは、きりりと目尻をつり上げて笑って言った。

「さようなら、住吉さん、越生さん」

彼女は、門を出て道路まで見送り、ぼくたちが道の角で振り返っても、凛《りん》とした顔で立っていた———。

その明くる日。三十五枚の小さな顔写真のコピーが、派遣の子会社からカスタマー室へ届けられた。それらは、スペインツアーに参加した三十五人のパスポートに貼られていた顔写真ページのもので、添乗員が旅客の万が一の旅券紛失にそなえ、現地日本大使館での再発給申請の資料にするべく、スペインへ持参したものだった。高齢夫人が、みんなにプレゼントしたいと申し出た記念写真の一枚一枚を、これらコピーの顔と照合してゆけば、人物は特定できる。この作業はぼくが担当することになった。あとは、各支店がツアー参加者それぞれに電話を入れて、写真集受領の諾否を確認すればいいのだ。

あとがき（七か月後の報告）

「越生くんさぁ」と、ぼくの原稿のゲラ刷りを読んでくれたマリア姉さんが言った。

「秘書課の水上さんとはその後、どうなっているの？」

あこがれの水上衣里さん。偶然をよそおい、ぼくは社員食堂で彼女と鉢合わせして、積極的に誘い、ひとつテーブルで昼食と会話を楽しみ、それをきっかけに喫茶店でも会うようになっている。ただ、おふくろは、「岳志さ、おまえ、女の子には性急になっちゃいけないよ。じらすくらいがいいんだべ」と、説教を繰り返す。おふくろにも若い女の子の時代があったんだ。だから、あせらずにぼちぼちいく方針だ。自制してさ。

さて、読者は第二章の、短大のその後が気になるかもしれないね。先生の努力は実を結んで学校の改革は成功した。語学の研修旅行はアメリカとヨーロッパの二つがあって、従来のM社が欧州のを、うちの社が、米国のを受注した。公正な競争はいいもんだよな。

最後に。ぼくの作品には、若者の感覚からみて、少し乖離《かいり》した文章がまじっている。ぼくだってわかっちゃいるさ。原因だけど、生原稿の不適切な箇所を指摘し、住吉室長が赤ペンで補正してくれたからなんだ。本当を言えば、ちょっぴり不満な修正もある。だけど尊敬する室長の考えだし、従うことにした。

室長は、「読者は若い人だけじゃない。われら中高年層のことも考えないとな」そう言って笑っている。

参考書ほか

佐々木正人『改正旅行業法・約款の解説』中央書院発行
稲井未来『セカンドクラスの添乗員』アルファポリス発行
亀井尚文『観光通訳ガイドの訪日ツアー見聞録』交通新聞社発行

★住吉室長の主唱する「四つのテスト」は、国際ロータリークラブ会員の言行指針ともいうべき「四つのテスト」の借用です。

正しくは、

一、真実かどうか
二、みんなに公平か
三、好意と友情を深めるか
四、みんなのためになるかどうか

★第一章で住吉室長は、人形浄瑠璃（仮名手本忠臣蔵）の主人公が大星由良助《おおぼしゆらのすけ》であるべきところ、あえて実名の大石内蔵助で、語っています。

生原稿を読んで多くの有益な助言をいただいた、大学時代以来の畏友、松岡美次君に深く謝意を表します。　著者

北川　雅章（きたがわ まさあき）

1948年　京都府京都市生まれ　小学校卒業後家族と共に大阪へ移住
1972年　神戸大学文学部卒業　同年大手旅行会社に就職　主に法人営業
　　　　畑を歩く
　　　　堺支店長、関西営業本部総務課長
　　　　首都圏商品事業本部管理部長　商品本部管理部長などを歴任
2002年12月　選択定年退職
2006年　『単身赴任－大阪おやじの東京暮らし』出版（文芸社）
　　　　現在、大阪府に在住

小説 関急旅行社・カスタマー室　―ぼくと室長の苦情解決奮闘記―

2023年11月14日　第1刷発行

著　者　北川雅章
発行人　大杉　剛
発行所　株式会社 風詠社
〒553-0001　大阪市福島区海老江5-2-2
大拓ビル5 - 7階
Tel 06（6136）8657　https://fueisha.com/
発売元　株式会社 星雲社
（共同出版社・流通責任出版社）
〒112-0005　東京都文京区水道1-3-30
Tel 03（3868）3275
装幀　2DAY
印刷・製本　シナノ印刷株式会社

ISBN978-4-434-32806-0 C0093